MIL SAN TT:

MIL SAN TÌ?

Seonag Monk

Air fhoillseachadh ann an 2016 le
Acair Earranta
An Tosgan
Rathad Shìophoirt
Steòrnabhagh
Eilean Leòdhais HS1 2SD

www.acairbooks.com
info@acairbooks.com

www.acairbooks.com
info@acairbooks.com

© an teacsa Seonag Monk

Tha còraichean moralta an ùghdair/dealbhaiche air an daingneachadh.

Na còraichean uile glèidhte. Chan fhaodar pàirt sam bith dhen leabhar seo
ath-riochdachadh an cruth sam bith, no a chur a-mach air dhòigh no air chruth
sam bith, grafaigeach, eleactronaigeach, meacanaigeach no lethbhreacach,
teipeadh no clàradh, gun chead ro-làimh ann an sgrìobhadh bho Acair.
An dealbhachadh agus an còmhdach, Acair Earranta

Clò-bhuailte le Hobbs, Hampshire, Sasainn

Gheibhear clàr catalogaidh airson an leabhair seo bho Leabharlann Bhreatainn.

Chuidich Comhairle nan Leabhraichean am foillsichear le cosgaisean an leabhair seo.

Tha Acair a' faighinn taic bho Bhòrd na Gàidhlig.

ISBN/LAGE 978-0-86152-581-2

Clàr-innse

Caibideil 1

Ach an dust! Cò às a tha e tighinn? Bidh feadhainn a dhaoine a' cur seachad ùine a' cnuasachadh cheistean doirbh a tha a' dèanamh dragh dhaibh. Carson nach eil sìth air feadh an t-saoghail? Carson a tha an darna leth de shluagh an t-saoghail beò ann am beartas agus an leth eile beò ann an ana-cùram is acras? Carson nach eil samhraidhean teth agus geamhraidhean fuar mar a chleachd iad a bhith?

'S e dust a bha a' cur bu mhotha dragh air Sìle. Dust air sgàilean an telebhisein, dust air uachdar a' bhùird ghlainne, dust air cùl an rèididheatoir. Bha dust a' leantail a beatha mar plàigh.

Bha dùil aice nuair a ghluais i fhèin agus Seumas a-staigh dhan taigh mhòr air ùr-thogail, an ceann sràid thaighean air an ùr-thogail, gum biodh a beatha mu dheireadh thall saor bho dhust. Ach 's ann a bha an taigh ùr le chuid uinneagan àrda, soilleir a' dèanamh an dust nas nochdte ri fhaicinn. 'S ann a bha barrachd glanaidh ri dhèanamh. Bha an taigh mòr seo, agus e cho làn àirneis spaideil, gleansach, ùr, mar leanabh òg air a mhilleadh, a' sìor iarraidh barrachd 's barrachd cnèadachaidh, gaoil agus aire.

Tha cuid a dhaoine a' faighinn tlachd o bhith a' sìneadh air tràigh gheal ann am Madeira, fonn tonnan na mara a' turaman nan cluasan, grian bhuidhe theth a' gabhail dhaibh. Agus tha cuid eile a' faighinn tlachd à glainne mhòr de dheagh fhìon dearg, am beul a-mach airson a' chiad bhlas dhen stuth àlainn, e a' fuasgladh shradagan boga, blàth

9

agus gan cur a dhannsa a-null 's a-nall air feadh na h-eanchainn. Ann an dòigh, dh'fhaodadh tu a ràdh gur e fuaim uisge a' sruthadh às an tap, a' lìonadh sinc de dh'uisge copach, teth, fuaim tonnan socair tràigh Madeira do Shìle, agus gur e gluasad a' mhop a' falbh gu cothromach air feadh an ùrlair a bha a' cur shradagan boga, blàth a dhannsa air feadh a h-eanchainn-sa.

Bha Sìle a' faighinn tòrr tlachd o bhith a' glanadh. A bhith a' faicinn dust agus salchar ga nighe agus ga ghlanadh air falbh bho dhorsan, bho phreasachan, ballachan is ùrlar, cha robh faireachdainn ann coltach ris.

Diluain an latha airson an taigh gu lèir a dhèanamh. Fad na madainn air a chur seachad a' toirt ruith le clobhd fliuch air feadh bàrr nan dorsan, mullach nam preasachan, cùl nan sgàthan, agus air cliathaich gach deilbh. Cha robh oir no oisean nach rachar ruith thairis. Ged a bha greis dhen h-uile madainn air a chur seachad a' glanadh, 's e Diluain latha a' ghlanaidh mhòir. Bha seo a' toirt ruitheam gu a beatha agus ruitheam dhan t-seachdain. Anns an aon dòigh as am bi naomh beannaichte a' dol a' chiad char sa mhadainn air a dà ghlùin a ghabhail ùrnaigh, bhiodh Sìle a' dol air a dà ghlùin a ghlanadh.

Bha soillse grian ìosal a' gheamhraidh a' togail a h-aire gu crathadh aotram de dhust air uachdar a' bhùird ghlainne. Bha am bòrd mòr, stoidhle art deco, air a shuidheachadh an ceann shìos trannsa fharsainn faisg air an doras a-muigh.

Air mullach a' bhùird bha bhàsa àrd, dhubh agus i trom le dìtheanan. Ròsan dearga, gerbera pinc, lilidhean geala agus meanglain duilleagach, uaine. A' toirt sùil nas fhaisge, thug i an aire gur e duslach fo staimean nan lilidhean a bha air siabadh sìos gu uachdar a' bhùird. Rinn sàilean àrda nam brògan biorach, purpaidh aice brag clib-clob agus i falbh gu stobach, cabhagach tarsainn ùrlar cruaidh màrmoir a' chidsin. Bha an cidsin mòr, geal, glan, le fàileadh làidir liomaid air fheadh. Bha gach mullach is uachdar dheth bàn, falamh, cha robh sìon ri fhaicinn ach bobhla crèadha uaine agus e làn ùbhlan dearga, agus coire. 'S ann dearg a bha an coire. A' crùbadh sìos, dh'fhosgail i preasa far an robh trì sreathan de chlobhdan sgùraidh air am pasgadh agus iad air an torradh air mullach a chèile. A' taghadh clobhd bog, geal, stad i mu choinneamh a' choire dheirg, ga ghluasad rud beag nas fhaisge air a' bhobhla uaine. A' togail fear dhe na h-ùbhlan, shuath i an clobhd leis, ga dhèanamh nas gleansaich. Thug i sùil timcheall a' chidsin. Uinneagan mòra an taighe a' leigeil a-staigh solas gu leòr, a' fàgail an àite aotram, soilleir. Sheas i air ais diog bheag, snuadh toileachaidh a' ruith air feadh a h-aodainn. Bha. Bha na bha i a' faicinn a' còrdadh rithe. Bha an taigh air fad a' còrdadh rithe. Còig rùm-cadail, iad air an sgeadachadh ann an diofar dath is àirneis. Aotram pinc is geal air an rùm aice fhèin agus Seumas, geal, buidhe, liath agus dearg anns na rumannan eile. Dà rùm-suidhe, fear beag agus fear mòr, rùm-dìnneir le bòrd mòr, glainne, sèithrichean mheilbheid, purpaidh. Bha taigh cho mòr feumach air tòrr glanaidh. Dh'fhàgadh i an cidsin chun an deiridh, agus daonnan dh'fhairicheadh i faothachadh a' drùidheadh troimpe nuair a bha i air crìoch a chur air.

A' toirt sùil a-mach tro uinneag a' chidsin, chitheadh i a nàbaidh agus i na suidhe anns a' ghrianan-ghlainne a' leughadh leabhar. Boireannach meadhan-aois le falt dearg-ruadh slaodte rithe. An grianan-glainne a' coimhead cho mì-sgiobalta le leabhraichean agus pàipearan nan laighe air feadh an àite. Ciamar a bha ùine aice a bhith na suidhe a' leughadh leabhar mun àm seo dhen mhadainn? Cuin a bha i a' dèanamh a cuid glanaidh? An e? 'S e! 'S e paideàmas a bh' oirre! Paideàmas mun àm seo dhen latha!

Ann an tiotan no dhà bha i air duslach staimean nan lilidhean a ghlanadh bho uachdar a' bhùird, iad air smodan buidhe, nach gabhadh nighe às, fhàgail air feadh a' clobhd ghil. A-muigh aig a' bhucaid sgudail chaith i an clobhd na bhroinn, brag lud a' dùnadh an aon fhuaim a bha ri chluinntinn, na taighean timcheall a' coimhead gu math sàmhach.

Sràid shocair, le grunn thaighean mòra, ùra; coltas airgid a' crochadh timcheall an àite a cheart cho nochdte ris na duilleagan a bha a' fàs air craobhan air ùr chur anns na gàraidhean feurach, sgiobalta. Cha robh cus eòlais aice air na nàbaidhean. Ged a bha trì bliadhna bhon a ghluais i fhèin agus Seumas a-steach dhan taigh, cha robh i air mòran oidhirp a dhèanamh a dhol a choinneachadh riutha. Thàinig cairt tron doras uair no dhà ga fiathachadh gu madainn cofaidh, ach

11

cha robh an t-àm freagarrach dhi agus glanadh ri dhèanamh. Chitheadh i gun robh Tom, fear a' ghàraidh, air nochdadh aig an taigh an taobh thall. Thog e làmh, a' smèideadh rithe. 'S e Diluain latha a' ghàirnealair. Bhiodh e bhos aicese an ceann uair-a-thìde no mar sin. Chòrdadh tuilleadh ròsan rithe, b' iad am flùr a b' fheàrr leatha. Bhruidhneadh i ri Tom nuair a thigeadh e a-nall. An robh sìon eile feumach anns a' ghàradh? Thug i an aire do cheann ròs dearg air tuiteam dhan fheur. Thog i na làimh e, na bileagan foirfe, glan a' tòiseachadh ri fuasgladh a-mach, boinneagan dealt nan laighe mar dhaoimein bheaga air feadh nan duilleag. Chuireadh i an ceann ròs seo ann am bhàsa bheag.

"Seumas Armstrong?"

Bha am post le parsail beag aige ga shìneadh dhi agus aig an aon àm a' toirt dhi peann ceangailte ri inneal airson a làmh-sgrìobhaidh a chur air an sgàilean. Thug i an aire nach b' e am post àbhaisteach a bha seo, am fear a bha a' frithealadh na sràide bhon a thàinig i a dh'fhuireach ann an Rowan Avenue. Chan e gun robh eòlas aice air a' phost a rachadh nas fhaide na "Madainn mhath" a ràdh ris. Fear meadhan-aois, glas, agus cho cruinn ri barailte. Braoisg aodainn dearg leis na bha e faighinn de dhamaiste coiseachd.

"Fhad 's nach gabh e grèim-cridhe agus nach tuit e marbh air an starsaich agamsa," thuirt i rithe fhèin barrachd agus aon uair.

Bha am post seo gu math nas òige – àrd, seang agus robach, bun feusaig, falt fada, sleamhainn, salach – agus shaoil i robh i a' faighinn siobag fàileadh an uisge-bheatha bho anail. Gun bhruidhinn, sgrìobh i a h-ainm, Sìle Armstrong.

A' gabhail a' pharsail bhig bhuaithe, dh'fhalbh an ròs às a làimh, a' tuiteam air a bhròig. Lùb e sìos anns a' bhad, a' togail an fhlùir agus ga shìneadh dhi le fiamh-ghàire.

"Ros airson ros!"

Gun fhreagairt, ghabh i an dìthean, i dol a-staigh na cabhaig a bhroinn an taighe. Ghlac i a faileas anns an sgàthan, faclan a' phuist a' tilleadh thuice, "Ròs airson ròs."

Mhair an ròs ceithir latha, na duilleagan a' sgaoileadh a-mach gu brèagha, gus an do thuit iad, a' dèanamh cearcall cruinn, dearg timcheall na bhàsa bhig.

* * *

'S ann gu math trang a bha am baile a' coimhead nuair a choisich i a-staigh a dh'ionad nam bùth, a cridhe a' bualadh rud beag nas luaithe agus i a' dèanamh fiughair ris an toileachadh a bha roimpe. Dathan brèagha san fhasan an dràsta. Bha i air trì bagaichean de dh'aodach a chaitheadh dhan sgudal air an t-seachdain seo agus bha grunn rudan ùra a dhìth oirre.

Ghlac a sùil còta aotram, clòimhe ann an dath sirist dearg. Ga fheuchainn oirre, sheas i a' coimhead a faileis fhèin anns an sgàthan. Bha an còta a' tighinn rithe gu mòr. Sheas i an taobh ud, agus sheas i an taobh ud eile, a' coimhead a coltais fhèin leis a' chòta. Anns an sgàthan, thug i an aire do bhoireannach beag, tiugh le falt goirid bàn air a cheangal air mullach a cinn agus i coimhead air seacaid ghrànda, ghlas. Beathag Heddle! Bha Sìle air coinneachadh rithe goirid às dèidh dhi gluasad dhan bhaile. Cabag boireannaich, daonnan a' ceasnachadh.

Cha robh Sìle ann an truim bruidhinn rithe. An turas mu dheireadh a thàinig i tarsainn oirre, cha robh aice ach naidheachdan air cò bha tinn, cò bha san ospadal, cò bhàsaich. Bha Beathag Heddle a' tighinn a-nall faisg air rèile nan còtaichean, i trang a' bruidhinn ri boireannach eile nach fhaiceadh Sìle.

"Oh seall an còta dearg," arsa Beathag.

"Ach a' phrìs!" ars am boireannach eile.

"Agus rud eile," arsa Beathag, "Càite an cuireadh tu ort còta mar sin?"

"Nach e sin," ars an tèile.

"Oh seall tha seo a-nist nas coltaiche."

Bha an dithis a' gluasad a-null far an robh anaragan ruadh is dubh air rèile.

Bha a' chafaidh beag, bùird is sèithrichean plastaig. Chan e seo an seòrsa àite a bha a' còrdadh ri Sìle, ach bha i cho sgìth an dèidh tòrr coiseachd a dhèanamh air feadh nam bùthan. Ghluais i na bagaichean a-mach às an rathad a-staigh bhon bhòrd. Bha ceithir bagaichean mòra, gleansach ann, nam broinn bha còta sirist dearg, dreasa sìoda pinc, dreasa chiffon dubh le grìogagan air fheadh, dà phaidhir bhrògan, sirist mar an còta agus pinc mar an dreasa. Na h-uchd, bha Sìle a' cumail grèim air baga eile, na bhroinn, a' laighe an lùib suainealaichean de phàipear tana, tana purpaidh, bha baga-làimhe beag, deàrrsach, òr.

Le osna thoilichte, shuidh Sìle air ais agus i a' toirt balgam às a' chupa tì a bha mu a coinneimh. Choimhead i timcheall a' chafaidh feuch an robh duine ann a dh'aithneachadh i. Thàinig e staigh oirre nach do rinn i bruidhinn ri duine sam bith fad an latha sin ach luchd-obrach nam bùthan. Nach iongantach, smaointich i, an liuthad turas a bha i tighinn a-staigh an seo agus chan fhaiceadh i uair sam bith duine air an robh i eòlach.

Bha a' chafaidh air fàs trang. Thàinig dà fhireannach a-staigh, na deiseachan sleamhainn, dorcha aca a' coimhead ro theann orra agus iad le chèile gu math reamhar, brù a' brùchdadh a-mach mullach bann na briogais. Màileidean-oifise fon achlais, iad a' bruidhinn ann an guthan cruaidhe. A-staigh air an cùl, thàinig triùir bhoireannach òga, clann bheaga slaodte riutha a' caoineadh 's ag iarraidh, fuaim an rachdail aca a' dol tro cheann Sìle mar sgian. Thog i fear dhe na bagaichean aice agus chuir i air an t-seithear air a beulaibh e, air eagal 's gun suidheadh duine ann.

Thug i balgam eile às an tì. Bha i flodach, agus bha am bonnach a cheannaich i airson gabhail leis an tì ro mhilis agus ro phronn. Thug i an aire nach robh an cupa cho glan sin. Bha an t-ùrlar a' coimhead feumach air sguabadh agus nighe, criomagan arain an siud agus an seo air feadh an àite. Phut i a-null bhuaipe an cupa agus an truinnsear air an robh am bonnach, agus shuath i a làmhan le nèapraige a thug i às a pòca. Nach biodh e laghach, thuirt i rithe fhèin, nam biodh àite ann far am faigheadh tu tì ann an cupa crèadha le taghadh slios liomaid no mil? Àite far am biodh an luchd-frithealaidh air an èideadh ann an aodach dubh le aparain gheala. Àite glan!

A' toirt sùil air an tè òg, chruinn a bha frithealadh air cùl a' chunntair, dh'fhairich Sìle truasail rithe. Nach biodh e cianail a bhith le aodann grànda, guireanach mar siud. Bha an tè òg gun for gun robh duine a' coimhead oirre, trang a' faochdadh bonnach teoclaid slàn na beul. Thionndaidh truas Sìle gu luath gu athainn. Ma dh'fhaoidte nach gabhadh mòran dèanamh ri a h-aodann ach tha fios gu faodadh i oidhirp a dhèanamh cuideam a chall!

A' coiseachd a-mach le a cuid eallach bhagaichean, rinn i toileachadh le gaoth fhuar na sràide a' siabadh air falbh bhuaipe fàileadh nan daoine am broinn a' chafaidh bhlàith. Na sheasamh aig oisean sràide bha gille òg le giotàr a' gabhail òrain, ad aig a chasan far an robh beagan bhonn airgid. Bha deagh ghuth seinn aige. Gun fhiosta dhi fhèin, 's ann a thòisich Sìle air gabhail an òrain fo a h-anail agus i a' caitheamh nòta dhan ad, *"The morning sun touched lightly on the eyes of Lucy Jordon in her white suburban bedroom, in her white suburban home..."*

Na seasamh shuas aig ceann an sràide, bha Beathag Heddle trang a' còmhradh ri boireannach àrd, caol, i na seasamh caran mì-chofhurtail a' slaodadh a còta uaine dùinte mu a timcheall fhèin. Bha Beathag trang a' bruidhinn, "Oh Dòmhnall Alasdair truagh, nach e a dh'fhalbh luath. Bheil fhios agad cuin a tha an tòrradh ann?"

Cha robh fhios aig an tè àrd, chaol. Cha robh fhios aice cò bh' ann an Dòmhnall Alasdair, dè an tinneas a thug am bàs dha, no cuin no càite am biodh an tòrradh ann. 'S gann gun robh fios aice cò bh' ann am Beathag ach gu robh i air tighinn tarsainn oirre uair no dhà aig na bùthan agus gu robh i daonnan ga stad ann an dòigh chàirdeil agus a' bruidhinn rithe. Bha e na b' fhasa dhi stad tiotan no dhà a' gabhail truas ri Dòmhnall còir nach maireann, gu brith cò e, na bhiodh e aideachadh nach robh fhios aice cò bh' ann am Beathag no cò air a bha i a' bruidhinn.

Bha còmhradh an dithis – no còmhradh Bheathag, cha robh am boireannach eile ach ag èisteachd, i gu modhail a' feuchainn ri cumail suas ris an t-seanchas ach aig an aon àm a' feitheamh gus an tigeadh beàrn bheag sa bhruidhinn agus gu faodadh i siolpadh air falbh – air

15

gluasad bho cuspair tòrradh Dhòmhnaill agus a-nist aig glùinean gort agus càineadh dhotairean.

Tha cuspair càineadh dhotairean mar feòil is ithe do chuid a bhoireannaich agus bha an dithis aca a-nist a' faighinn cagnadh às an t-seanachas. 'S ann a bha tè a' chòta uaine a' faireachdainn gun robh rudeigin aice a-nist air an dèanadh i gnothach bruidhinn air, seach a bhith na seasamh mar gòmaidh balbh.

"Nach ann a bhiodh e math a dhol son cupa tì?" chuala Sìle Beathag a' ràdh, agus i suas thuca.

A' toirt an aire do Shìle, bha Beathag an impis a làmh a thogail agus "Halo!" èigheach, ach ro fhadalach, oir bha Sìle na cabhaig sìos an t-sràid gun sìon, mas fhìor, air a h-aire ach òran a' ghille òig. Mar as motha a bha i a' cluinntinn dhen òran 's ann as motha a bha i a' cuimhneachadh air na ceathramhan:

"She would clean the house for hours and re-arrange the flowers..."

Bha i daonnan a' faireachdainn nas dòigheil aon uair agus gun robh i staigh air ais fo àrdaich shàbhailte, shàmhach an taighe aice fhèin. Bha snas gach pìos àirneis, dealbh agus òrnaid a bha air an suidheachadh air feadh an taighe, mar sealladh ann an iris.

A' toirt sùil a-null air a' fòn thug i an aire gun robh solas a' priobadh, a' sealltainn gun robh brath air fhàgail. A' dol a bhruthadh a' phutain thug i an aire dhan àireamh, i ag aithneachadh àireamh a peathar, Fiona. Stad i tiotan no dhà, agus an uair sin thionndaidh i air a sàil – cha robh i ann an sunnd èisteachd ris an teachdaireachd.

Na laighe a-measg tuba teth làn cop, dhòirt i drùdhag bheag eile de dh'ola *Fleur de Rose* a-staigh an lùib an uisge theth. Dhùin i a sùilean airson mionaid no dhà a' sùghadh a-staigh fàileadh cùbhraidh Ola nan Ròs.

Shìos an staidhre anns a' chidsin bha cearc a' ròstadh anns an àmhainn. Bha dùil air a bhith aice biadh fuar a dheasachadh gus an àmhainn a chumail brèagha glan, ach dh'fhòn Seumas a ràdh gun robh miann aige air biadh blasta, mar cearc air a ròstadh. Air falbh bho Dhiluain gu Dihaoine, biodh e aig an taigh a-nochd.

An dreasa ùr dubh no an dreasa ùr pinc? Dhùin siop an dreasa ùr pinc suas gu furasta. Dhrùidh toileachadh troimpe mar siùcar a' leaghadh air spàin do thì theth. Cha robh mòran a chuireadh ann an droch shunnd Sìle mar amhras gun robh i air cuideam a chur oirre. Thug i sùil oirre fhèin anns an sgàthan. Faileas boireannach brèagha, caol le falt fada, gleansach, bàn, a' coimhead air ais oirre. Bha i a' tighinn suas faisg air dà fhichead bliadhna a dh'aois ach bha aodach brèagha agus i bhith cho seang a' toirt co-dhiù deich bliadhna air falbh bho sin.

Suathadh beag eile dath-lipean dearg agus siud leatha sìos an staidhre, na brògan ùra, sìoda caran mì-chofhurtail ach cha robh sin a' cur dragh air Sìle agus iad a' coimhead cho brèagha. A' fosgladh na h-àmhainn bha Sìle riaraichte le fàileadh brèagha sitheann na circe a' bruich le liomaid, lus-an-rìgh agus uinnean, buntàta beaga a' ròstadh ann an ola croinn-ola, creamh agus salann garbh.

Tron uinneig, bha oidhche fhuar, chiùin, ghealaich ann, am foghar a' tighinn gu crìoch. Nollaig an ath rud. A dh'aithghearr bhiodh an t-àm ann tòiseachadh smaointinn dè na dathan deàrrsach a thaghadh i airson an taigh a sgeadachadh airson an t-sèasain. A' coimhead timcheall bha na dathan dearga agus pinc a' tighinn gu a h-inntinn. Dearg is pinc sa chidsin, dubh is òr anns an rùm-suidhe. Thug an smuain a bhith falbh a cheannach oirre a bhith a' faireachdainn sunndach.

Cha bhiodh i a' cleachdadh an rùm-dìnnearach ach nuair a bhiodh Seumas aig an taigh, iad nan suidhe air gach ceann do bhòrd mòr, fada mar rìgh 's bànrigh. Bu toigh le Sìle an rùm brèagha seo. Sheas i ga choimhead mar gum biodh i a' sùghadh na h-àilleachd airson tiotan beag mus do dh'fhosgail i drathair an dreasair a thaghadh tubhailt dhubh, i ga chrathadh a-mach air uachdar a' bhùird. Nèapraigean dearga air an suaineadh ann an cumadh ròs air an cur nan laighe air bhàrr nan truinnsearan geala. Coinnlean beaga, dearg ann an soithichean glainne air an cur nan streath sìos druim a' bhùird. A' lasadh nan coinnlean, thionndaidh Sìle sìos solas na lampa nas ìsle.

Thomhais i a-mach beagan fìon dearg agus lìon i leth ghlainne dhi fhèin. Lìon i a' ghlainne eile gu bàrr. A' taghadh pìos ciùil brèagha, socair, clàr ceòl clàrsaich, chuir i air e. Bha fasan aig Seumas a bhith

a' dèanamh fuaim cnaplaidh le a bheul nuair bha e ag ithe agus bha
fuaim a' chiùil math airson sin a bhàthadh.

Nam biodh duine a' dol a dh'fhaighneachd dhi gu dè an obair a bha
aig an duine aice, dh'fheumadh i smaoinicheadh beagan mus toireadh
i seachad freagairt, "Cumhnant riaghaltais, Ministreachd an Dìon?
Rudeigin mar sin. Bidh e air falbh tric an Ameireaga agus dùthchannan
na Roinn Eòrpa. Tha e an dèidh a bhith an Lunnainn air t-seachdain
seo."

"Agus a bheil deagh phàigheadh aige?"

"Mm... uill... Cha do chuir e riamh casg sam bith orm o bhith cosg.
Tha na cairtean creideas agam..."

Cha robh Sìle a' dèanamh smaoineachadh sam bith air cuspairean
mar sin. Bha Seumas nas sine na ise agus àrd na dhreuchd nuair a
choinnich iad. Ise a' fuireach còmhla ri a piuthar òg, Fiona, ann taigh
dorcha, fuar, taobh a-muigh baile beag, iomallach. Bha i ag obair ann
an oifis aig an àm sin, oifis fir-lagha. A' freagairt fòn agus a' dèanamh tì.
A' coimhead a' chloc gus an tigeadh leth-uair an dèidh còig. A' coimhead
air irisean làn rudan brèagha, gleansach nach b' urrainn i a cheannach
leis an tuarastal bheag a bha i a' faighinn.

Sguir sin an latha a sguab Seumas Armstrong a-staigh dhan oifis
agus na beatha. Deise aotram samhraidh ghlas, dath na grèine air a
ghnùis, bha Sìle ga choltachadh ris na rionnagan deàrrsach a bha i air
fhaicinn ann am filmichean. Gu furasta, dhùin i doras na h-oifis lagha
agus leum i gu toilichte an lùib beatha gu math diofraichte. Beatha ùr
gun sìon nach ceannaicheadh airgead ga dìth.

Beagan agus bliadhna an dèidh dhaibh pòsadh thàinig nighean
bheag, Flòraidh. Dh'fhalbh na bliadhnachan gu luath agus bha
Flòraidh air fàs suas agus i a-nist air falbh on dachaigh, anns an
oilthigh. 'S e siubhal pàirt mhòr de bheatha Sheumais agus bha Sìle
air dachaigh a dhèanamh an iomadh dùthaich còmhla ris. Gun esan
a bhith stèidhichte ro fhada ann an aon dùthaich, bha an dithis a-nist
air deònachadh gum biodh e na b' fheàrr taigh a cheannach air tìr-mòr
na h-Alba agus Sìle dachaigh chofhurtail a dhèanamh dheth. Ged a
chumadh obair Sheumais fhathast a' siubhal e, biodh e aig an taigh
còmhla rithe cho tric 's a b' urrainn dha.

'S ann chun na glainne fìon a chaidh Seumas an toiseach nuair a thàinig e a-staigh, e toirt deagh bhalgam aiste agus ga lìonadh a-rithist mun do shuidh e aig a bhiadh. 'S e duine tana, sgiobalta a bh' ann – falt dorcha le ciabhagan glasa, deise leòmach, dhaor agus uaireadair throm òr a' crochadh ri cùl a dhùirn. Nam biodh tu dol a chur facal air Seumas Armstrong, 's e am facal "airgead" a thaghadh tu. Nan suidhe aig gach ceann dhen bhòrd a' gabhail am bìdh, bha Seumas agus Sìle sàmhach a thaobh còmhradh. Sàmhach mar iomadh dithis eile a tha an dèidh a bhith pòsta fichead bliadhna. Ma thug e an aire dhan dreasa agus na brògan ùra, cha tuirt e. A' togail pìos eile sitheann circe às an àmhainn agus ga chur air truinnsear Sheumais, stad Sìle a thionndaidh suas an ceòl nas àirde. Bha fuaim a' chnaplaidh nas cruaidhe a-nochd.

Caibideil 2

"Carson nach freagair daoine a' fòn nuair a tha feum agad orra?"

Bha Fiona agus a ceann a' dol tuathal leis na bha air tachairt bho mhadainn. Ach dè feum a bhith ann an deis mheadhan dràma mura h-eil duine timcheall airson bruidhinn riut ma dheidhinn? Am fàgadh i brath air fòn a peathar chèile, Nora? No am fònadh i aig àm eile? Ma dh'fhaoidte gun robh Nora air tilleadh suas chun an ospadail agus gur e sin a dh'fhàg nach robh i a' freagairt fòn? An robh e ro thràth airson fònadh gu a piuthar, Sìle? Dh'fhuiricheadh i greis. Math dh'fhaoidte gun robh Sìle gun èirigh.

Dà cheud gu leth mìle eadar dachaigh an dithis ach bha barrachd mòr na sin air am beatha a sgaradh bho chèile. Bha Fiona air fad a saoghail a chur seachad anns a' bhaile bheag, iomallach seo. Còig bliadhn' deug dhen bheatha sin anns an taigh bheag, chloiche seo. Cidsin, rùm-suidhe, bathroom, poirdse beag gu h-ìosal, dà rùm-cadail gu h-àrd. Gàradh mòr air cùl an taighe agus gàradh beag mu choinneamh an taighe a' coimhead a-mach air an rathad mhòr. Grunnd thaighean timcheall agus ged a bha a' choimhearsnachd beag bha e càirdeil gu leòr. An taobh thall an rathaid, taigh a nàbaidh a bu dlùth dhi, Màiri Thormoid.

Bidh iad a' ràdh gun tig gach aois le a cuid mhodhan fhèin. Aig àm ùr-mhadainn òg na beatha chan eil ùidh aig òigridh ann an sìon ach iad fhèin, chan eil ùidh aca ann an nàbachd, eachdraidh baile no na daoine dom buin iad. Gach ceist a thig a chur oirre, ga freagairt le, "Chan eil fhios 'am."

Nuair a thig an aois far a bheil barrachd bhliadhnachan air cùl na tha air toiseach ort, tha ùidh ga ghabhail anns a h-uile rud, cò tha trod, cò tha suirghe, cò tha trom, cò tha goid, cò tha falbh, cò tha tighinn, agus càite an robh iad agus cò bh' ann còmhla riutha. Bha deagh ghreis bhon a ràinig Màiri Thormoid aois na prosbaig.

Fhios an tigeadh Sìle cuairt a-nuas a choimhead air Fearghas? Bliadhnachan nach robh i anns a' bhaile. An turas mu dheireadh a nochd i nuas bha i air a sgrathachadh cho mòr bhon taigh a bha cho sean is cho lom de stuth gleansach gun do dhiùlt i fuireach na h-oidhche is chaidh i gu taigh-òsta. Dithis pheathraichean gu math diofraichte a bha ann an Sìle agus Fiona. Fiona trì bliadhna nas òige ach a' coimhead deich bliadhna nas sine. Bha i bùtach, cruinn, seann-fhasanta, falt air a ghearradh goirid agus air fhàgail gun stoidhle sam bith. Daonnan leis a' bhriogais dhubh agus blobhsa fada ann an dath dorcha. An aon aodach soilleir a chitheadh tu oirre, 's e sgarfa dhathte mu a h-amhaich mas e agus gum biodh i a' dol gu banais. Bha i an-diugh le seacaid paideàmas a-staigh bhon gheansaidh, praban mu a sùilean agus a gruag na stob gràisg.

Chaidh i chun a' choire, i ga chur air agus a' toirt cupa a-mach às a' phreasa agus aig an aon àm a' toirt an aire gun robh an coire fhathast goileach agus gun robh cupa leathach làn tì ri taobh far an do dh'fhàg i e o chionn deich mionaidean.

"Oh glèidh thusa dhòmhsa mo chiall," ars ise agus i a' coimhead a-mach an uinneag. "Ciamar idir a tha mi dol a dh'fhaighinn tron latha a tha seo?"

"Nach neònach nach eile Màiri Thormoid a' tighinn a-nall a dh'fhaighneachd dè an ùpraid a bha dol a seo tràth sa mhadainn? Tha fios gum faca i an ambaileans a' tighinn chun an taighe, solas liath a' priobadh. Tha fhios gun robh i mun uinneig."

Bha a mionach a' dol mar crannchur, faireachdainn ma seach a' cur nan caran: uallach, eagal, bròn agus, a' sguabadh gun fhiosta a-staigh dhan mheasgachadh, aighear! Ann am beatha a bha car ràsanach, gach latha a' dol seachad mar a h-uile latha eile, bha an-diugh diofraichte. An-diugh bha rud air tachairt, rud mòr! Agus 's e ise, Fiona, a bha na dheis mheadhan! Bhiodh an naidheachd air feadh a' bhaile, a h-ainm air gach teanga.

Dh'fhalbh Fiona agus i a' dol a thoirt beagan sgioblachaidh oirre fhèin mus tigeadh Màiri Thormoid a-nall. An impis a geansaidh agus seacaid na paideàmas a thoirt dhith agus boiseag a chur air a h-aodann, stad i. A' tionndadh chun an sgàthain thug i slaodadh air a gruag ga dèanamh gràisgeach buileach. "Fiona," ars ise rithe fhèin. "Fàg d' aodach mar a tha e. Tha thu ann an deis mheadhan dràma. Thu cho troimh-a-chèile agus nach eil fhios agad dè an t-aodach a tha ort, gun tighinn air ciamar a tha d' fhalt no d' aodann a' coimhead. Cho troimh-a-chèile agus gu bheil do cheann goirt, thu a' faireachdainn fann, droch chunnart gu faodadh tu tuiteam ann an laigse."

A' toirt thuice an cupa tì, shuidh i sìos agus, a' gabhail balgam no dhà, shuidh i air ais anns an t-seithear. Chlisgeadh Màiri Thormoid nuair a chitheadh i ise anns an staid a bha seo!

A ceann a' goil leis na bha air tachairt, gach rud a thachair a' dol timcheall a-rithist agus a-rithist. Fearghas ga dùsgadh aig beagan às dèidh sia uairean sa mhadainn agus e gearan grèim na uchd. Lùths a' falbh às na corragan aice agus i a' feuchainn ri putain na fòn a bhruthadh. Faclan a' dol an lùib a chèile oirre agus i strì ri ceistean NHS24 a fhreagairt. Thachair an còrr cho luath, cho luath. Aig amannan bha i a' smaointinn gu robh i air leum a-staigh am broinn an telebhisein agus gun robh i ann an *Casualty* no *Holby City*. Fearghas bochd agus e ceangailte ri tiùbaichean agus uèirean, agus e a' coimhead cho glas, a' feuchainn ri bruidhinn ach gun anail gu leòr aige. Bha Fiona a' dol timcheall ann an ceò, na nursaichean ga putadh a-mach às an rathad. Chuala i tè aca a' ràdh rithe a dhol dhachaigh, agus tilleadh nas anmoiche air an latha.

Bha cùirtearan taigh Màiri Thormoid dùinte. Bha i air a bhith air a cois anmoch a choimhead telebhisean, seann phrograman *Knots Landing*, trì às dèidh a chèile. Ged a bha an cloc a' ràdh trì uairean sa mhadainn, cha b' urrainn dhi i fhèin a dhraghadh air falbh dhan leabaidh gus am faiceadh i an dèanadh Gary Ewing an gnothach sgur a dhòl. Dh'fhàg sin gun do chadail i tron dràma a bha dol an ath dhoras tràth sa mhadainn, i ag aisling air ambaileans a' tighinn a dh'iarraidh Gary truagh, dùdach cruaidh agus solas liath a' priobadh. Guth Valene Ewing ag èigheach, "Tha mise falbh anns an ambaileans cuideachd."

Bha cidsin Fiona sàmhach, an cupa tì air fuarachadh na làimhe na bha air tachairt a' teannadh air drùidheadh oirre agus i feuchainn ri ciall a dhèanamh dheth. Fearghas air grèim-cridhe a ghabhail. Grèim-cridhe! Fearghas aicese air grèim-cridhe a gabhail! Bha e doirbh dhi seo a thuigsinn.

Cha robh eòlas aig Fiona ach air saoghal far nach tachradh sìon gun chead bho Fhearghas an toiseach. "Chì mi dè chanas Fearghas," agus, "Sin dìreach a thuirt Fearghas," na faclan bu tric a bha sa chòmhradh aice. 'S ann ainneamh a chitheadh tu dithis a' coimhead cho rèidh ri Fearghas agus Fiona. Ma thuirt i facal riamh na aghaidh cha chuala duine. Iad a' dol dhan h-uile àite còmhla, dhan eaglais, dhan bhùth agus aig àm Nollaig gu dìnneir luchd-obrach Fhearghais. Faisg air còig bliadhna deug pòsta, bha iad cofhurtail còmhla. Mar a dh'innseadh Fearghas fhèin cho tric, "As dèidh sia mìosan suirghe, chuir mi a' bhanais air dòigh. Bha mise air mo thaghadh a dhèanamh!"

Rinn esan deagh thaghadh aig deagh àm. Bha Fiona òg agus aonranach agus a piuthar air pòsadh agus thall thairis le beatha ghleansach, bheairteach, ùr, ga fàgail-sa mì-chinnteach agus an-fhoiseil. Ann an dòigh bha i ga faicinn fhèin a' leantail lorgan Shìle le bhith suirghe fear gu math nas sine na bha i fhèin. Cha tàinig e riamh a-steach oirre Fearghas a dhiùltadh agus fuireach ri tairgse na b' fheàrr.

'S ann ag obair na chunntasair rianachd ann an garaids a bha Fearghas. Anns an aon obair bho dh'fhàg e an sgoil, bha e math a thaobh figearan is airgead, an obair furasta dha. Tha d' obair a bhith furasta dhut buailteach air d' fhàgail leisg. Bha Fearghas leisg. An robh e riamh leisg air no an do thachair seo ris beag aig beag, mar a bha na bliadhnachan a' dol seachad? Bha e doirbh a ràdh.

Bha tòrr dhen latha obrach aig Fearghas ga chur seachad a' bruidhinn. Bu toigh leis a bhith bruidhinn, a' toirt seachad a bheachd ri duine sam bith a dhèisteadh ris, a' cur às a chorp air iomadh cuspair mar poilitigs, eachdraidh, spòrs, chun na dòigh as fheàrr air buntàta a chur. "Oh tha thu ceart a sin Fhearghais," chanadh Fiona gu socair aig ceann gach seanachais.

Bha cloc a' chidsin a' bragadh nas cruaidhe agus nas cruaidhe mar gum biodh a' volume air a thionndadh suas. Na suidhe san t-seithear, bha Fiona a' coimhead na spòig a' gluasad tic toc, tic toc, tic toc, i cho eòlach air Fearghas a bhith ag innse dhi dè an ath rud a bu chòir dhi dhèanamh. Ga faighinn fhèin ann an deis mheadhan dràma mhòir dhen t-seòrsa seo às aonais guth Fhearghais na cluais, bha i mar bhàta gun stiùir.

Cha robh i fhèin agus a piuthar Sìle a' gabhail mòran gnothaich ri chèile. Cairt aig àm Nollaig agus ceann bliadhna. Còmhradh tioram air fòn gun a h-aon seach a h-aon aca ag innse ach glè bheag mum beatha. Bha saoghal an dithis cho diofraichte. Aon phiuthar a' siubhal an t-saoghail, agus an tè eile gun a dhol nas fhaide na fichead mìle air falbh bhon bhaile. Cha robh Fearghas a' creidsinn ann an saor-làithean. Cha mhotha sin a bha e a' creidsinn ann an airgead a chosg air rudan gun dòigh mar àirneis ùr cidsin no nigheadair-shoithichean. Cha robh e a' creidsinn ann an siubhal. Carson a bha an saoghal ga shiubhal nuair a bha gach nì a dh'iarraidh tu ri fhaicinn air an teilidh? Aon rud a bha Fearghas a' creidsinn ann, 's e telebhisean mhòr. Uill, sin agus deagh bhiadh. Deagh bhiadh air a ghabhail nad thaigh fhèin. Chan ann ann a' restaurant no an taighean chàich.

A' faireachdainn gluasad mu a h-aobrann thug i an aire dhan chat bheag ga suaineadh fhèin le blàths ri a cois.

"Oh Maoisidh thàinig thu nall gam cofhurtachadh agus fhios agad gun robh mi cho troimh-a-chèile."

Leig Maoisidh mialaich chruaidh agus i a' togail a h-earbaill, a' gluasad air falbh bhon t-seithear aig Fiona. Cat beag buidhe is geal, eòlach air a toigh fhèin fhaighinn. Cha robh troimh-a-chèile Fiona a' bualadh oirre ann an dòigh sam bith, cha robh diù sam bith aice air, 's ann a bha i air tighinn a dh'iarraidh an truinnsear bainne a chleachd i bhith a' faighinn mun àm seo. Na cearcan iad fhèin a' teannadh ri starach agus gàgail, iad a' coimhead airson gràn na maidne. Eadar obair taighe, cat, cearcan agus obair bheag sa bhun-sgoil trì latha san t-seachdain, bha Fiona air a cumail dripeil gu leòir.

"Taigh gun chat, gun chù, gun chloinn, taigh gun ghean, gun ghàire." Bha cat aca, cha robh i fhèin no Fearghas ag iarraidh cù. Cha tàinig clann.

Bha h-uile dùil 's dòchas aice gun tigeadh. Ann am bliadhnachan tràth a' phòsaidh bha iarrtas làidir na cridhe air a shon. Deòir bhog a' sruthadh à ceann iomadh mìos. Deònach agus gun robh Fearghas air bruidhinn gun chasg air gach cuspair fon ghrèin bha aon chuspair air nach robh math guth a thoirt. Tro ùine dh'fhàs Fiona cleachdte ris a' bhròn a bha laighe trom na cridhe, i ga fhalach air cùl gàire aotrom, fhalamh. Tha gàire aotram ga chluinntinn ro thric bho bheul boireannaich buailteach air a cur ann an oisean na h-òinsich. Oisean sàbhailte aig amannan, air falach fo cleòca seasgair.

A' fosgladh na frids airson bainne a thoirt a-mach dhan chat, choimhead Fiona air na bha staigh innte de bhiadh – uighean, hama, sausages, aran, buntàta. Bu toigh le Fearghas deagh bhracaist a ghabhail gach madainn mus falbhadh e a dh'obair. 'S toigh le sannt companach agus bha aig Fiona i fhèin suidhe agus deagh bhiadh a ghabhail a' chiad char sa mhadainn. Bha an aon chleas a' dol feasgar. Bu toigh le Fearghas suidhe gu a bhiadh aig sia uairean, na truinnsearan a' blàthachadh san àmhainn nuair a choisicheadh e a-staigh an doras às dèidh latha obrach. Bhiodh co-dhiù dà chùrsa aca.

Nuair a bha a mhàthair fhathast beò bhiodh e a' gabhail cuairt a-null an ath-dhoras gach oidhche aig ochd uairean a ghabhail tì le bonnaich, Fiona ga fàgail aig an t-sinc a' sgioblachadh nan soithichean agus ag ullachadh cheapairean an latha-màireach. Chuireadh e seachad ùine na shuidhe taobh an teine an taigh a mhàthar, i ga bhiathadh le bonnaich is millseagan. Minig is tric 's e càirdeas doirbh a tha eadar bean is màthair-chèile. Neo-ar-thaing beul brèagha is gàireachdaich mu choinneamh dhaoine, ach mar a tha iomadh bean ag amhras, màthair is mac leotha fhèin, chan fhaigh a bhean nas fhèarr gabhail oirre ach ISE!

Nuair a bhàsaich a' chailleach, shìn Fearghas a-null reasabaidh nam bonnach ann an làmh sgrìobhaidh a mhàthar, gu Fiona. Bha bonnaich rin dèanamh agus rin ithe blàth às an àmhainn, gach oidhche le tì na h-ochd uairean. Ùineachan às dèidh bàs a mhàthar, ghabhadh e grèim à tè de na bonnaich a rinn Fiona agus leigeadh e osna a' ràdh, "Tha i math ach chan eil i cho math ri bonnaich Mamaidh." Shuidheadh e an uair sin air ais ag ithe a h-uile gin a bha air an truinnsear. Bu toigh le Fearghas deagh bhiadh agus bha a bhuil air. Far an canadh tu am facal *cruinn* nuair a phòs iad, chanadh tu a-nist am facal *reamhar*.

Dh'fhosgail Fiona a-mach na cùirtearan, meall beag uisge a' dòrtadh ach coltas gum biodh deagh latha ann. Càr no dhà a' dol seachad sìos an rathad. Ring a' fòn, am fuaim cho cruaidh ri clag a' toirt oirre cruinn leum a ghearradh a-null thuice. An t-ospadal! Dè naidheachd? Droch naidheachd! An ceann eile na fòn guth gille òg le bristeadh Beurla a' faighneachd an robh ùidh aice ann an uinneagan ùra a cheannach, i a' toirt tiotan no dhà a' feuchainn ri tuigsinn carson a bha an t-ospadal a' bruidhinn air uinneagan ùra, an robh sin a' dol a chuideachadh le cridhe Fhearghais? A' cur sìos na fòn, i a' faireachdainn caran luideach agus an uair sin caran frionasach. Dè an gnothach a bha aig na daoine sin a bhith a' fònadh an taighe agus èiginn air an starsaich aice!

Thòisich Maoisidh a' miathalaich agus air a dhol mu chasan Fiona, i fàs mì-fhoighidneach nach robh i faighinn a' bhainne. Lìon Fìona truinnsear dhi a' tilleadh a' bhotail bainne dhan frids. A' faicinn a' bhìdh, dh'fhairich i acras ga bualadh agus thug i a-mach am praigheapan a' dol a dhèanamh beagan bracaist dhi fhèin. Laigh a sùil air an dealbh pòsaidh aca, na suidhe air mullach sgeilp. Sheas i a' coimhead, chan ann air Fearghas, a sùilean a' sguabadh seachad gu luath airsan agus i a' coimhead oirre fhèin. Nighean òg, chaol ann an èideadh tana, geal, grèim teann aice air bad dhìtheanan pinc. Coltas nighinn òig gu math, gu math eu-coltach ris a' bhoireannach a bha na seasamh an dràsta a' coimhead na deilbh agus pacaid shausages aice na dòrn.

"Oh creid thusa! Mo bhràthair bochd Fearghas aig bruach na h-uaigh agus chan eil for agadsa air sìon ach do bhrù!"

Staigh an doras thàinig an guth bragail, cruaidh, i a' caitheimh a baga a-null gu cùl an t-sòfa.

"Cuir air ugh eile fhad 's a tha thu aige, tha mise gu fannachadh!"
Tha cuid a dhaoine ann a bheir oiteag gaoith fhuair a-steach
leotha nuair a choisicheas iad a-staigh a rùm, fiù ged a b' e latha teth,
samhraidh. Daoine a bheir ort suidhe suas gu grad, rudhadh àrd ciont
a' tighinn gu do ghruaidh mar gun deach do ghlacadh gun fhiosta
a' dèanamh rudeigin gòrach, mì-choltach, mar... a bhith a' faighinn
sunnd à bhith beò.
Cha robh cuimhne aig Fiona gu faca i riamh Nora a' faighinn sunnd
à bhith beò. Bha an aon ghruaim teann air a h-aodann on chiad latha a
choinnich i rithe. Feasgair earraich, Fearghas air an deit a chur air dòigh
airson na bainnse aca, chaidh an dithis aca a-null a thadhal oirre, ceann
Fiona làn phlanaichean airson latha na bainnse agus air an t-saoghal
ùr a bha nis mun coinneamh. Fiona cho diùid sgugach dhi fhèin, a
piuthar Sìle cho brèagha, gleansach. Bha ise riamh a' faireachdainn cho
grànda an taca rithe.
"Ach gu dè idir Fhearghais a tha againn ann a sheo?"
Bhiodh cuimhne aig Fiona air fàilte Nora ri maireann. "Tha thu
coimhead glè mhath, 's tu tha. Uill, gus an tig sinn gu d' aodann..."
An robh for aig Nora air cumhachd nam faclan biorach a
thuiteadh cho furasta às a beul? Glèidhte gu bràch ann an cuimhne
Fiona, a' tilleadh thuice bho àm gu àm nuair a choimheadadh i anns
an sgàthan, agus air falbh bho chuimhne Nora a' mhionaid a leum iad
bho a teanga. Riamh on uair sin bha car beag de dh'eagal aig Fiona
bho Nora, ged an-diugh, bha i taingeil gun robh i air tadhal. Nach e
sin dleastanas peathar-chèile, a bhith taiceil aig àm dhen t-seòrsa seo?
Shuidh Fiona an àirde. Bha i dol ga giùlain fhèin ann an dòigh làidir.
"Dh'fhòn mi chun an ospadail," arsa Nora agus i toirt a' phacaid
shausages a-mach à làimh Fiona agus a' cur feadhainn aca air
a' phraigheapan.
"Nall thugam dà ugh, aran, buntàta ma tha e agad. Tha mise lag.
Dèan poit tì, 's lugha orm fhèin tea-bag ann an cupa."
A' toirt feairt chun na ceist, thug Fiona a-nall thuice an stuth a bha
a dhìth oirre.
"Dè thuirt an t-ospadal?"

27

"Tha e cofhurtail. Bidh barrachd aca ri innse dhomh an ceann uair-a-thìde no mar sin."

Dh'fhairich Fiona caoch a' teannadh ri goil na com. 'S e ise a bha ann an deis mheadhan an dràma seo. 'S ann leathasa a bha e! Dè an gnothach a bha aig Nora a bhith fònadh chun an ospadail?

"Oh Fiona ach do choltas! Thalla suas agus nigh thu fhèin agus cuir ort aodach dòigheil mus tòisich daoine air tadhal agus gum faic iad do staid."

Thòisich an caoch na com ri goil mar uisge teth ann an coire. Dè math a bhith ann an staid, mura faic daoine an staid anns a bheil thu! Tha fhios gu math gum biodh i ann an staid, agus i an sàs ann an dràma mòr dhen t-seòrsa seo, eadar ambaileans, ospadal, grèim-cridhe, dotairean!

Na seasamh aig an t-sinc a' nighe nan soithichean, thug Nora sùil a-mach an uinneag, i faicinn nan cearcan a' piocadh mun starsaich.

"Oh na creutairean grànda. Chuirinn car nan amhaich."

Bha i dèanamh dealbh dhi fhèin trang ris an dearbh rud, amhach na circ ga slaodadh agus car ga cur dhi, itean gan spìonadh 's a' falbh leis a' ghaoith. Bha an smuain cho làidir 's gur ann a bha e toirt faothachadh agus fuasgladh dhan uallach a bha an dèidh bhith oirre on a chuala i an naidheachd gun robh a bràthair air grèim-cridhe a ghabhail.

Muigh mu choinneamh an taighe bha na cearcan a' dol timcheall. Bha sia aca ann, a' falbh an taobh ud agus an taobh ud eile, mar gum biodh iad air a dhol iomrall. Nuas thuca thàinig e fhèin, Roger, an coileach dubh. Rinn Nora gàire rithe fhèin agus i a' faicinn cho luath 's a thrus Roger suas na cearcan agus iad mar saighdearan a' leantail ceannard, sìos gu taigh nan cearcan.

Bidh iad a' ràdh gun dèan cearcan a' chùis às aonais coileach, ged gur ann gu math riaslach a bhitheas iad, ach coileach às aonais chearcan, chan eil fhios aige dè nì e leis fhèin! 'S e nàdar a' choilich a bhith an ceann gnothaich, a' toirt seachad òrdain.

Beagan 's leth-cheud bliadhna, àrd, caol le falt na chìrean dubh air mullach a cinn, seacaid ghoirid agus briogais dhubh, 's e boireannach a dh'fhaodadh a bhith bòidheach gu leòr a bha ann an Nora, mura b' e an

28

coltas searbh a bha daonnan air a h-aodann. Boireannach dòigheil ach car mì-fhoighidneach agus geur air a teangaidh, bu toigh leatha a bhith an ceann gnothaich a' toirt seachad òrdain. Aig àm bliadhnachan tràth a' phòsaidh bha Mìcheal toilichte gu leòr a' gabhail òrdain bhuaipe, toilichte gu leòr i gabhail rian air a bheatha. Bha a bheatha feumach air. Cho fad 's a bha nòta na phòca 's lèine ma dhruim, cha robh an saoghal a' cur uallach sam bith air Mìcheal. 'S e an seòrsa duine a bh' ann a bha a' faighinn tlachd à bhith beò. Far am faiceadh cuid an cupa leathach falamh, cuid eile an cupa leathach làn, bha cupa Mhìcheil a' taomadh thairis. Far am biodh Mìcheal bhiodh gàireachdaich. Ro thrang an ceann gnothaich agus a' toirt seachad òrdain dhìochuimhnich Nora gur glè thric far am bi gàireachdaich, bidh boireannaich.

Pòsta aice beagan is deich bliadhna, dh'fhàs Mìcheal sgìth dhe na h-òrdain agus thug e a chasan leis, ga fàgail na h-aonar a' togail nighean bheag, biorach, dhubh. An e gun do thuig Mìcheal ciamar a bhiodh na bliadhnachan a bha roimhe nuair a bhiodh dithis bhoireannach ag èigheach na chluais, chionn bha a h-uile coltas gum biodh an nighean bheag aca nas bragail na màthair, no an e gòraiche na gaoithe a bhuail e an latha buidhe, grianach a bha siud. An latha a thug e lioft do Helga. Mus do sguir an dithis a' gàireachdaich bha e fhèin agus i fhèin anns an Fhraing. Chaidh na bliadhnachan seachad agus às dèidh greis a' gàireachdaich còmhla ri Helga san Fhraing, bha Mìcheal a' gàireachdaich còmhla ri Rene san Eadailt, Elle sa Ghrèig. An ceann ùine cha robh cuimhne sam bith aige air Nora. Uill... cha robh tric sam bith co-dhiù.

Tha àite ann do bhoireannaich èasgaidh, ghnothachail, bhragail mar Nora. Tha daoine thall ann an crìochan na Ruis a chuireadh cruaidh fheum air ceannard le a cuid chomasan, tighinn a ruith na dùthcha aca. Daoine ann am Pàrlamaid an EU a chuireadh feum air an leithid a thighinn a chur suidse riutha. Do bhoireannach mar Nora nach d' fhuair cothrom dhen t-seòrsa sin, agus tha gu leòr aca ann – coilich gun chearcan – dhaibhsan chaidh a thoirt taigh-aoigheachd B & B.

Gabhaidh taigh-aoigheachd a ruith mar dhùthaich. Do riaghailtean fhèin a chur mu choinneimh dhaoine. Làmh na Fèinne air an fheadhainn a' tighinn fon àrdaich agad a dh'fhaodas tu comhairleachadh 's cuideachadh 's crathadh air chluasan.

Thug Nora crathadh air a' phraigheapan a bha a' bragadaich le bracaist air cùl na stòbh. Dh'fhosgail i preasa agus i coimhead airson truinnsearan. Thuit dà phana agus liaparan baga plastaig a-mach às a' phreasa, iad a' sgaoileadh 's a' fàs air feadh an ùrlair.

"Ach coltas an àite! Tha e mar a dh'fhàgadh a' mhuir làn e."

A' toirt sùil timcheall, sheas i a' coimhead air an tsunami de stuth air feadh a' chidsin. Cha robh oisean no mullach nach robh làn le rudeigin, eadar soithichean, leabhraichean agus nigheadaireachd.

"Ciamar a dh'fhaodas boireannach a bhith cho beag dòigh nach urrainn dhi a cidsin fhèin a chumail sgiobalta? A Dhia Mhòir ach an lionsaich a phòs mo bhràthair!"

Chaith Nora dhith a seacaid, a' trusadh suas muilicheannan a blobhs. Ga faicinn a' sguabadh suas truinnsear bhon ùrlar theich an cat le roid a-mach an doras.

Anns an rùm shuas an staidhre, air oisean na leapa, grèim teann aice air bruis gruaige, bha Fiona na suidhe gun gluasad fad cairteil na h-uarach. A ceann cho làn agus mìle gath dealain a' dannsa a-null 's a-nall na bhroinn. A' toirt sùil air a' chluasag mhòr, bhog far an robh ceann Fhearghais na laighe beagan uairean air ais, shin i fhèin sìos, a' slaodadh an duvet suas mu a ceann. Cha chuala i fuaim na fòn a' ringeadh agus Nora ga freagairt. Cha chuala i guth Màiri Thormoid a' bruidhinn shìos an staidhre. Bha i an impis seòladh air falbh air ceò cadail nuair a shrac guth biorach Nora a-staigh tron cheò, a' toirt oirre suidhe an-àirde gu grad.

"Fiona, dè an aon diabhal a tha thu a' dèanamh shuas a sin! Nuas a seo thu! Màiri Thormoid a seo gad choimhead."

Thàinig Fiona na cabhaig a-nuas an staidhre, naidheachdan dràma na h-oidhche raoir aice air a teangaidh deiseil airson leum a-mach, ach ro fhadalach. Bha Màiri Thormoid air an sgeulachd gu lèir fhaighinn bho Nora. Mar a dh'fhalbh a' fòn ann an dubh dorcha na madainn. Nora na cabhaig a' falbh dhan ospadal, i a' faicinn an aon bhràthar a bh' aice na shìneadh air stretcher. Solais, dotairean is èigheach 's ruith. Bha Fiona an ìre mhath air a gearradh a-mach às an naidheachd. Leum i staigh dhan chòmhradh, i dèanamh a dìchill grèim fhaighinn air ais air a' chùis, ag innse mar a b' fheudar dhi NHS24 fhònadh, mar b' fheudar dhi falbh dhan ospadal, paideàmas oirre fo a h-aodach, ambaileans a' sgiamhail sìos an rathad. Ach cha robh e gu feum sam bith. Cha robh Màiri Thormoid ag èisteachd. Chionn, aig deireadh an latha, nach e fìrinn na cùise ge brith cò gheibh a-staigh leis an naidheachd an toiseach 's ann leis a tha an naidheachd, faodaidh e bàrr agus bonn agus meadhan a chur oirre mar a thoileachas e fhèin. 'S ann le Nora a bha an dràma seo a-nist. 'S e ise a bha troimh-a-chèile a' fulang uallach. Dàimh eadar fear is bean? Dè bha sin an taca ris an dàimh eadar piuthar 's bràthair?

Bha Fiona na suidhe a' coimhead air a' chupa tì a bha aice na làimh, faireachdainn fhann, fhalamh na mionach. Màiri Thormoid air an darna cupa tì a lìonadh dhi fhèin, a' cagnadh rola le ugh bog air, am buidheagan a' sruthadh sìos iomall a smig na bhoinneagan a' glacadh an lùib feusaig mhìn. Cha robh sìon for aice air na bha a' dol fad na madainn an ath dhoras dhi. Cha do rinn ise ach tighinn a-nall airson greis dhen mhadainn a chur seachad agus còmhradh beag a dhèanamh air Knots Landing, a ceann fhathast làn às dèidh na choimhead i dheth an oidhche roimhe sin. Fhios am biodh e freagarrach a' bheàrn bheag sa chòmhradh a lìonadh le bhith a' faighneachd an robh cuimhne aig duine co-dhiù an do thill Gary Ewing agus Valene còmhla ann an series trì?

"Halo, nist Eamag, an dèan thu a' chùis leat fhèin an-diugh 's a-màireach?"

A' gluasad eadar an cidsin agus an trannsa feuch càite b' fheàrr a gheibheadh i siognail fòn, bha guth Nora cruaidh agus gnothachail agus i bruidhinn ris an nighean aice. Beagan is ochd bliadhna deug, bha Eamag a cheart cho bragail ri a màthair.

"Tha agam fhèin agus Fiona ri falbh le Fearghas chun an ionad-cridhe. An dèan thu an gnothach air a' bhracaist? Chan eil againn a-staigh ach na còignear."

31

A' cluinntinn a' chòmhraidh thàinig Fiona thuice fhèin agus i a' suidhe an-àirde.

"Aidh an dà Ghearmailteach. Tha iad furasta gu leòr, ach thoir dhaibh am blutwurst airson bracaist."

Dh'fhosgail beul Fiona, i feuchainn ri ceist a chur ach cha robh fuaim a' tighinn a-mach.

"Saoil thusa gu dè rud a th' ann am blutwurst," smaointich Màiri Thormoid, i sìor ràdh an fhacail socair na ceann airson a chumail na cuimhne gus an tilleadh i dhachaigh 's gun cuireadh i dhan Google e.

"Opairèisean?" ars Nora. "Aidh, feumaidh e opairèisean cho luath 's a ghabhas. Tha iad ga chur a dh'Obar Dheathain."

Beul Fiona fhathast fosgailte, thàinig fuaim bìog a-mach agus an naidheachd a' drùidheadh oirre. Chaidh am bìog na èigh agus i a' leigeil às a cupa, e tuiteam na spluindear air an ùrlar.

"Opairèisean! Oh Fhearghais, Fhearghais!"

Bha i a-nist a' burralaich aig àrd a claiginn, deòir a' sruthadh sìos a gruaidhean.

"Fhearghais, Fhearghais! Dè nì mi às aonais Fhearghais?"

A' toirt an aire gun robh an dithis eile a' coimhead oirre le truas, leig Fiona a-mach burralaich gun chasg, deòir a' sruthadh mar abhainn.

Bha i air grèim fhaighinn air ais thuice fhèin, air an dràma.

Caibideil 3

Bha an chaise lounge geal. Sìoda geal. Na h-iomaill agus na casan, dath airgead. Sheas Sìle a' coimhead oirre, a' sùghadh a-staigh a h-anail leis an toileachadh. Bha an chaise lounge brèagha dha-rìreabh. Choisich i pìos air falbh bhuaipe ga coimhead, a cheart cho brèagha 's a bha i nuair a chunnaic i air an eadar-lìon i. Bha i air tighinn a-nall às an Fhraing, far an tug saoir trì mìosan ga dèanamh. Agus trì eile a' lorg an t-seòrsa sìoda a bha a dhìth air Sìle airson a còmhdach. Sìoda le fiamh aotram, aotram pionc, a chitheadh tu nuair a chaitheadh grian an fheasgair a soillse tarsainn. Latha brèagha an-diugh ann, Sìle ag òrdachadh gun cumadh a' ghrian a' deàrrsadh gu feasgar gus am faiceadh i gu dòigheil buaidh na grèine air an t-sìoda gheal. Bha i air uair-a-thìde a chur seachad a' sracadh a' phàipeir phlastaig far an chaise lounge, troighean de bhubble wrap mar chop de mhuir gheal air feadh an ùrlair. Thug i fhèin agus Seumas ùine sa madainn ga suidheachadh. 'S ann a-staigh fon uinneig a b' fheàrr a bha i a' coimhead. A' coiseachd a-staigh dhan rùm-suidhe 's ann oirre a laigheadh do shùil an toiseach.

"Beagan nas fhaide suas an taobh seo a Sheumais."

A' toirt sùil luath air an uaireadair, coltas air aodann gun robh fhoighidinn a' teannadh air fàs gann, rinn Seumas mar a dh'iarr i air, e a' fàgail pòg chabhagach air taobh a cinn agus a' falbh a-mach an doras gun sùil a thoirt air ais. Bha e gu bhith ann an Ameireaga airson deich latha.

Chaidh cairteil na h-uarach seachad mus tug Sìle an aire gun robh an taigh falamh. Stad i tiotan agus biorg ciont a' dol troimpe nach do dh'fhàg i beannachd dhòigheil aig Seumas. Gu luath chaidh an smuain a chaitheamh gu aon taobh, i a' pasgadh suas pàipear agus plastaig, iad air mothtan agus gibeagan fhàgail air feadh an àite. A' toirt a-mach na hoover, 's e sùghadh a-steach an truaillidh, cho-dhùin i gun robh cheart cho math dhi ruith a thoirt air an rùm gu lèir. Cha chuala i fuaim na fòn a' gliongadh.

Rùm-suidhe mòr, soilleir le grunnd uinneagan. Cùirtearan aotram, sìoda a' crochadh a-nuas agus a' sguabadh an ùrlair. Ùrlar fiodh buidhe, na bha am broinn an rùim de dh'àirneis air a chumail gu math lom. Bu toigh le Sìle am facal *minimalist*: sgàthain mhòra crochte ris a bhalla, bùird chaola, àrda an siud 's an seo, flùraichean nan suidhe orra. Leabhraichean mòra, gleansach air an sìneadh ri taobh a chèile air bòrd fada meadhan an rùim. 'S ann bho iris a thug Seumas dhachaigh à Ameireaga a chunnaic i rùm dhen stoidhle seo. Leis a' phìos àirneis ùir seo, 's ann a bha e a' coimhead nas ealanta na an rùm a chunnaic i anns an iris. Tharraing i a-staigh a h-anail, a cridhe làn le toileachadh. Flùraichean. Bha an rùm feumach air flùraichean. Saoil an robh gin dhe na ròsan troma, pinc air fhàgail slàn sa ghàradh? Dhèanadh fiù dhà no trì diofar.

Ghlac a sùil air a nàbaidh agus i a' tighinn a-staigh dhan taigh-ghlainne. Nach tàmailteach gun robh an taigh cho faisg agus gu faiceadh tu do nàbaidh anns an taigh-ghlainne. Gun fhiosta dhi fhèin chùm Sìle a' coimhead. A nàbaidh le coltas briogais paideàmas oirre agus t-shirt ghlas, i ag òl a-mach à cupa mòr, donn agus leabhar na làimh. A' leughadh mun àm seo dhen latha! An leisgeadair! Gun a sùilean a thogail on leabhar, shuidh a nàbaidh i fhèin sìos gu cofhurtail air an t-sòfa, a' caitheamh a casan rùisgte air mullach a' bhùird. Le sgrath is beagan òrrais thog Sìle a làmh gu a beul. Casan rùisgte, fallasach air mullach a' bhùird! Ugh!

Le sgrath buileach, thug i an aire dha a nàbaidh a' seasamh agus a' togail a làimh a smèideadh halò rithe. Làmh ga togail rinn an t-shirt sgapadh bhon bhriogais paideàmas agus òrlaich de bhrù mhòr, bhuidhe a' tighinn ris. A' leigeil oirre nach fhaca i, thionndaidh Sìle gu luath air a sàil a' falbh a-mach às an rùm.

A' fosgladh an dorais, chitheadh i gun robh am post a' coiseachd a-nuas an leathad. Am fear robach. Thug i sùil luath oirre fhèin anns an sgàthan an taobh an dorais. Mar as àbhaist, i coimhead cho lurach, grinn ri tè a thuiteadh a-mach à bogsa ribeanan. Bha a' mhadainn grianach agus thug oiteag ghlan, fhuar na gaoithe dath air a gruaidhean. Eòin a' ceileireadh, an aon fhuaim ri chluinntinn agus an t-sràid cho sàmhach.

Cha robh eòlas aice air na nàbaidhean. Bha beagan de dh'aithreachas oirre nach do rinn i oidhirp na bu mhotha nuair a ghluais i fhèin agus Seumas dhan taigh. Rinn an dithis aca beagan bruidhinn air oidhche a chur air dòigh agus dhà no trì dhe na nàbaidhean a b' fhaisge fhiathachadh a-nall. 'S e Seumas bu mhotha a bha a' putadh airson seo, e daonnan iomagaineach gum biodh i aonranach agus esan cho tric air falbh bhon taigh. Thug glanadh agus sgeadachadh an taighe ùir, ga thoirt chun na h-ìre a bha Sìle a' faireachdainn cofhurtail leis, leithid a dh'ùine, chaidh a t-àm nàbachd ùr fhàilteachadh seachad. Agus cha robh Sìle cho cinnteach sin an robh i ag iarraidh eòlas fhaighinn air nàbaidhean. Dè nan tòisicheadh iad air tadhal oirre gun fhiathachadh aig amannan mì-fhreagarrach? Fhuair i gu leòr dhe sin nuair a bha Flòraidh na nighean bheag, màthraichean timcheall a' tadhal a dh'fhiathachadh an dithis aca chun na pàirce. Boillsgeadh grèine agus bha iad a' leigeil às obair taighe! Dheònaicheadh Sìle coinneachadh aon uair agus gun robh na caran air an dèanamh. Glè thric, mun àm a thachradh sin, cha robh sgeul air grian, no air clann eile a' cluich. Flòraidh bheag air tuiteam na cadal a' feitheamh aig an uinneig.

Anns a' ghàradh thug i an aire do dhà ròs mhòr, fhosgailte gun smal. Bhiodh iad freagarrach. A' buain nan ròsan, bha Sìle a' coimhead air a fiaraidh air a' phost agus e a' coiseachd a-nuas. Àrd, le druim dìreach, seang, bha e air a dheagh chur ri chèile. Oisein de dh'iomall na lèine a' crochadh a-mach bann na briogais, falt fada a' coimhead nas glaine, ach bha e fhathast leis a' bhun-feusaig. Chrom i sìos a choimhead an robh an còrr ròsan anns a' ghàradh a ghabhadh buain, i a' feitheamh fuaim lorg nam brògan aige suas thuice. An canadh e guth mu ròsan an-diugh, "Ròs airson ròs." Rinn i gàire rithe fhèin a' cuimhneachadh. An dèidh diog no dhà thog i ceann, i ga fhaicinn a' coiseachd air falbh bhuaipe sìos an leathad. Cha robh sìon aig post dhi an-diugh. Dh'fhairich i diombadh beag neònach na mionach. A' crathadh a cinn a' feuchainn ri thuigsinn cò às a bha diombadh a' tighinn, chaith i an smuain gu aon taobh agus i cluinntinn fuaim na fòn a' gliongadaich.

"Oh Fiona, halo."

Thuit naidheachd Fiona a-mach, na faclan a' dol an lùib a chèile oirre. Fearghas air grèim-cridhe fhulang, aige ri dhol fo làimh lannsair, e falbh chun an ionaid-chridhe sa bhaile, i fhèin agus Nora a' tighinn còmhla ris. Dh'fhaodadh iad a dhol a dh'fhuireach ann an taigh-òsta, ach nach robh an taigh aig Sìle gu math faisg air an ospadal?

"Oh tha fios gu math gun tig sibh an seo," chuala Sìle i fhèin a' ràdh, an guth aice air a dhol car tana, neònach. "Sia uairean," arsa Sìle fo h-anail agus i leigeil às a' fòn. "Bidh iad a seo aig a-sia."

Cha robh a piuthar riamh anns an taigh ùr seo. Dh'fheumadh i dèanamh cinnteach gun robh e coimhead cho brèagha 's a ghabhadh. Fhios dè shaoileadh Nora dheth? Thàinig greann air a h-aodann nuair a smaoinich i air Nora. Cha robh mòran eòlais aice oirre, cha do thachair i rithe ach trì no ceithir a thurais. A ceann a' dol tuathal a' smaoineachadh air an ullachadh a dh'fheumadh i a dhèanamh, shlaod i dhith a briogais anairt gheal agus a blobhs sìoda buidhe agus chuir i oirre paidhir jeans agus t-shirt. A falt air a cheangal an cùl a cinn, miotagan rubair gan slaodadh suas a làmhan agus am bogsa stuth-glanaidh fo a h-achlais, bha i a' faighinn deiseil airson glanadh mòr a cheart cho mionaideach ri lannsair ann an tèatar.

Dh'fheumte ballachan nan en-suite a nighe sìos, na h-ùrlair a sgùradh, na sgàthain a ghleansadh. Chaidh searbhadairean a chur nan laighe sgiobalta air mullach na rèile. Siabainn ùra, dhaora air an cur am broinn soitheach glainne, botail siampù agus botal beag cùbhrais gan cur air sgeilp. Chaidh dà rùm, nach deach cadal annta ach fìor uair ainneamh, a ghlanadh o bhàrr gu bonn. Casan leapa gan dustadh, bàrr nan dorsan, bonn nan uinneag. Thug an dà rèididheator ùine mhòr fhaighinn glan, an dust cho doirbh faighinn thuige le cas na hoover. Cuibhrig dearg is glas le cùirtearan dhen aon dath airson rùm Nora, cuibhrig pinc 's orains dhan rùm aig Fiona. Ùr a-mach às a' phacaid, bha iad làn chramaisg an dèidh bhith paisgte cho fada. Bhiodh iad a' coimhead gu math nas fhèarr às dèidh ruith a thoirt air an uachdar leis an iarann. Thug e ùine mas robh gach nì mar bu mhiann leatha, i a' seasamh air ais a' coimhead air dà rùm brèagha, leapannan a-nist trom le cuibhrig, streath chluasagan, coinnlean cùbhraidh laiste air bùird bheaga.

Biadh? Dè dhèanadh i airson biadh? An cidsin cho glan, cha dùraigeadh i tòiseachadh air biadh ullachadh na bhroinn. *Caterista!* Bha an àireamh fòn ann an drathair. Biadh òrdachadh air ullachadh cheana, 's e sin a b' fhasa. Cha bhiodh aice ach a chur dhan àmhainn airson a bhlàthachadh nuair a thigeadh Fiona agus Nora. Oh 's e deagh chothrom a bhiodh a seo airson na glainneachan fiona ùra a thoirt a-mach, an fheadhainn agus daoimein bheaga air am feadh. Chaidh am bòrd mòr, glainne, dubh fhàgail gun tubhailt air uachdar ach ribean dhearg air a chur sìos a mheadhan, agus streath choinnlean òir ann an sàsaran purpaidh. Chaidh nèapraigean dearga a phasgadh am broinn nan glainneachan, na mullaich aca a' brùchdadh a-mach mar cumadh flùir.

Thionndaidh i sìos soillse nan solas agus thagh i ceòl socair a bhiodh freagarrach.

Le cho trang 's a bha i ag ullachadh, cha robh àite air fhàgail na ceann airson smuain sam bith a chaitheadh an taobh an robh Fearghas truagh. Na cabhaig air feadh an taighe stad Sìle diog bheag a' coimhead air a' chaise lounge ùr, gheal. Thàinig dealbh na ceann do Fiona agus Nora nan shuidhe air.

"Ooh!" agus "Ah!" aig an dithis agus iad a' moladh gun stad, nan suidhe gu dòigheil a' gabhail cupa tì. Fiamh-ghàire air aodann Sìle, cha mhòr nach robh i a' faicinn an dithis mu a coinneimh, a' toirt balgam às a' chupa tì agus a' sìor mholadh brèaghad an rùim. Balgam dhen tì dhubh aig Fiona a' dòrtadh às a' chupa a' fàgail làrach chruinn, ghrànda, dhonn air an t-sìoda gheal. Briogais dhorcha Nora a' fàgail làrach dhubh às a dèidh. Thàinig boinne fallais a' sruthadh air a shocair a-nuas bathais Sìle. Dè bha i dol a dhèanamh? Ciamar a bha i dol a chur stad air an dithis gun suidhe air a' chaise lounge? Saoil an gabhadh i a shlaodadh a-staigh dhan oifis a-mach às an rathad gu falbhadh Fiona 's Nora dhachaigh? Dh'fheuch Sìle ri a slaodadh, agus dh'fheuch i ri a putadh, ach bha an chaise fada ro throm. Cuibhrig mheileabhaid? Chaitheadh i cuibhrig mheileabhaid air a h-uachdar! Ciamar a bhiodh sin a' coimhead anns an rùm àlainn seo? Bhitheadh oillteil!

Anns an ospadal, bha Fiona agus Nora nan suidhe air gach ceann dhen leabaidh aig Fearghas. Bha iad gu sàmhach a' feitheamh gus an tigeadh an ambaileans ga iarraidh. Iadsan a' dol ga leantail anns a' chàr aig Nora gus an ruigeadh iad an t-ospadal, ceithir uairean-a-thìde air falbh.

Bha Nora le deise-briogais dhubh, agus brògan biorach, gleansach, dubh. Air a glùin bha baga-làimhe beag dubh, i ga bhrogadh le corrag gu mì-fhoighidneach. Na ceann bha i dol tron liost a bha i air fhàgail aig Eamag. An nighean aice cho dòigheil, bha fhios aice gun dèanadh i an gnothach taghta math. A' coimhead a-null air Fearghas dh'fhairich i bior beag, searbh a' ruith troimpe. Nach e thagh an t-àm airson grèim-cridhe? Bha Fiona fhèin a' toirt sùil air Fearghas, an t-aodann mòr, reamhar, dearg aige cho glas seach an àbhaist.

"Tha an sgarfa a tha seo a' dol glè mhath leis an t-seacaid ghlas?"

Bha Fiona le briogais is anarag aotram, glas, le sgarfa shoilleir, phionc mu a h-amhaich.

"Cha toigh leatsa an sgarfa seo idir Fhearghais. Ro shoilleir?"

Phut i a h-aodann a null faisg air Fearghas. Cha robh Fearghas truagh ga cluinntinn. Bha buaidh nan drugaichean làidir ga fhàgail aon mhionaid a' dannsa le casan aotram shìos air grunnd na mara, a' mhionaid eile a' seòladh aig astar suas chun na gealaich.

"Tha e a' coimhead nas cofhurtail Nurs," arsa Fiona ris a' bhoireannach òg a bha air a thighinn a sgioblachadh suas mun leabaidh agus muinntir na h-ambaileans air tighinn. "Dè tha thu a' smaointinn a tha ceàrr air?

"Fiona! Nach eil fhios agad glè mhath dè tha ceàrr air! Grèim-cridhe. Carson a tha thu a' smaointinn a tha iad a' falbh leis chun ionad-chridhe? Vasectomy?"

Phut Nora Fiona a-mach roimpe agus iad a' leantail stretcher Fhearghais a' falbh a-mach an doras.

"Chì mi aig an ospadal thu Fhearghais," ars Fiona. "Chan fhaod mise falbh san ambaileans."

Bha Fearghas agus masg ma bheul, cha b' urrainn dha guth a ràdh. Thog e suas a làmh beagan ann am beannachd, ach chan fhaca Fiona agus i leum a-staigh dhan chàr.

Bha e air teanga Nora faighneachd cò thuirt nach fhaodadh i falbh anns an ambaileans, chionn cha chuala ise leithid ga ràdh, ach cha tuirt i guth. Feumaidh gu bheil a h-uile rud a th' ann air a cur cho troimh-a-chèile, chan eil i aice fhèin dòigheil. Ach uill, 's fheàrr sin cus seach èigheach agus burralaich. Cha robh fhios aig Nora dè dhèanadh i nan tòisicheadh sin a-rithist.

"Oh Nora, nach math gu faod sinn fuireach aig Sìle. Cha bhithinn ag iarraidh a bhith ann an taigh-òsta aig àm cho doirbh. 'S e seo a bhiodh Fearghas ag iarraidh cuideachd."

Bha grian ìosal an fheasgair a' deàrrsadh a-staigh air uinneag mhòr an rùim-suidhe aig 414 Rowan Avenue nuair a bha an càr aig Nora a' tionndadh suas an leathad. Gathan buidhe, blàth a' laighe air uachdar a' chaise lounge. An robh an sìoda geal a' togail nam fiamhan pionc leis a' ghrèin, mar a chaidh a ghealltainn? Bha e doirbh a ràdh agus a h-uile òirleach dhith air a suaineadh o bhàrr gu bonn le lioparan bubble wrap plastaig.

Caibideil 4

"An e seo Flòraidh?"

Thog Nora dealbh ann am frèam airgead agus sheas i ga choimhead. Nighean òg le aodann cruinn agus falt fada, dìreach, bàn. Bha duine òg le falt ruadh còmhla rithe anns an dealbh. Sheas Sìle ri a taobh, i a' faicinn nan lorgan a bha corragan Nora air fhàgail air a' frèam.

"'S e. 'S e sin i fhèin agus Joe, am boyfreind."

Thug i an dealbh à làmh Nora agus, ga suathadh le clobhd beag a bh' aice na làimh, chuir i air ais air a' bhòrd bheag i. Phut i a-null beagan air cùl na bhàsa fhlùraichean i. Nach bochd nach robh Flòraidh nas brèagha, no fiù 's nas caola. Agus Joe?

Bha Flòraidh an dèidh bhith còmhla ri Joe airson trì bliadhna a-nist, agus bha Sìle air fàs beagan nas cleachdte ris, ged a bha i fhathast an dòchas gun tigeadh fear na b' fhearr. A' chiad turas a choinnich i ris, cha b' urrainn dhi a h-inntinn a dhèanamh suas co-dhiù an e muinchillean na seacaid aige a bha ro fhada no an e na gàirdeanan aige a bha ro ghoirid. Bha an dealbh air a gearradh anns a' frèam ann an dòigh agus nach fhaiceadh tu ach a cheann agus amhach.

Stiùir i an dithis bhoireannach chun nan rumannan-cadail. Bha Fiona a' coimhead air àilleachd an taighe le beul fosgailte agus Nora a' dèanamh a dìchill gun choimhead idir. Nach e an taigh a tha coltach ri bùth, shaoil Nora, agus i a' sìneadh a baga sìos air uachdar na leapa, no duilleag a-mach à catalog. An rùm mòr, brat-ùrlair geal, pàipear-balla aotram glas le grìogagan deàlrach air fheadh. Sgàthan mòr air gach balla, gach taobh a choimheadadh tu bha thu a' glacadh d' fhaileis. Cha robh a bhith ga faicinn fhèin san sgàthan dèanamh sìon airson sunnd Nora.

Bha leabaidh le cuibhrig gleansach, dearg air, agus streath de chluasagan ann an diofar dath fiamh dearg, a bha a' toirt suas an treas cuid dhith.

"Uill 's e aon rud as lugha orm," arsa Nora fo h-anail, agus i a' spìonadh nan cluasagan agus gan sadadh chun an ùrlair, "'s e a bhith a' sabaid an aghaidh chluasagan nuair a tha mi feuchainn ri faighinn dhan leabaidh!"

Nan gabhadh farmad fhaicinn, eil fhios gu dè an cumadh a bhiodh air? Ma bha fhios aig tè sam bith, bu chòir fios a bhith aig Nora. Cha robh farmad aig àm sam bith fada bho a cridhe. Tha fhios againn gur e uaine an dath, an seòrsa dath uaine a bha an dràsta ag èirigh suas broilleach Nora, a' dìreadh suas a h-amhach gu a h-aodann. Beò, ach beag, ann an oisean cridhe iomadh duine, bha farmad ann an cridhe Nora air a dheagh bhiathadh, a' fàgail gun robh e sìor fhàs, agus gu searbh a' goil, a' faighinn rathad dha fhèin a-mach tro a teangaidh.

An taigh mòr a bha seo aig Sìle, làn leis a h-uile rud a cheannaicheadh airgead! Pòsta aig duine eireachdail, beairteach, gun char aice ri dhèanamh latha às dèidh latha ach a bhith a' dustadh òrnaide! Carson nach e sin a cuid-sa dhen t-saoghal? Seach a bhith a' frithealadh luchd-turais nach tric a ghabhadh riarachadh. Mura robh na cluasan aicese eòlach air an rùm a bhith ro fhuar, am biadh a bhith ro amh, an tìde a bhith ro fhliuch. A' togail a làmhan gu a sròin, bha i smaointinn gun robh i fhathast a' faighinn fàileadh grod a' bhlutwurst.

Thug Nora sùil luath oirre fhèin anns an sgàthan. Aodann glas, sgìth a' coimhead air ais oirre. Rinn suathadh dath-liopan, agus beagan rouge mu a gruaidhean feum dha a gnùis, shùgh i staigh a h-anail agus choisich i dhan chidsin.

Bha an dithis pheathraichean an sin. Fiona na suidhe aig a' bhòrd gu mì-chofhurtail, i a' faireachdainn cho robach ann am broinn taigh cho snasail. Bha Sìle a' dèanamh tì. Soithichean crèadha geala gan cur air a' bhòrd. 'S ann gu math lom a bha an còmhradh. Na bliadhnachan air am beàrn fhèin a chur eatarra. Beatha an dithis cho diofraichte, na nigheanan òga a bh' annta uaireigin air a dhol fada, fada a-mach à sealladh. Sìle ag oidhirp còmhradh a dhèanamh air Fearghas, Fiona trang a' moladh cumadh nan cupannan, cha robh i ag èisteachd. Bha e cho neònach dhi a bhith an àite sam bith às aonais Fhearghais, i coimhead a-null air an doras mas fhìor gun robh e dol a choiseachd a-staigh. Thug i nèapraige a-mach às a pòca a' toirt suathadh beag air a sròin.

"Dè chanadh Fearghas ris an taigh mhòr a seo?"

Cha chanadh mòran an ceartuair, chan eil e air comas," arsa Nora gu biorach.

"An gabh thu cupa tì, Nora?" Thug Sìle spàin de dhuilleagan tì à pacaid dhubh ri taobh na poite air a' bhòrd.

"*Assam Namdang black tea*! Dè Dhia tha ceàrr air *Tetley*?" Thog Nora a' phacaid tì, a' toirt sùil le drèin. "Ochd notaichean? Thug thu ochd notaichean air puigean tì?"

Cha tuirt Sìle guth. Chùm i oirre a' lìonadh na poite. Cha do thog i a sùilean a choimhead air Nora.

"Aig a' phrìs sin, cha bhiodh fhios 'am co-dhiù a dh'òlainn i no an smocainn i!"

Chaith i a-null bhuaipe a' phacaid a' sealltainn nach robh ùidh sam bith aice ann an cupa tì. "Tha mi fhìn car fann às dèidh an turais fhada sa chàr, bheil dad nas làidire a' dol?"

Thug Sìle a-mach botal fuar às a' frids. "Glainne bheag *Prosecco*?"

"Ud, cha tèid mise faisg air a' mhùin cait tha sin. 'S e "pro-shit-o" a tha aig Eamag againne air. Bheil uisge-beatha idir agad?"

Bha Sìle ga faireachdainn fhèin a' fàs cho similidh mu choinneamh boireannach cho làidir, bragail ri Nora. Thàinig a freagairt a-mach le guth tana, "Tha uisge-beatha aig Seumas anns a' phreasa seo. Dè fear a ghabhas tu? Chan eil mise eòlach air deoch làidir idir."

Bha preasa làn dhen h-uile seòrsa uisge-beatha. Gach fear nas daora na chèile. *Macallan, Balvenie, Talisker, Chivas Regal*.

"Fliuch do shùil," arsa Nora rithe fhèin agus i a' coimhead air na bha sin de bhotail. Thog i a-mach botal *Glenmorangie*. Bha e air fhosgladh, an amhach air a thoirt às. "Gabhaidh an dithis agaibhse balgam beag tha fios. Trì glainneachan Sìle?"

Thog Sìle a làmh dol a dhiùltadh, ach a' fosgladh a' phreasa bha i air trì glainneachan a thoirt a-mach gun smaoineachadh air. Guth beag na ceann a' ràdh gun dèanadh dram feum airson neart a thoirt dhi a' cur suas ris an oidhche a bha roimpe. Cha robh i eòlach air daoine a bhith fuireach air aoigheachd. Bha an taigh mòr seo falamh a h-uile oidhche ach i fhèin agus Seumas. Agus tric gu leòr bha Seumas air falbh. Mòr agus gun robh an taigh bha e a' faireachdainn ro bheag a-nochd. Bha sgarfa Fiona na laighe air an t-seithear, Nora air a brògan a thoirt dhith, iad nan laighe air a' bhrat-ùrlair. Bha Sìle a' faireachdainn, 's a' faicinn, fàileadh an fhallais. Bha i cuideachd a' faicinn dust. Tòrr dust a' cuairteachadh timcheall ceann Fiona agus a' tuiteam às dèidh gach cheum agus gluasad a bha i gabhail.

Bhiodh e air a bhith doirbh gu leòr Fiona tighinn a dh'fhuireach, ach bha e a-nist follaiseach nach robh i fhèin agus Nora a' còrdadh ri chèile. Thòisich cràdh a' tighinn a chùl a h-amhaich agus na gualain a' smaoinicheadh air an oidhche fhada a bha roimpe. Thug i deagh bhalgam às an dram uisge-bheatha. Cha robh for air a' bhreug bheag *"Chan eil mise eòlach air deoch làidir"* a thàinig cho furasta gu a teangaidh. Bha iad eòlach gu leòr air a chèile, i fhèin agus an t-uisge-beatha, e caitheamh a chuid bhlàths càirdeil sìos seachad a glugain. Cha deach sìon dhe sin seachad air sùilean fitheach Nora, agus i a-nist a' faireachdainn nas cofhurtail agus nas cinntiche innte fhèin. Thug i deagh ghleadhag às a' ghlainne. Cha robh an aon chàirdeas eadar Fiona bhochd agus an t-uisge-beath is thug i ùine a' coimhead air an stuth bhuidhe a' laighe aig bonn na glainne. Cha do bhlais i a-riamh air uisge-beatha. Fearghas coma do bhoireannaich a bhith ag òl deoch làidir sam bith. Barrachd agus aon turas chuala i e a' ràdh gum bu chòir lagh a bhith ann, boireannaich a thoirmeasg o bhith blasad air. Chluinneadh i a ghuth fhad 's a thog i an dram gu a beul agus a thug i balgam às, e losgadh cùl a muinil agus a' toirt oirre tòiseachadh air tachdadh. Bha i fhathast a' cluinntinn a ghuth nuair thug i an dàrna balgam. An treasamh balgam, a' tràigheadh na glainne, cha robh sgeul air. Bha guth Fhearghais air a mhùchadh.

"Oh sin thu fhèin," arsa Nora, i a' faicinn na glainne agus i falamh.

"Nì siud feum dhut. Cha robh sinn a' dol chun an ospadail a-nochd co-dhiù, leigidh sinn fois le Fearghas. Fònaidh mi an t-ospadal às dèidh dhuinn biadh a ghabhail."

"Fònaidh mi fhèin an t-ospadal," arsa Fiona le guth cruaidh seach an àbhaist. "Chan inns iad sìon dhutsa, 's e mise a bhean!"

'S e ise a bhean. 'S e ise a bha dol tron uallach a bha seo. Ise a bha cho troimh-a-chèile agus gun robh a mionach na uisge agus a ceann a' bragadaich leis an uallach. Dh'fheumadh i bhith treun, làidir airson Fearghas. Cha bhiodh e gu feum sam bith a bhith a' caoineadh agus a' dèanamh òinseach dhith fhèin. 'S ann a bha an fhaireachdainn bhragail, thapaidh a bha seo a' còrdadh rithe. Carson nach fhaodadh ise na h-òrdain a thoirt seachad, an àite bhith gan gabhail bho cach? Thàinig a guth a-mach gun fhiosta dhi, "Rinn an dram feum dhan sgìos agam Sìle, ghabhainn tèile. Ghabhadh agus thusa, Nora, 's toigh leatsa deagh dhram."

Far an tug a' chiad dram misneachd do Fiona, thug an darna dram bhuaipe e, a' toirt seòrsa de cheò neònach na àite. Carson a bha beul Nora air aodann Sìle? Dà Nora ag iarraidh oirre a biadh ithe mas fhàsadh e fuar. Dè an cumadh neònach a bha air tighinn air an teangaidh aice, ga dhèanamh doirbh dhi bruidhinn? Bha an dithis eile le còmhradh tioram aig ceann eile a' bhùird,

"Dè reasabaidh a tha agad airson Chicken Provencal?"

"Caterista."

"Caterista!" Guth Nora a' dol biorach agus greann a' sguabadh tro a h-aodann. Dè seòrsa beatha a bha aig a' bhoireannach a bha seo?

Ghluais a' bhruidhinn chun nan nigheanan. Ceann còmhraidh furasta aig iomadh màthair. Flòraidh san oilthigh. Dh'fhaodadh Sìle a bhith moiteil. Eamag an ceann a cosnaidh. Bha sin cuideachd airidh air moladh.

"Oh 's e oghaichean an ath rud a thig," ars an dithis le aon ghuth. Ged as e an fhìrinn ghlan bha aig an dithis, bha Nora agus Sìle coma co-dhiù thigeadh gus nach tigeadh oghaichean.

Bha an aon tè anns a' chruinneachadh, a bheireadh seachad falt a cinn agus ceann nan casan air pàisde a feòla fhèin altram na h-uchd, air gluasad air falbh bhon bhòrd agus i coiseachd a-staigh dhan rùm-suidhe. Bha an còmhradh air pàistean a' toirt air deòir cruinneachadh aig cùl a sùilean. An iarraidh aice air an son cho làidir, cion nach robh iad aice cho goirt. Bha coiseachd air feadh taigh Sìle a' toirt a h-aire air falbh bhon chuspair.

Chluinneadh i guthan Sìle agus Nora, an dram air teòdhadh air an dithis, agus iad a' bruidhinn ann an guthan ìosal air an truas a bha aca ri Fiona. Bhitheadh iadsan mar piuthar agus piuthar chèile nan taic dhi. A' cluinntinn a' chòmhraidh seo, dh'fhairich Fiona faothachadh na cridhe nach fheumadh i dhol tron droch aisling seo leatha fhèin. Math dh'fhaoidte gun tigeadh math a-mach às an àmhghar seo agus gun tairraingeadh e an triùir nas fhaisge air a chèile. Math dh'fhaoidte gun dèanadh an triùir barrachd oidhirp coinneachadh agus ùine a chur seachad còmhla.

Thàinig faireachdainn nas aotruime na ceum agus i a' coiseachd tron taigh. Bha e mar àite nach fhaca ise riamh, riamh a leithid. E cho glan agus cho sgiobalta, an t-ùrlar fiodh, an àirneis, na cùirtearan, na dealbhan is sgàthain mhòra. Bha seo cho diofraichte ris an taigh aice fhèin agus Fearghas, gach oisean is cùl làn stuth. Saoil nam biodh barrachd phreasachan anns an taigh aca, gus an gabhadh stuth a ghlèidheadh a-mach à sealladh? No 's dòcha seada mhòr a thogail? Nach ann rithe a chòrdadh e a bhith a' fuireach ann an taigh cho glan 's cho ùr. Chuireadh i planaichean air dòigh nuair a thilleadh i dachaigh.

Thug i an aire dhan phìos àirneis is iongantaich a chunnaic i riamh. Seòrsa de bheinge mhòr phlastaig. Sheas i ga choimhead. Feumaidh gur e seo design gu math ùr, coltas caran 'space age' air. Shuidh i sìos air a' chaise lounge, cuideam a tòine a' toirt air na builgeanan plastaig burstadh, fear às dèidh fear. Bha an lasgan gàire a bha tighinn bhuaipe às dèidh gach builgean a' burstadh cho chruaidh 's gun cluinneadh tu a-muigh air an t-sràid e.

Caibideil 5

"Fiona! Fiona!"

Na guthan fada, fada air falbh, iad ag èigheach cruaidh oirre. Am fuaim a' dol air chall ann an stoirm na gaoithe. Dhubh an iarmailt agus bhrag tàirneanach, na nèamhan a' leigeil a-nuas an dìle bhàite. Chùm Fiona a' ruith, a còta drùidhte agus a bòtannan a' glacadh san eabar puill. Thòisich i air ruith nas luaithe, an lùths a' falbh às na casan aice agus a h-anail goirt na h-uchd, a cas a' glacadh teann ann an toll coineanaich agus i tuiteam, agus a' tuiteam, sìos toll mòr, domhainn. Na guthan ag èigheach agus iad a' fàs fiadhaich.

"Fiona, Fiona!"

A' fosgladh a sùilean, chitheadh i Nora agus grèim aice oirre air adhbrainn. Cà' robh i? Fearghas? Cà' robh Fearghas? Dè rùm neònach a bha seo? Bha Sìle a-nist air tighinn a-staigh dhan rùm.

"Tha i air dùsgadh. An do dh'innse thu dhi?" Bha Sìle agus Nora sàmhach nan seasamh aig an doras.

"Cha chreid sibh an aisling a tha an dèidh a bhith agam. Mi ruith ann an stoirm is gaoth agus air tuiteam am broinn toll coineanaich."

Dè bha an coltas air aodann an dithis aca a' ciallachadh? Cha robh iad ag èisteachd rithe ag innse mun aisling, ach a' sìor choimhead air a chèile, gu mì-chofhurtail. Thàinig Nora a-nall faisg oirre.

"Tha Fearghas air grèim-cridhe eile a ghabhail. Aig leth-uair an dèidh ochd. Tha e anns an tèatar an dràsta."

Chùm Fiona a' coimhead air an dithis, gun i dèanamh oidhirp sam

bith leum a-mach às an leabaidh. Carson a bha Nora a' bruidhinn rithe le guth socair, coibhneil? Sìle a' coimhead oirre le truas na sùilean? Cò às a thàinig an naidheachd? "Greas ort Fiona. Cuir boiseag nighe ort fhèin agus cuir ort aodach. Feumaidh sinn falbh chun an ospadal."
"Oh Nora," arsa Fiona, gun i a' gabhail mòran sùim anns an naidheachd. "Leth-uair cadail eile agus bhithinn air mo rathad fhaighinn a-mach às an toll coineanaich." Shlaod i suas a cuibhrig gu a sròin, i mèaranaich. "Fiona!" Guth Nora gu math brisg a-nist. Le osna, dh'èirich Fiona a-mach gu slaodach às an leabaidh, agus dh'fhalbh i a-staigh dhan en-suite. Chuala Nora agus Sìle an t-uisge teth a' dòrtadh agus an uair sin fuaim seinn, *"Some say the heart is just like a wheel, you can mend it, you can mend it..."*

Sheas an dithis greis a' coimhead air a chèile, Sìle a' toirt grèim às a liopa. Airson a' chiad turas bhon a thàinig iad, bha i taingeil gun robh Nora an seo airson rian a chumail air a piuthar.

Mòr agus trang, bha an t-ospadal làn dhaoine a' falbh nan cabhaig. Nora, a' caitheamh òrdain agus a' sireadh fiosrachadh air stad slàinte a bràthar. Bha e fhathast gun tilleadh bhon tèatar. Thigeadh cuideigin a thoirt dhaibh brath cho luath 's a bha dad ùr ri innse. Chaidh an cur ann an rùm-feitheimh beag. Deich seidhir ann an streath, dath caran ciar pinc orra. Shuidh an triùir pìos air falbh bho chèile, Sìle a' toirt suathadh le nèapraige fhliuch mus do shuidh i. Chaidh deich mionaid shàmhach seachad gun guth ga ràdh, Nora le làmhan paisgte, a ceann air ais agus a sùilean dùinte, Sìle mas fhìor a' coimhead air deilbh a bha glèidhte aice air a fòn-làimhe. Thòisich Fiona air a dhol tro eallach de sheann irisean a bha nan laighe air a' bhòrd.

"Seall Sìle, 's e siud an aon seòrsa sgàthain a th' anns ann en-suite agad."

Cha do thog Sìle a ceann airson coimhead.

"Angelina Jolie! Tha i sin coltach le fireannach. 'S e sin a bhitheas Fearghas a ràdh." Gnùis Fiona saor o uallach, i coimhead cho aighearach ri nighean bheag, aghaidh Sìle agus Nora glas, teann le dà chuid uallach 's frionas. Thug a bhith falbh treas mu seach a lorg tì agus cofaidh deagh leisgeil dhaibh faighinn a-mach às an rùm pòile beag. Chaidh madainn fhada seachad a' feitheamh gun ghuth ga innse dhaibh. Dotairean agus nursaichean a' dol nan cabhaig seachad air uinneag an dorais, gun duine aca a' stad a dh'innse naidheachd sam bith air Fearghas. Am fear sin na shìneadh anns an tèatar, lannsairean an dèidh fhuaigheil suas mar mharag mhòr, deiseil airson na poite. Bha shùilean a' fosgladh agus a bheul a' dèanamh cumadh an fhacail "Fiona", ach cha robh smid a' tighinn a-mach.

Anns an rùm-feitheimh, bha Fiona na suidhe, i sgìth de leughadh nan iris. Gu h-ìosal fo a h-anail bha i seinn, *"Some say the heart is like a wheel, you bend it, you mend it..."*

Fhios an ann a' call a rian a tha i, arsa Nora rithe fhèin. Ma tha i mar seo an dràsta, ciamar a bhitheas i ma bhàsaicheas Fearghas? Thàinig crith sgraith na ruith tro fèithean Nora a' smaoineachadh air leithid a rud. Bha a piuthar chèile cho ceangailte ri a bràthair, cha mhòr gun robh am boireannach a' tarraing anail gun fhaighneachd do Fhearghas an toiseach ciamar a dhèanadh i e. Thàinig sgleò de dhealbh dhorcha gu a h-inntinn air Fearghas air bàsachadh, agus lathaichean riaslach aicese anns an taigh-aoigheachd agus e làn dhaoine. Fiona a' fònadh a h-uile deich mionaidean a' burralaich 's a' caoineadh Fhearghais agus a' faighneachd ciamar a dhèanadh i siud, ciamar a dhèanadh i seo. Dhùin Nora a sùilean agus le uile dhùrachd ghuidh i ri Dia, Fearghas a chumail beò.

A' fosgladh a sùilean, chunnaic i gun robh Fiona a-nist a' sracadh a-mach reasabaidhean às na h-irisean mar nach robh sìon air an t-saoghal a' cur dragh oirre. Chùm Nora oirre leis an ùrnaigh.

"Oh Fhearghais, Fhearghais, fuirich beò. Fuirich beò no... murtaidh mi thu!"

Na suidhe sàmhach ach gu math an-fhoiseil, bha boinne fallais a' cruinneachadh os cionn mhalaidhean Sìle agus a' tòiseachadh ri sruthadh. Cha robh i air teansa fhaighinn an taigh a ghlanadh. Bha e salach. Dust air feadh an àite, soithichean anns an t-sinc gun nighe, searbhadairean nan laighe air ùrlar an en-suite, leapannan gun chàradh. Thionndaidh i a h-aire chun nam postairean a bha air feadh a' bhalla,

ITH BIADH FALLAIN! DEAN EACARSAICH!
Dh'fhairich i dòigheil aiste fhèin. Bha ise a' cumail ris a' chomhairle ud. Sin a dh'fhàg gu robh i cho seang, fallain, fut. Ma dh'fhaoidte gun robh còir aice aire a peathar a thoirt chun na comhairle. Nach i bha air a leigeil fhèin bhuaithe, cho reamhar agus seann fhasanta! A' bhriogais ghrànda, dhubh ud agus gun i falbh dhi! Bheireadh i air cuairt dhan bhùth i gus aodach ùr a cheannach. Chùm i oirre a' leughadh nam postairean, i leum gu luath seachad air a' phostair a bha a' toirt comhairle mu dheidhinn deoch làidir.
NIGH DO LAMHAN!
Na faclan a' leum a-mach, a' dannsa mu choinneamh a sùilean. Thill a h-aire gu grad gu coltas an taighe aice fhèin, e cho salach, fàileadh dhaoine air feadh gach rùm. Nam faigheadh i dhachaigh gus na h-uinneagan a chaitheadh fosgailte.

Dh'fhàs a h-anail goirid, a cridhe a' dol cho luath, na buillean a' bualadh cruaidh na cluasan, fallas a-nist a' sruthadh sìos cliathaich a h-aodainn.

"Oh ach am blàths," chuala i fhèin a ràdh. "Tha i cho bruthainneach a-staigh a seo, feumaidh mi dhol chun an doras a-muigh airson oiteag gaoithe."

Na seasamh aig an doras a-muigh, an oiteag fhuar a' toirt faothachadh dhi, thug i an aire gun robh tagsi air stad.

A' caitheamh dhith a còta agus a' slaodadh oirre miotagan rubair buidhe, bha Sìle na leum air feadh an taighe. Na h-uinneagan sraointe fosgailte, dustadh ri dhèanamh air feadh gach uachdar 's òrnaid, soithichean a bha am broinn an nigheadair às dèidh biadh na h-oidhche raoir ri chur air falbh. Thug e ùine mus d' fhuair i an cidsin agus an rùm-dìnnear fhaighinn air ais mar bu chòir, am bòrd mòr a-nist gleansach a-rithist le coltas ùr na bùtha air.

Bha rùm Fiona mar gu fàgadh a' mhuir làn e, aodach air feadh an àite agus gun stiall aodaich air a chrochadh aice an am preasa. Baga na laighe air an ùrlar agus aodach, brògan 's giodalach air spreidheadh a-mach timcheall. Chrath Sìle a ceann le mì-chreid. Carson a dh'fhàgadh duine sam bith aodach air an ùrlar agus preasa a seo a

49

dh'aona-ghnothach air a shon? Dè bha ceàrr air daoine! Thug an en-suite an dùbhlan a bu mhotha dhi. Botal siampù air dòrtadh sìos cliathaich an t-sinc. Pàipear toidhleit air tuiteam dhan phana. Searbhadair na laighe fliuch air an ùrlar. Ri taobh an sgàthain bha baga beag maise-gnùis, am baga cho sean, an dath air falbh dheth, an siop aige briste. Dh'fhosgail i mach e, stuth buidhe air dòrtadh na bhroinn, cnogan beag fùdair gu math falamh. Thog i mach botal beag scent dubh, boinne no dhà air fhàgail na bhonn, *Styx*. Thug i braon beag às, i ga shuathadh air cùl a cluasan. Bha e làidir.

Tha cumhachd aig fàileadh airson cuimhne a dhùsgadh, an neart aige cho làidir gun tug e air Sìle grèim fhaighinn air cliathaich an t-sinc, i air a fabhradh air ais gu àm eile. Dithis nighinn òig le botal scent. Bha geasag bana-bhuidsich an lùib a' bhotail a rèir na sanasachd. Bha agad ris na faclan, "*Let love begin, let cauldron and fire, bind our hearts with one desire*", a ràdh, tionndadh trì tursan, agus ainm do ghràdhain a chantail fo d' anail. Fearghas? Tha fhios nach e ainm Fhearghais a bha air teanga Fiona.

Cà' an deach an dà nighean òg? Cà' an deach an dùil 's an dòchas? Bha ise, Sìle, air a bhith fortanach, ach Fiona? A' tilleadh a' bhotail dhan bhaga, chùm Sìle oirre a' glanadh, a' togail 's a' sgioblachadh, i gluasad gu cabhagach air feadh an rùim.

Bha i car beag iomagaineach a dhol a-staigh dhan rùm aig Nora, i seasamh diog taobh a-muigh an dorais, ach cha b' urrainn dhi stad a chur oirre fhèin. Bha rùm Nora gu dòigheil, sgiobalta, leabaidh air a càradh mar nach do chadail duine riamh innte. Thug Sìle crathadh air a cuibhrige agus fruiseadh air na cluasagan. Bha an en-suite cho glan 's a ghabhadh ach thug Sìle ruith mhath air le uisge teth agus bleach, dìreach air eagal 's...

A' dol tron taigh ann an uimhir a chabhaig, bha Sìle agus struth dhith, a gruag a' laighe fliuch ri a ceann. Bha maise-gnùis air leaghadh na striacan sìos a gruaidhean, a mascara na bhobhlaichean dubha mu na sùilean aice. Leis a' bhlàths, dh'fhosgail i mach putain a blobhs. Ghlac a h-aire glainne fìon dearg thall ri taobh a' chaise lounge. Feumaidh gur e Fiona a dh'fhàg a sin e an raoir! Ga spìonadh suas na cabhaig agus a' falbh na leth ruith chun an t-sinc, dhòirt an darna cuid sìos mu bhroilleach a blobhs.

Thàinig fuaim glag an dorais. Nora! An ann air tilleadh air ais chun an taighe a bha i? Dè an ùine on a dh'fhàg Sìle an t-ospadal? Bha còrr aice a bhith air teacsa a chur thuca. Bhiodh Nora agus Fiona an dèidh bhith ga siubhal. Dh'fhalbh i chun an dorais na leum, leisgeul nam breug gan ullachadh air a teanga agus i fosgladh an dorais.

Na sheasamh air leac an dorais, litir aige a bha feum làmh-sgrìobhaidh, bha am posta òg. Ag òl a-staigh an sealladh a bha sin mu choinneamh, thug i an aire gu robh fiamh a' ghàire a' dannsa mu na sùilean aige. Sùilean blàth, donn. Sguab deò gaoithe seachad a' toirt fàileadh làidir *Styx* gu a sròin. A' gabhail bhuaithe am peann, shuath an làmh aige ris an làimh aicese agus dh'fhairich i biorg a' dol troimhpe.

"Tapadh leat," ars ise a' leum a-staigh agus a' dùnadh an dorais.

A' dol suas dhan rùm aice fhèin airson leum a-staigh dhan fhras, chuir fuaim na fòn stad oirre. A' dol ga freagairt chunnaic i a faileas anns an sgàthan agus a coltas. Chaidh i fuar is blàth le nàire a' smaoineachadh air a' phost òg ga faicinn san staid seo. Blobhs cho fosgailte agus a h-aodann agus a falt a' coimhead cho robach, struth fìon dearg sìos a broilleach. Ro fhadalach a' dol a thogail na fòn chaidh an uidheamachd air agus thàinig an guth biorach a-mach,

"Sìle! Bheil thu sin? Tha sinne air an t-ospadal a shiubhal air do shon? Cà' an aon diabhail a bheil thu?"

Caibideil 6

"Fiona, carson a thuirt thu rium gun robh a h-uile rud agad am broinn a' bhaga?"

Bha Nora a' dèanamh a dìchill stuth Fiona a chruinneachadh agus fhaighinn a-staigh dhan bhaga aice, cabhag oirre faighinn a-mach às an taigh aig Sìle. Trì latha fada gu leòr 's i a' faireachdainn air a mùchadh am broinn an taighe mhòir, bhrèagha, ghleansaich, theann a bha seo. An glanadh gun stad aig Sìle a' teannadh air Nora a chur far a cinn. Cho luath 's a dh'èireadh i às an t-sòfa bha na cluasagan gan crathadh. Nan leigeadh i às a baga-làimhe bha e air a thogail agus air a chur air falbh dhan phreasa. Cnogain gan spùtadh gun stad. Bha fàileadh cùbhraidh nan ròs a' tòiseachadh ri Nora fhàgail bochd.

Bha Fiona a' falbh eadar an rùm aice fhèin agus an rùm aig Nora mar tè a bha ann an ceò. Aon bhròg mu a cois gun sgeul air a' bhròig eile. Fearghas a' faighinn a-mach às an ospadal an-diugh, agus bha i fhèin agus Nora ga thoirt dhachaigh. Ceann Fiona a' goil, agus i a' smaoineachadh air na bha aice ri dhèanamh airson cuideachadh ri cridhe Fhearghais a leigheas. Liost fhada aice dhen t-seòrsa bìdh a dh'fheumadh e sheachnadh. Liost eile dhen bhiadh a bu chòir dhi a thoirt dha. An eacarsaich a dh'fheumadh e dhèanamh.

Thug Sìle an aire cho troimh-a-chèile 's a bha a piuthar, ach cha robh fhios aice buileach dè dhèanadh i airson cobhair a thoirt dhi. Fearghas cho mòr 's cho brùchdadh 's cho reamhar, bha e doirbh faireachdainn no truas sam bith a bhith agad ris. Thug i sùil air a piuthar, aithreachas

52

ga bualadh nach do rinn ri ùine airson a toirt gu bùth aodaich is cuideachadh a thoirt dhi a' ceannach stuth fasanta. Fhios ciamar a bhiodh i a' coimhead le falt air a chur air dòigh, dath soilleir air a chur ann? Nach iongantach cho furasta 's a tha blàths fhaireachdainn airson dhaoine nuair tha fhios agad gum bi thu clìoras iad an ceann uair-a-thìde.

Thug i mach cafetiere brèagha pionc is dearg agus cupannan dhen aon dath. Thug i mach cnogan cofaidh a bha Seumas air a thoirt a-nall às an Eadailt agus chuir i grunnd spàin dheth anns a' chafetiere.

"Segafredo Espresso?"

Choimhead a piuthar oirre. Cha tuirt i guth.

"Eadailtis Fiona! Tha do phiuthar a' bruidhinn Eadailtis riut. An tuig thu idir i? Tha i a' faighneachd dhut an do chac thu an-diugh."

Leig an dithis pheathraichean oirre nach cual' iad Nora, i an dèidh a bhith cho biorach, bragail fad na madainn le beul fiù nas curs nan àbhaist. Chuir Sìle na soithichean air a' bhòrd, a' feuchainn ri a sùilean a chumail air falbh on òirleach dust a bha laighe air uachdar. A' cur bobhla siùcair agus siuga bainne sìos, thug i an aire do lorgan chorrag air an iomaill. Thug i suathadh luath air le clobhd fliuch fhad 's a bha an coire a' goil.

"Bheil dad eile a dhìth ort, Fiona? An dùin mi am baga agad?"

Bha Nora a' fàs beagan mì-fhoighidneach ri a piuthar chèile. Bha fadachd oirre faighinn dhachaigh. Bha Fearghas air faighinn tron opairèisein gu sàbhailte agus bha an cunnart a-nist seachad. Dh'fheumadh Fiona faighinn eòlach air an t-suidheachadh ùr. Cha dèanadh i an còrr feum dhi.

"An gabh sinn an cofaidh a tha agad Sìle?" ars Nora agus i toirt an aire gu robh Sìle a' tòiseachadh ri dorsan nam preasa a ghlanadh.

"Pailt cho math rium fhèin deagh chupa Tetley agus slios lof ruadh seach an sgudal seo."

Bhuail fàileadh cùbhraidh a' chofaidh sròin Nora agus an t-uisge goileach a' lìonadh a' chafetiere. "Gabhadh mi e, seach gu bheil thu air dhol chun na saothair."

Na suidhe aig a' bhòrd a' gabhail a' chofaidh, bha Fiona sunndach.

53

'S e ise a bha a' dèanamh a' chuid as motha dhen bhruidhinn. Bha i sgìth ach taingeil airson a' chuideachaidh agus an taic a fhuair i bhon dithis. Càite am bitheadh i às an aonais? A' gearradh suas croissant air a' bhòrd, cha tug i an aire dha a piuthar a' feuchainn ris an truinnsear a phutadh a-staigh fodha agus a' suathadh suas an cnap silidh a bha air tuiteam air cliathaich a' chupa.

"Seall na tha agam ri leughadh." Bha Fiona dol tro na bileagan a bha an t-ospadal air a thoirt dhi. "Ooh recipe a seo airson *buckwheat and beetroot salad*. Fhios gu dè th' ann am buckwheat?"

Cha robh Nora agus Sìle ag èisteachd rithe. Bha Nora agus a h-aire air teacs a bha i air fhaighinn bho Eamag ag innse gun robh fear dhe na Gearmailtich a' gearan air a bhiadh. "Blutwurst na galla!"

"Oh 's e buckwheat a tha seo a' ràdh Nora, chan eil blutwurst idir ann," ars ise agus i a' crathadh a cinn. "Ooh cha ghabh Fearghas beetroot, cha leig mi leas feuchainn air an reasabaidh ud." Cha robh a h-aire a-nist air sìon ach Fearghas. Bha i a' faireachdainn mar tè aig an robh dreuchd ri choileanadh. Dh'fheumadh i an t-uabhas leughaidh agus rannsachaidh a dhèanamh air an dòigh as fheàrr air coimhead às dèidh cuideigin le tinneas cridhe. "Feumaidh mi a h-uile dhe seo a leughadh." Thòisich i ri tionndadh nan duilleagan.

Bha Sìle a' coimhead timcheall air coltas an taighe, i ag òrdachadh gu falbhadh iad. Cò rùm a thòisicheadh i ri glanadh an toiseach?

"Sex life! Dè an gnothach a th' aig a sin ri slàinte cridhe? Am faca thu seo Nora?"

"Faodaidh tu sin a leughadh anns a' chàr, Fiona. Thugainn, tha an t-àm againn falbh. Faigh do chòta." Phut Nora Fiona a-mach air falbh on bhòrd, i fhathast a' leughadh bho na bileagan agus a piuthar chèile ga stiùireadh chun an dorais a-muigh.

"Chan fhaca thu càite an do dh'fhàg mi iuchair a' chàir, Sìle?"

Bha Sìle na seasamh gu mì-chofhurtail a' fàgail beannachd aig Fiona.

Àm sam bith a dh'fheumadh i tighinn dhan bhaile a-rithist cha robh aice ach brath a leigeil. Dh'fhònadh Fiona gu math nas trice airson fiosrachadh air slàinte Fhearghais a chumail rithe. Ma fhaoidte gun tigeadh Sìle a-nuas ga coimhead, bha àite gu leòr ann an taigh Fiona. Còmhradh tioram dhen t-seòrsa a bhios aig daoine. Airson nam mionaidean a tha an còmhradh a' dol air adhart tha gach facal dheth ga chreidsinn ged a tha deagh fhios aca gun tèid gach facal a-mach à cuimhne cho luath 's a thig iad a-mach à sealladh a chèile. Thog Nora iuchraichean a' chàir far a' bhùird bhig a bha air taobh an dorais, i a' stad tiotan a' toirt sùil air dealbh pòsaidh Shìle agus Sheumais. Nighean òg mheata air a bàthadh a-measg gùn mòr, geal. Duine cinnteach, fìnealta na sheasamh ri a taobh agus iad le chèile a' cur sgian tro chèic bainnse mhòr, mhòr. A' togail na deilbh na làimh, thug Nora an aire nach robh glainne anns a' frèam.

'S ann le cridhe aotram a thog i a làmh a smèideadh ri Sìle agus iad air draibheadh air falbh bhon taigh. Snodha-gàire mu a beul, agus tuigse ùr air beatha Sìle a' drùidheadh oirre. Bha farmad air a bhith ga tachdadh fad nan trì latha. 'S e droch cur-seachad a th' ann a bhith a' samhlachadh do bheatha ri beatha chàich. Tha iad a' ràdh gun robh an duine a bha beò anns an uamh a' bristeadh chnothan le fhiaclan toilichte gu leòr gus am faca e nàbaidh is òrd aige. Bha barrachd mhòr agus òrd aig Sìle, bha gach nì a cheannaicheas airgead am broinn an taighe. Ach cho math 's gu bheil airgead, cha cheannaich e h-uile rud.

Rinn Nora gàire bheag rithe fhèin, i a' putadh a coise chun an ùrlair, an càr a' falbh aig astar. Bha fadachd oirre faighinn dhachaigh. Chaidh a h-inntinn air seacharan gu oidhche dhubh, aig àm eile fada air falbh, dealbh pòsaidh aice fhèin agus Mhìcheil air a shradadh chun an ùrlair, sàil a bròige a' dol na aodann, a' bristeadh na glainne anns a' frèam na mhìle pìos. Chaidh am pòsadh aca a chàradh airson greiseag, ach chaidh am frèam fhàgail às aonais na glainne. Dh'fhairich Nora dàimh bheag eadar i fhèin agus Sìle. A dh'aindeoin a cuid peant 's lipstick, bha cridhe a' bualadh na com, agus ged a bha e air a dheagh fhalach, cridhe le caoch ann. Caoch a dh'fhàgadh dealbh pòsaidh gun glainne na suidhe air bòrd ag èigheach ri Seumas gach uair a rachadh e seachad *Seall mar a rinn thu orm*. Ga èigheach a cheart cho cruaidh ri glag na h-eaglais.

An doras dùinte agus an taigh a-nist falamh, bha e làn leis an fhuaim neònach, chruaidh a bhios am broinn taighe a bha làn agus a tha a-nist falamh. Sheas Sìle airson diog no dhà a' tarraing a-staigh a h-anail. Mu dheireadh thall bha iad air falbh. Dh'fhairich i cuideam a gualann a' tuiteam a-nuas. Bhiodh i air cur suas ri Fiona ach bha Nora doirbh a bhith am broinn taighe còmhla rithe. 'S e na ceistean nach robh stad. Cuin a bha Seumas a' tilleadh? Am bi e idir a' fònadh nuair a tha e air falbh on taigh? Am bi thu idir a' fosgladh nan litrichean a thig air a shon? Tha na dòighean aca fhèin aig daoine a tha bliadhnachan pòsta. Ceistean nach tig fhaighneachd. Cuspairean nach tig bruidhinn orra. Tha fhios gu bheil e nas fhasa dorsan a chumail dùinte, thu fhèin a chumail seasgair seach stoirm dhubh is gaoth a leigeil a-steach.

Dh'fhairich Sìle miann làidir airson glainne fìona, ged a bha e tràth sa mhadainn. Bha a làmh air a' bhotal nuair a thug i an aire do chriomagan croissant far an robh Fiona na suidhe. Chaidh am botal a chur air ais dhan phreasa agus chaidh an sinc a lìonadh le uisge copach, goileach. Thug an chidsin ùine, na h-uinneagan air am fosgladh a-mach, na preasachan gan glanadh sìos, uachdar nam bòrd-obrach agus an t-ùrlar air a sgùradh. A h-aodann dearg leis an oidhirp, a dòrn a' fàsgadh clobhd fliuch, sheas i aig doras a' chidsin a' coimhead. Bha e a' coimhead math. Bha an cidsin a' coimhead ùr a-rithist. Bha i cho trang a' sgùradh 's a' sgoladh gun do dhìochuimhnich i mu dheidhinn Fiona agus Nora. Bha a h-eanchainn saoirsneil, faothaichte gun sìon air a h-aire ach an glanadh fhèin.

A' fosgladh an rùim anns an robh Fiona a' cadal, thill iad air ais thuice. Dh'fhosgail i a-mach an uinneag cho fada 's a rachadh i. Bha bàrr reothaidh a' gheamhraidh oirre, blàths an rùim ga fhroiseadh a-mach, fuachd a' tighinn na chabhaig a-staigh. Thòisich i air slaodadh a' chuibhrige far an duvet airson a nighe. Bha an cuibhrig a' coimhead cho robach. An coltas "ur a-mach às a' phacaid" a bha a' còrdadh cho math ri Sìle a-nist air falbh dheth. Bha spotan de rudeigin mar tì air a dhòrtadh air an iomall. Airson diog bheag no dhà sheas i, agus an uair sin, a h-inntinn air a dhèanamh suas, rinn i ball cruinn dhen chuibhrig agus dhen chuibhrig cluasaig agus dh'fhalbh i leotha dhan bhucaid sgudail.

A' dol a-staigh anns an rùm san robh Nora a' cadal, rinn i an aon chleas. An uinneag ga caitheamh fosgailte, cuibhrigean gan slaodadh far na leapa, agus a-rithist ball cruinn air a dhèanamh dhiubh agus a-mach leotha dhan sgudal.

Dh'fhalbh an còrr dhen latha agus Sìle a' dol o rùm gu rùm a' glanadh 's a' dustadh. An chaise lounge brèagha, geal mu dheireadh thall air a shaoradh o phrìosan a' phlastaig. Bha an oidhche air tuiteam nuair a shlaighd i a-staigh dhan tuba làn gu mhullach le uisge teth. Ceòl socair, ìosal agus solais grunnd choinnlean beaga a' gearradh tron dorchadas. An ceòl agus am fàileadh cùbhraidh a' sgaoileadh sìth tro a cridhe.

Aig an aon am, mìltean mòra air falbh, bha càr Nora a' tionndadh suas gu taigh Fiona agus Fhearghais.

Caibideil 7

Le osna leig Fiona às an truinnsear làn coirce air a mheasgachadh le dearcagan agus pìosan banana air a' bhòrd. Cha ghabhadh Fearghas idir e. Cha ghabhadh Fearghas ach glè bheag dhe na reasabaidhean a bha i air fheuchainn. Sliosan currain amh agus hummous, iasg air a bhruich ann an sùgh tomàto, ola chroinn-ola air sailead uaine. Gu dùrachdach bha i a' leantail ris a' chomhairle a bha i air fhaighinn bhon ospadal a thaobh biadh fallain a bha math dhan bhodhaig. Leabhraichean còcaireachd ùra mu seach a' tighinn tron phost. Gu math luath thuig i an tlachd a bha ri fhaighinn o bhith ag ullachadh biadh diofraichte, ag uisneachadh ghlasraich, luibhean 's measan. Blasadan ùra air biadh aotram, seach an roichd a b' àbhaist dhi bhith ag ullachadh do Fhearghas.

Aig amannan bha i a' faireachdainn gu math mòr aiste fhèin a' dol a-staigh gu "Bhùth a' Chidhe" agus e air a teanga faighneachd dhan ghille òg aig a' chunntair, an robh aubergines no umeboshi plums aca. An robh fhios aig daoine an t-uallach a bha a' crochadh oirre a' coimhead às dèidh cuideigin a tha a' fulang tinneas cridhe?

"Dèan biadh dòigheil dhomh a bhoireannaich," chanadh Fearghas agus e a' putadh air falbh an truinnsear.

Bha i ga chluinntinn an dràsta ag èigheach airson tuilleadh tì. Thog i spàin agus thòisich i a blasad air a' chorc is banana. Bha an seòrsa bìdh seo a' còrdadh rithe, agus bha i ag ithe barrachd agus barrachd dheth. Bha i faireachdainn nas fheàrr innte fhèin, an cuideam a' tuiteam dhith.

Dà mhìos a-nist bhon a ghabh Fearghas an grèim-cridhe. Cha robh e a' faireachdainn fallain gu leòr airson tilleadh a dh'obair. Bha an dotair air a ràdh ris gu faodadh e tilleadh nan toireadh e an aire dha fhèin is nan cailleadh e cuideam. Bha Fearghas dhen bheachd gun robh an dotair ceàrr. "Fear sam bith a chaidh fhosgladh a-mach o cheann gu ceann, chan eile dad a ghnothach aige tilleadh a dh'obair airson co-dhiù sia mìosan."

Bha e air cleachdadh a dhèanamh fuireach anns an leabaidh gu aon uair deug, èirigh agus suidhe taobh an teine a' chuid as motha dhen latha agus a dhol a chadal suas mu leth-uair an dèidh naoi. Bha an latha aig Fiona air a chuartachadh timcheall fheumalachdan Fhearghais. Thàinig oirre an obair bheag a bha aice anns an sgoil a leigeil bhuaipe, i ag ionndrainn na cloinne gu mòr. 'S ann a-nist a bha i a' tuigsinn cho mòr 's a bha an ùine còmhla riutha a' togail an latha dhi. Leth-uair an dèidh trì, seo an t-àm a bhiodh i gan cuideachadh len còtaichean. Lauren agus gun lorg aice air a brògan, Calum agus spliug às a shròin, Eilidh bheag ag innse mar a bha cat aca a-staigh a bha cho mòr ri ailbhean.

Chaidh na lathaichean an dèidh dhaibh tilleadh dhachaigh seachad gu math luath. Bha na nàbaidhean a' tadhal. Muinntir na garaids a' tadhal. Bha Nora a bhos a h-uile latha. Gu math luath dh'fhàs iad uile sgìth ag èisteachd ri Fearghas ag innse mun opairèisein aigesan. Chan eil còmhradh air an t-saoghal cho mì-thlachdmhor ri bhith ag èisteachd ri cuideigin a' bruidhinn air a chion-slàinte fhèin. Chan eil ùidh aig duine anns a' chòmhradh ach an duine a tha a' bruidhinn. Mar bu mhotha a bha daoine a' sgur a dhèisteachd san bu motha a bha Fearghas airson na stòraidh innse. Beag air bheag sguir iad a thadhal.

Lìon Fiona cupa tì, agus a' cur pìos beag cèic air truinnsear, thug i suas gu Fearghas e. Cha robh e ann an sunnd math an-diugh idir. Rinn e cuairt bheag coiseachd timcheall a' ghàraidh agus bha e a' faireachdainn feumach a dhol a shìneadh às dèidh na h-oidhirp. Na shuidhe san leabaidh bha e coimhead air an telebhisean is cha do thog e a shùilean a choimhead air Fiona agus i a' cur na tì ri thaobh air a' bhòrd bheag.

59

"Aon phìos cèic?"

"Och Fhearghais, tha an dotair a' ràdh gu feum thu cuideam a chall."

Nuair a thàinig Fiona dhachaigh le Fearghas às an ospadal, bha i ga faicinn fhèin mar nurs a bha a' dol a thilleadh Fearghas air ais gu fallaineachd. Bhiodh an taigh aice air a ruith mar ospadal, le routine. Le biadh fallain is eacarsaich, bha Fearghas ùr a' dol a dh'èirigh a-mach às an tinneas a bha seo. Fearghas aig am biodh ùidh ann an hobbies agus saor-làithean agus dòigh-beatha eile. Bha i air naidheachdan dhen t-seòrsa a leughadh cho tric ann *Take a Break* agus *Woman and Home*. Bha i a' leughadh sgeulachd na bu tràithe air fear a bha àrd na dhreuchd agus, às dèidh dha faighinn seachad air droch thinneas, thug e crathadh air a bheatha. Ghabh e ùidh mhòr ann an dealain-dè, e fhèin agus a bhean air an saoghal a shiubhal a' togail dhealbhan de dhiofair seòrsa dhealan-dè. Bha Fiona fhèin dhen bheachd gu faodadh beatha Fhearghais a dhol an aon dòigh. Gu furasta, chitheadh i i fhèin a' falbh air a' chorra-biod ann an coilltean New Zealand, camera crochte mu h-amhaich,

"Peacock Butterfly, Fiona, Spicebush swallowtail!" Fearghas "ùr" na ruith gu h-aotram às a dèidh.

Cha robh ùidh sam bith aig an Fhearghas a bha na shuidhe san leabaidh, ann an dealain-dè. Bha an t-acras air. Bha e ag iarraidh biadh. Biadh dòigheil, feòil, buntàta sùgh. Bonnaich, blàth a-mach às an àmhainn. Cha robh e tuigsinn carson a bha Fiona cho tric a' cur truinnsear de stuth ma choinneamh a bha nas coltaiche ri sgeith cait na bha e ri biadh a dh'itheadh duine glic. Gu dearbh, cha robh i a' dèiligeadh ris an tinneas cridhe aigesan ann an dòigh ro thoinisgeil. An robh i idir a' tuigsinn gun toireadh leigheas greis? Dh'fheumadh esan sàmhchair, deagh bhiadh, gabhail air a shocair a thaobh eacarsaich. Ann an ùine, ged nach tilleadh a shlàinte gu bràch mar a bha e, gheibheadh e seachad air an àm dhoirbh a bha seo.

Nuair a phòs e Fiona bha fhios aige gun robh i buailteach a bhith beag tùir aig amannan, agus gu feumadh esan rian a chumail oirre, ach bha e a' faireachdainn gu robh i air dhol bhuaithe o chionn ghoirid an seo. An robh idir gu leòr aigesan ri chur suas ris?

A' caitheamh *Take a Break* dhan bhucaid sgudail, thug Fiona an aire gun robh càr a-nuas chun an taighe, càr beag buidhe a' draibheadh suas agus a' stad an taobh a-muigh a' gheata. Na seasamh aig uinneag a' chidsin, chitheadh Fiona Seòras Rafartaidh, fear dhe na tidsearan anns an sgoil. Thàinig e a-mach às a' chàr, agus a' faicinn Fiona aig an uinneig, thog e làmh a smèideadh rithe.

"A Sheòrais, a Sheòrais!" dh'èigh Fiona agus i a' faicinn a' chàir a' ruidhleadh air a shocair sìos an leathad.

"Halò Fiona," arsa Seòras, agus e air a dhòigh gun robh Fiona cho toilichte fhaicinn. Math dh'fhaoidte nach eil mòran a' tadhal aice, smaointich e, agus Fiona a-mach an doras na ruith.

"A Sheòrais! An càr, an càr!"

Thionndaidh Seòras, e a' faicinn a' chàir a' falbh leis fhèin sìos an leathad gun feum air dràibhear. Rinn e às na leum sìos às a dhèidh, na casan fada searraich aige a' falbh aig astar. Cha b' e seo a' chiad turas aige a' dìochuimhneachadh mu dheidhinn a' bhrèig.

Thòisich Seòras air obair aig an sgoil an aon latha 's a thòisich Fiona. Leis an dithis aca cho diùid, thog dàimh eatarra gu furasta, iad tuigseach air suidheachadh càch a chèile. Na shuidhe aig a' bhòrd a' gabhail tì, thug Fiona an aire gun robh coltas bìdeag uighe stuigte ri tie Sheòrais, an lèine ghlas car feumach air iarnaigeadh. Beagan agus deich air fhichead bliadhna a dh'aois, 's e fìor dheagh thidsear a bha ann an Seòras agus bha a' chlann cho dèidheil air. Bha e cofhurtail a-measg chloinne ach gu math mì-chinnteach an lùib a cho-aoisean obrach, co-dhiù na boireannaich. Uill, a h-uile boireannach ach Fiona. Ach cha robh e coimhead air Fiona mar boireannach ann.

Falt dearg-ruadh nach gabhadh cìreadh sgiobalta, sùilean deàrrsach liath, bha Seòras àrd, gliogaireach dheth fhèin. Le beagan cuideim air a chnàmhan agus deagh dheise 's ann a bhiodh e coimhead glè math. 'S e an fhìrinn gun robh Seòras feumach air bean, ach cha robh sìon a dh'fhios aige ciamar a gheibheadh e tè, agus nas eagalaiche na sin, mas e agus gu faigheadh e tè, cha robh fhios aig dè dhèanadh e leatha.

A' faicinn an dithis a' gàireachdaich gu saoirsneil, ach aig an aon àm a' cumail an guthan ìosal air eagal 's gun cuireadh iad dragh air Fearghas, bha e furasta a thuigsinn ciamar a dh'èirich blàths càirdeil eatarra. Ruith an còmhradh aca tron chlas gu lèir, naidheachdan air Calum beag 's Lauren, Eilidh bheag is Dùghall a' còrdadh ri Fiona is aig aon àm a' spìonadh a cridhe.

"Ciamar a tha Miss MacDougall?"

Chùm Fiona a sùilean air agus i faighneachd na ceist, rudhadh a' tighinn gu gruaidh Sheòrais.

"Chan eil fhios 'am. Tha i glè mhath tha mi creidsinn."

Bhiodh Fiona tric a' tarraing às mu dheidhinn nan tidsearan òga anns an sgoil, agus bha e daonnan a' faireachdainn cho mì-chofhurtail nuair a thòisicheadh i air a sin. Thug e a-mach cairt às a phòca, cairt a bha a' chlann sgoile air a dhèanamh do Fiona – b' e sin an leisgeil a bh' aige airson tadhal. Choimhead e timcheall a' chidsin airson oisean beag falamh far am faodadh e a' chairt a chur na seasamh. Dh'fhaillich e air àite sam bith a lorg. Am bòrd, gach seidhir agus gach bòrd-obrach air a chruachadh le diofar stuth, eadar leabhraichean còcaireachd, bagannan-bùtha, soithichean, nigheadaireachd agus irisean. Chuir e a' chairt ri taobh a chupa tì.

"An toir thu leat seo?" Chuir Fiona soitheach bìdh mu choinneamh Sheòrais.

"Ratatouille, an t-ainm a th' air, tè dhe na recipes aig Delia. Cha ghabh Fearghas idir e."

Bha fàileadh math a' tighinn bhon bhiadh anns an t-soitheach. Mar chù Phavlov, thòisich mionach Sheòrais air rùchdail. Bhiodh seo gu math nas blasta na am pizza a bha e am beachd a chaitheamh dhan àmhainn. A-mach an doras leis an ratatouille, ghlac casan clobhdach Sheòrais earball a' chait agus dh'fhalbh i le sgiamh.

"Bheil guth agad air biadh a dhèanamh dhomh, Fiona? Tha mi fàs fann a seo."

Thàinig guth Fhearghais ag èigheach a-nuas an staidhre.

Thall an rathad bha Màiri Thormoid a' toirt soitheach làn macaroni a-mach às an àmhainn. Bha i a' dol a ghabhail a bìdh na suidhe aig an telebhisean. Bha na naidheachdan air tighinn air agus às dèidh sin bhiodh na "soaps" ann. Bha an dorchadas air tuiteam, lathaichean goirid a' gheamhraidh a-nist orra. Gaoth ag èirigh, coltas stoirm. A' toirt sùil a-mach an uinneag chitheadh i Fiona anns a' chidsin. Bha i a' coimhead car truillinn dhi fhèin. An ann a' caoineadh a bha i? Leig Màiri às am biadh air a' bhòrd. Leumadh i a-null airson leth-uair a chur seachad còmhla rithe. Bhristeadh e an oidhche dhi. Bhiodh i air ais mus tòisicheadh na siabain. Och Fiona, an truaghag, chan eil rian nach eil seo doirbh dhi.

Chuir i am biadh airson a chumail blàth anns an àmhainn gus an tilleadh i a-nall. Fàileadh brèagha càise a' leaghadh a' bualadh a sròine. Bha i an dèidh dà fhàd mòine a chur air an teine agus iad a' teannadh ri gabhail. Ma dh'fhaoidte gum biodh e na b' fheàrr a dhol a-null às dèidh a biadh a ghabhail? A' toirt sùil a-null, chitheadh i Fiona aig an t-sinc a' nigheadh nan soithichean. Saoil am biodh i ag iarraidh dhaoine a bhith tadhal aig an àm seo dhen oidhche? Coltas gu math dripeil oirre an siud a' sgioblachadh mun chidsin. Chuir Màiri am biadh air truinnsear, i na suidhe leis air beulaibh na teilidh, an teine a-nist a' caitheamh a-mach a theas. Rachadh i a-null an ath dhoras às dèidh Coronation Street. No 's dòcha gur e madainn a-màireach as fheàrr.

Caibideil 8

Seachdain na Nollaige, am baile a' deàlradh le solais, na ceudan dhiubh a' deàrrsadh 's a' priobadh. Santa Claus a' bualadh glag air a h-uile oisean. Na sràidean a' coimhead cho glan air an còmhdach le cuibhrig aotram, geal sneachda. Fuaim ceòl Nollaig anns a h-uile bùth. *Merry Christmas Everyone* ann an aon bhùth agus, *Do They Know Its Christmas Time?* a' suandaidh na mìos a-muigh air an t-sràid.

'S ann le ceum aotram a bha Sìle a' falbh air feadh nam bùthan a cheannach a' ghiodalaich mu dheireadh a bha feum aice air mus tigeadh Nollaig. Cabhaig, a h-uile duine ann an cabhaig, a' ruith eadar na buthaidean a' gearain ri chèile anns an dol seachad. A h-aodann dearg leis an fhuachd agus boinne ann an ceann a sròine, bha Beathag Heddle na seasamh a' bruidhinn ri bodach beag bodhar.

"Tha cearc a' dol dhan àmhainn agus gabhadh iad i, no fàgadh iad i!"

Ri a taobh, bha bodach beag le a shùilean sgleòthach, dall a' coimhead oirre. Cha robh e ga cluinntinn dòigheil ach bha e toilichte gu leòr beagan mhionaidean a chur seachad a' bruidhinn. Bha e air dìochuimhneachadh càite an robh stèisean a' bhus agus cho luath 's a thigeadh beàrn bheag anns a' chòmhradh bha e a' dol a dh'fhaighneachd. Shlaod e a chòta tana, glas dùinte, e strì ri putain nach robh ann. Thog e suas a sgarfa, ga teannachadh mu amhaich, e a' gluasad bho chois gu cois, a' feuchainn ris an eithealaich a chumail air falbh.

"Sìle, math d' fhaicinn." Ghlac Beathag mun ghàirdean i, a' toirt oirre stad. Cha b' urrainn Sìle a sùilean a chumail air falbh bhon bhoinne a bha an impis tuiteam.

"Seall ort, an ann dol gu banais a tha thu? Cho snog 's a tha do chòta, Cà' bi thu faighinn an aodaich bhrèagha a sin agad?"

"Ann am bùithtean," arsa Sìle le gàire bhiorach. "Tha iad loma làn aodach brèagha tha e coltach."

Le a còta sirist dearg, bha Sìle a' seasamh a-mach a-measg dhaoine le aodach dubh is donn. An anarag àbhaisteach ghlas air Beathag.

"Oh uill 's e Nollaig an damanaidh seo. Tha daoine a' dol às an rian. Thig an darna leth dhen bhiadh a tha iad a' ceannach dhan bhucaid sgudail. Bheil duine agadsa aig an taigh? 'S e do bheatha tighinn a-nuas thugainne latha Nollaig. Tha deichnear agam am-bliadhna ach bidh e furasta gu leòr àite fhaighinn dhutsa agus tu cho beag!"

"Oh tha Seumas air an t-slighe agus tha Flòraidh agus Joe a' tighinn a-nochd."

Cha robh Beathag ag èisteachd. "An aithne dhut Ailig? Seo Sìle, Ailig, tha i a' fuireach air a' chnoc taobh shuas dhiot fhèin.

A' bualadh a bhasan ri chèile, bha Ailig a' faireachdainn an fhuachd, e ga lathadh a-nist. Bha e ag òrdachadh gun do dh'fhuirich e a-staigh.

"Daoine mòr air a' chnoc, na daoine beag gu ìosal, nach e sin a bhitheas iad a' ràdh Ailig?"

Rinn Beathag lasgain gàire agus i coimhead air Sìle.

"Stèisean a' bhus?" dh'fhaighneachd Ailig agus e feuchainn ri cuimhneachadh cà' an tuirt Beathag a bha e?

Thug fuaim fòn a' ringeadh leisgeul do Shìle gluasad air falbh bhon dithis agus a fhreagairt agus i a' coiseachd a-staigh dhan bhùth.

"Fhlòraidh, cà' bheil thu?"

"Tha mi fhìn agus Joe a' tighinn còmhla ri Dad, Mam. Bidh sinn agad mu leth-uair an dèidh ochd."

Mun d' fhuair Sìle an còrr a ràdh chaidh a' fòn balbh.

"Fhlòraidh bheil thu sin? I dol a bhruthadh na putain gus fònadh air ais gu Flòraidh, dh'atharraich i h-inntinn. Cha robh an còrr a dh'fhiosrachadh a dhìth oirre, fhios aice a-nist de an t-àm a bhiodh dùil riutha. Bu choma leatha a bhith a' bruidhinn air fòn ann an deis mheadhan bùth.

Bha e a' dol a bhith math Flòraidh fhaicinn. Fhios am biodh naidheachd aice air gealladh-pòsaidh? Dh'fhalbh a h-inntinn gu bhith

65

dèanamh phlanaichean airson banais. Oh an obair thlachdmhor a bhiodh an lùib sin. Taghadh taigh-òsta spaideil freagarrach airson banais mhòr. Taghadh biadh, aodach, dathan. I a' falbh còmhla ri Flòraidh a thaghadh gùn sìoda geal. Deòir na sùilean agus i a' coimhead Seumas a' coiseachd leatha sìos chun an altair. Nach e an t-ullachadh airson banais a chumadh na mìosan trang dhi. Dh'fheumadh i fhèin agus Seumas ùine a chur seachad còmhla ag obair air na planaichean. 'S ann air a shlighe dhachaigh à Doha a bha Seumas. Bu tric a bha e air falbh bhon dùthaich anns na sia mìosan a dh'fhalbh agus bhiodh e math fhaicinn air ais aig an taigh. Dh'fhairich i a cridhe ag èirigh leis an toileachadh. Latha eile agus bhiodh an Nollaig ann. An taigh, cho tric sàmhach, falamh, gu bhith trang le daoine na bhroinn. *Jingle bells* a' seinn bho teangaidh gun fhiosta dhi fhèin. An t-ullachadh air a dhèanamh, am biadh air a cheannach. Gach rud aice air a chur air dòigh gu brèagha dhaibh. A h-uile rùm is oisean cho glan 's a ghabhadh e bhith. Cha robh a dhìth oirre an-diugh ach pàipear agus beagan ribean airson nam prèasantan a chòmhdachadh.

Thug i ùine mun d' fhuair i lorg air an ribean agus am pàipear anns an dath a bha a dhìth oirre. Bha suaineadh a cheart cho cudromach ris a' phrèasant a bha na bhroinn. Bu lugha oirre prèasant air a shuaineadh am broinn pàipear tana, saor. Thagh i ribeanan sìoda pinc, cha robh Flòraidh cho dèidheil sin air dath pinc, ach mu thogair, bha am pàipear dubh agus ribean pinc a' coimhead àlainn còmhla. Cheannaich i prèasant beag no dhà eile, agus bogsa no dhà de bhriosgaidean daora, agus na cabhaig dh'fhalbh i na ruith sìos an t-sràid far an robh an càr aice air a pharcadh. Bha sneachd a' teannadh ri tuiteam gu trom, bileagan geala a' siabadh a-nuas gu tiugh, daoine falbh nan cabhaig gus fasgadh a lorg.

Na sheasamh ri taobh nan solas, bha Ailig a' feuchainn ri cuimhneachadh càite an robh stèisean a' bhus. Dh'inns am boireannach a bha siud dha. Cò tè a bh' ann? Carson nach do dh'fhuirich e a-staigh blàth aig an taigh? Thàinig e a-nuas dhan bhaile a dh'iarraidh rudeigin, an e sin a bha anns a' bhaga aige? Choimhead e na bhroinn, cnap hama agus bogsa uighean. Nam faigheadh e dhachaigh. Ciamar a bha e air dìochuimhneachadh cò an taobh a bha stèisean a' bhus? Dè bha ceàrr air na làithean seo? Ga ragadh a-nist leis an fhuachd, cha robh an còta aige trom gu leòr. A làmhan air a dhol dath gorm, agus e fhèin a-nist cho troimh-a-chèile leis an eagal. Ciamar a bha e a' dol a dh'fhaighinn dhachaigh? A-nuas a' tuiteam, an sneachd a-nist trom, ga dhalladh gun e a' faicinn ach cumaidhean donn is dubh nan ruith seachad. A-nuas thuige chunnaic e còta sirist.

"Oh seo thu fhèin," ach, an sin, uabhas na shùilean agus e a' tuigsinn nach robh e eòlach air a' bhoireannach. Bha Sìle an àite a deuchainn. Cha robh fhios aice dè dhèanadh i. Bha cabhag oirre dhachaigh, cha robh i ag iarraidh a bhith a' strì leis a' bhodach bheag a seo. Càite robh Beathag?

"Bheil fhios agad càite a bheil stèisean a' bhus?"

Chitheadh i gun robh deòir an eagail na shùilean. Gun fhiosta dhi fhèin thuit na faclan a-mach às a beul, "Thugainn. Bheir mi lioft dhachaigh dhut, tha an càr agam." Lean Ailig i, faothachadh a' drùidheadh troimhe.

Anns a' chàr, thionndaidh i suas an teas gus Ailig truagh a bhlàthachadh, e fàgail flod de shneachda fliuch air feadh an ùrlair. Fhios am fàgadh a t-seann bhriogais dhubh aige làrach air feadh leathair gheal an t-seidhir? Thug i an aire gun robh iuchair an taighe aige teann na chròig le taga 's seòladh an taighe sgrìobhte air. *14 Kintail Place*, bha sin air an t-slighe. Chan fheumadh i dhol mòran a-mach às an rathad.

"Och, nach bu tu a' chaileag," ars Ailig a-rithist agus a-rithist. Mar gille beag bha e a' bualadh ceann a chasan ri chèile. Chitheadh i eabar glas de shneachda air ùrlar a' chàir.

Thug i chun an dorais am bodach beag, a' fuireach gus an robh i cinnteach gun d' fhuair e gu sàbhailte a-staigh na thaigh fhèin. Chunnaic i solas a' chidsin ga chur air, Ailig a' smèideadh rithe aig an uinneig. A' draibheadh air falbh shlaod i botal scent a-mach às a baga, ga spùtadh a-null air an t-seidhir fhalamh. Brag cruaidh chlach-mheallain nuair a ràinig i dhachaigh, am feasgar na stoirm, dh'fheumadh i ruith gus faighinn a-steach tioram. Thug i an aire do bhaga plastaig na laighe air an ùrlar. Baga Ailig!

"Oh Donas eile!"

Thàinig a guidhe às a beul a gu furasta. Dè nist a bha i dol a dhèanamh? Cha bhodraigeadh i tilleadh sìos leis, cha bhiodh sìon a chuimhne aige. Thòisich i air sgioblachadh suas an stuth a cheannaich i gus ruith a-steach, a' fàgail baga Ailig air an ùrlar.

Dè ma bha rud cudromach na bhroinn, mar sporan, no tiocaidean an dealain? Gu frionasach, thog i am baga ga fhosgladh a-mach. Oh carson a ghabh i gnothach ris? Am baga lom ach cnap ham agus bogsa beag uighean. Thòisich cogais Shìle a' bìgeil. Nach i bha ceacharra. Càite an robh a cuid carantas Nollaig? Thog i a-mach bogsa de na briosgaidean daora, gan cur am broinn baga Ailig, agus thill i taobh a thàinig i sìos an rathad chun an taighe aige. Chitheadh i solas air anns a' chidsin bheag agus i a' ruith a-null chun an dorais.

Bhrùth i glag an dorais ach cha tàinig duine. Saoil am fàgadh i am baga air steap an dorais? Chaidh i gu uinneag a' chidsin, i a' faicinn Ailig a sin a' blàthachadh a chrògan timcheall muga teth. Ghnog i air an uinneig, ag èigheach thuige.

"Ailig seall! Am baga agad!"

Thug Ailig bochdag le toileachadh, e a' leum chun an dorais.

"Thig a-teach, thig a-steach. 'S math a bha fhios 'am gun tigeadh tu. Tha an coire agam air."

"Dh'fhàg thu am baga sa chàr. Cha do rinn mise ach tilleadh leis."

Cha robh Ailig ag èisteachd rithe. "Tha an taigh caran fuar. Tha mise an dèidh bhith sa bhaile, ach cha bhi e fada a' blàthachadh." Thòisich e air toirt chupannan a-mach às a' phreasa, a' falbh air feadh a' chidsin le othail. "Thugainn a-steach Siùsaidh. Dè an seasamh mun doras a tha sin ort?"

Airson tiotan beag, toilichte bha Siùsaidh air tilleadh air ais a bheatha a' bhodaich. Nollaig aoibhneach gu bhith aca còmhla. Naidheachdan, gàireachdaich agus deagh bhiadh. Thòisich e ri seinn fo anail agus e air lorg fhaighinn air pìos cèic ann am bogsa plastaig. Thionndaidh an aoibhneas gu luath gu iongnadh. Cò am boireannach a bha seo sa chidsin aige? Càite an deach Siùsaidh? Lìon na sùilean sgleòthach le deòir, Sìle ga choimhead le iarraidh làidir innte teicheadh a-mach an doras agus faighinn air ais gu saoghal sàbhailte, gleansach an taighe aice fhèin.

"Seall Ailig, an gabh sinn balgam tì leis na briosgaidean teoclaid seo?" Dh'fhalbh na deòir, iad a' tionndadh gu grad gu toileachadh, e a' spìonadh a' phàipeir bhon bhogsa mar leanabh.

*   *   *

A' coiseachd a-steach dhan an taigh aice fhèin, dh'fhairich Sìle toileachadh de sheòrsa neònach nach do dh'fhairich i chan eil fhios cò mheud bhliadhna. Tha e furasta do chuid a dhìochuimhneachadh gu bheil pàigheadh gun phrìs ri fhaighinn bho ghnìomh coibhneis. Tha e a' toirt sùgh dhan anam a tha a' sèimheachadh a' chridhe, ga chur na leum mar aiteal.

An robh a h-uile rud mar bu chòir? Bha e cairteil gu ochd. Bhiodh Seumas 's Flòraidh agus Joe an seo a dh'aithghearr. Sheas Sìle airson diog bheag anns an trannsa. Thug i sùil luath oirre fhèin anns an sgàthan. An dreasa ùr mheilbheid dearg a' tighinn rithe gu mòr. Brògan beaga sìoda dubh agus bucaill daoimeineach orra.

Laiste anns an trannsa, a bha craobh Nollaig trom le òrnaidean. 'S e dubh, òr is dearg na dathan a thagh i am-bliadhna. Anns an rùm-suidhe, bha craobh mhòr eile. 'S ann a-staigh fòidhpe sin a bha na prèasantan – bogsaichean le pàipear òr is ribeanan dearga. Maise-gnùis do Fhlòraidh agus uaireadair. Bha ùidh mhòr aig Seumas ann an seann leabhraichean agus a bha i air a' chiad eagran den leabhar *Dr Doolittle* a lorg dha. Lèine airson Joe. Thug i an aire do pharsail beag eile, na stocainnean a bha i air fhaighinn airson a thoirt dhan phost robach. Ach chan fhac i e. Bha am post reamhar air tilleadh air ais a dh'obair.

Shrac i dheth a' bhileag. Bheireadh i do Joe iad.

Lìon i glainne bheag le Bailey's dhi fhèin agus ga fhaighinn caran milis chaidh i gu preasa na deoch agus chuir i ann gleadhag mhath de dh'uisge-beatha. Bha i a' faireachdainn aighearach agus bha an dram a' cur ri a sunnd. Saoil an robh ùine aice fònadh gu Fiona mun tigeadh càch? Mm...cha robh. Cha robh i ann an triom math sam bith an turas mu dheireadh a bhruidhinn iad. Dè an Nollaig a bhiodh aice? Bhiodh an taigh na hùp-hàp. Fearghas na phloc mòr, reamhar, gearanach. Fiona bhochd. Dh'fheumadh i plana a dhèanamh airson a dhol a choimhead oirre ghoirid às dèidh na Bliadhn' Ùire. Cumhachd an drama air a dhol na ruith an lùib na fala a' sguabadh suas gu càirdeil, blàth gu a cridhe. Ailig. Rachadh i a thadhal air a' bhodach bheag, bhochd eadar Nollaig 's a' Bhliadhna Ùr...

Cha deach gach beachd na ghnìomh, gun an smuain chàirdeil a' maireachdainn mòran nas fhaide na mhair buaidh na deoch làidir.

Bha Seumas fhèin air deagh dhram a ghabhail air a shlighe dhachaigh. Fàileadh an uisge-bheatha air anail agus e ga draghadh gu uchd le pòg. Bha e toilichte a bhith aig an taigh airson na Nollaige agus air a dhòigh a bhith a' cur seachad ùine còmhla ri Flòraidh.

A bheil a h-uile màthair ùr a' dèanamh phlanaichean airson an naoidhein bhig na h-uchd? An dàimh 's an ceangal eatarra cho làidir, teann 's nach tig sgaradh air a chaoidh. A cridhe cho làn le gaol 's gu bheil e aig amannan a' toirt bhuaipe a h-anail. Cò leis a tha e coltach an latha a choimheadas màthair le sùilean ùra air a nighean agus an smuain a' tighinn thuice, an ann gun teagamh bho m' fhuil 's mo cnàmhan-sa a thàinig thusa?

Cofhurtail còmhla, còmhradh agus gàireachdaich a' tighinn thuca gu furasta, sheas Flòraidh agus a h-athair a' bruidhinn agus a' slaodadh a-staigh nam bagannan. Bha Sìle daonnan a' faireachdainn air an taobh a-muigh. Bha e a' fàilneachdainn oirre a thuigsinn carson. Riamh bhon a bha Flòraidh beag bha an dàimh nas làidire eadar i fhèin agus a h-athair. Chuir Sìle roimpe oidhirp mhòr a dhèanamh air an Nollaig seo gum biodh i fhèin is Flòraidh nas fhaisge air a chèile.

"Fhlòraidh, tha thu coimhead cho math. Nist tha na paidheagan beaga Nollaig is toigh leat agam. Tha iad a' blàthachadh san àmhainn. Glainne liqueur còmhla riutha."

"Ah Liqueur,' arsa Flòraidh agus a h-athair ann an aon ghuth agus iad a' gàireachdaich, "Noel dans un verre." Bha liut a h-athar aig Flòraidh airson chanain.

Thug Sìle an aire gu diombach gun robh Flòraidh air cuideam a chur oirre, a tòin a' coimhead cho mòr leis na jeans. Carson a tha i ga leigeil fhèin a dhol bhuaithe? Bhiodh a h-aodann cho bòidheach mura biodh a sròin cho mòr. Carson a bha an geansaidh grànda a bha siud oirre? Bhiodh dreasa bhrèagha aice airson latha an Nollaig, tha fios. "Thoir dhomh do sheacaid Joe. Crochaidh mi anns a' phreasa i."

Bha gàirdeanan Joe a' coimhead goirid buileach às aonais a sheacaid, muinichillean a' gheansaidh a' tighinn a-nuas seachad air a làmhan. Chuir i air dòigh far an suidheadh iad, a' dèanamh cinnteach nach robh duine aca dol ro fhaisg air a' chaise lounge. Na solais air an tionndadh sìos ìosal, cha toireadh i an aire do chriomagan cèic a' tuiteam air an ùrlar agus a' cur dragh oirre.

'S ann gu math càirdeil a bha an cruinneachadh a' coimhead. Seumas làn naidheachdan air na dùthchannan thall thairis. Joe ag èisteachd agus a' ceasnachadh. Flòraidh i fhèin a' caitheadh a-staigh dhan chòmhradh an dràsta 's a-rithist. A' coimhead a-null oirre, bha e cho follaiseach fhaicinn mar a bha i ag aoireadh dha h-athair. Thug i an aire gun robh Seumas air prèasantan a chur fon chraoibh. Crochte air fear dhe na meanglan bha bogsa beag le ribean mòr a chaidh a cheangail oirre ann am bùth. 'S e an t-ainm aicese a bha air a' bhileig. Dh'fhairich i toileachadh a' drùidheadh troimpe.

Dh'fhalbh i le clobhd a shuathadh air falbh an sneachda fliuch a bha an triùir air a thoirt a-staigh dhan trannsa air am brògan. Bha an t-ullachadh air a dhèanamh aice airson biadh mòr an latha màireach. Saoil an robh cho math am buntàta a rùsgadh an dràsta? "Sìle, Cà' bheil thu?" chuala i Seumas ag èigheach.

Lìon Sìle dram eile dhen liqueur, agus thug i a-mach tuilleadh bhonnaich bhlàtha. Shuidh i thall faisg air an duine aice. Chuir e a ghàirdean timcheall oirre, blàths a bhodhaig faisg oirre agus buaidh an drama ga fàgail seasgair, socair. Robh Seumas a' coimhead math? An e seo fhathast am fear fìnealta a phòs i? An robh rudeigin diofraichte mu dheidhinn a-nochd? Dè bh' ann? Cha robh na ciabhagan cho ghlas? An robh e air fhalt a dhath? Tha fhios nach robh! 'S e soillse an t-solais ìosail a bhiodh ann.

71

Joe? Am bu toigh leatha Joe? Nan suidhe an taobh thall dhi, bha e fhèin agus Flòraidh a' coimhead gu math gaolach air a chèile. Dh'fhalbh a h-inntinn a' dèanamh dealbh dhen dithis nan suidhe agus Flòraidh ag altram leanabh, i fhèin agus Seumas a' sealltainn oirre gu moiteil, toilichte. Gun fhiosta dhi fhèin thug i sùil a-null a choimhead a' phàiste. Bha e cruinn, reamhar le sròin mhòr agus gàirdeanan ro ghoirid. Dhùin i a sùilean gu grad, a' caitheamh air falbh an sealladh. Thill a h-aire gu biadh an latha a-màireach. Math dh'fhaoidte gum biodh e nas fhasa am buntàta a rùsgadh a-nochd. Ri a taobh, chuala i srann. Bha jet lag agus an dram air Seumas a bhualadh agus bha e air tuiteam na chadal.

Dè tha cho math mu dheidhinn na Nollaige agus daoine tighinn chun an taighe?

An e an t-ullachadh agus an ceannach 's an sgeadachadh? An dealbh àlainn a tha sinn air cruthachadh nar n-inntinn air ciamar a bhios an fhèis? Càirdeas is gaol is blàths agus gàireachdaich. Saoil an e an t-ullachadh fhèin a tha a' fàgail againn na cuimhneachain bhlàtha? Cuimhne dha rìreabh air na lathaichean fhèin air a chaitheadh na cnap cruinn anns a' bhucaid sgudail a-meas frachd is eile a tha an Nollaig a' fàgail às a dèidh.

Caibideil 9

"Bheil an seidhir a tha sin cofhurtail gu leòr do Fhearghas, Eamag?"

Na shuidhe anns an t-seidhir aig ceann bùird air ullachadh airson biadh, bha Fearghas a' coimhead rud sam bith ach cofhurtail. Bha a cheann goirt agus bha fadachd air faighinn air ais gu thaigh fhèin. "Obair gun tlachd Fiona, a' falbh a ghabhail biadh a thaighean dhaoine eile. Carson a dheònaich thu dhol ann?"

Ann an ceann Fiona, bha an aon cheist a' cur nan caran. Cha robh i riamh ann an taigh Nora aig biadh. Nuair a chaidh i fhèin agus Fearghas fhiathachadh a-nall gu biadh air latha na Bliadhna Ùire, cha robh a teanga luath gu leòr le leisgeul.

"Och well nach cuir e seachad greiseag dhen fheasgar dhuinn Fhearghais. Latha fada, latha na Bliadhn' Ùire. Agus bha e gu math còir dhi ar fiathachadh."

Chan fhuilingeadh Fearghas bruidhinn ris fad na madainn leis cho dona 's a bha an truim aige. Bha Fiona a' slaodadh a-mach aodach à cùl na wardrobe agus i a' feuchainn ri rudeigin freagarrach fhaighinn airson a chur oirre. Thàinig i tarsainn air sgiort phinc. 'S fhada bhon a dh'fhàs e ro bheag dhi ach bha i coma a chaitheadh a-mach. Ga fheuchainn oirre, 's ann a dhùin e suas gu furasta, bha i air leithid a chuideam a chall. Bha an sgiort aotram a' coimhead cho sgiobalta, e tuiteam a-nuas beagan os cionn na glùin.

"Chan ann a' dol a chur ort sin a tha thu co-dhiù, a bhoireannaich? Do chasan ris ann a shin, seall orra, cho cam. Cuir ort a' bhriogais dhubh agus am blobhs glas."

73

A' toirt an aire gun robh àite air a chur a-mach air a' bhòrd airson còignear, thòisich Fiona air fàs caran iomagaineach. Bha dùil aice nach biodh a' gabhail na dìnneir ach i fhèin agus Fearghas, Nora 's Eamag. Thug Fearghas fhèin an aire, agus e toirt fìor dhroch shùil air Fiona, "Taing airson ar fiathachadh a-nuas Nora. Gu dearbh, tha e math faighinn a-mach às an taigh, gun ghuth air blasad fhaighinn air biadh dòigheil. Tha mi an cunnart mo phuinnseanach aice seo!"

Leig Nora às na truinnsearan le brag mu choinneamh air a' bhòrd. "'S mi a chreideas Fhearghais."

Bha i a' faireachdainn beagan ciontach nach robh i air a bhith dol a-null gu taigh Fhearghais nas trice bhon a thill e dhachaigh às dèidh na h-opairèisein. Dh'fhàs i cho sgìth ga èisteachd a' sìor ghearain. "Oh siud Neataidh a' tighinn."

Staigh an doras thàinig boireannach beag sgiobalta, botail fìon aice am broinn baga dathte.

"Gabh a-staigh chun a' bhùird Neataidh," Nora ga stiùireadh a-null a shuidhe. "Tha thu anmoch. Bheil cloc idir agad?"

"Oh na tòisich Nora. Tha mi tràth gu leòr. An cuir mi am fìon seo dhan frids?"

Thug Nora an aire dhan dreasa aice, gorm le sithinn phionc air fheadh. Lasair uaine an fharmaid a' ruith mu a sùilean. Thug Neataidh an aire dhan fharmad, e ga cur air a dòigh.

Feumaidh deagh theanga bhiorach, teanga bhiorach eile a chumas suas rithe gus geurad a sgilean a chumail aig àrd ìre. 'S e spòrs a tha a' cur feum air liut a tha ann an conas. Bheil spòrs eile ann a bheir uimhir a thlachd ri astas grad na teangaidh? Tha fios gur e sin a dh'fhàg gun robh Neataidh air a fiathachadh a-nall, chionn do dhuine sam bith gan coimhead, bha e follaiseach gun robh gràinn an uilc aig an dithis air a chèile.

A' dol a-null a shuidhe bha Neataidh a cheart cho diombach Fearghas fhaicinn na shuidhe aig ceann a' bhùird, 's a bha esan ri ise fhaicinn. "Nach math d' fhaicinn Fhearghais. Cha do leig Nora dad oirre gun robh thu tighinn."

Tharraing Fiona a h-anail a-staigh. Cha tug Fearghas seachad freagairt sam bith. "Smodalag boireannaich," 's e chanadh esan cho tric mu dheidhinn Neataidh.

Thòisich ceann Fiona air bragadaich, fhios aice gu cumadh Fearghas a' gearan gun tug i air tighinn a-nall gu taigh Nora agus mar a mhill i latha na Bliadhn' Ùire air. Cha chluinneadh i an deireadh an dà latha seo.

Shlaod i scarfa a-nuas bho h-amhaich, an rùm cho blàth, i a' faireachdainn cho mì-chofhurtail leis a' bhlobhs ghlas agus briogais dhubh, i a' seòladh am broinn an aodaich leis cho farsainn 's a bha e.

"Tha greis nach fhaca mi thu Fiona. Bheil thu idir mun sgoil na lathaichean seo?"

Thug Neataidh a-mach botal beag seant às a baga, ga spùtadh ri h-amhaich. Thòisich Fearghas ri casadaich.

'S e boireannach beag, cuimir a bh' innte, sùilean uaine, falt bànruadh, craiceann glan. Chaidh a fàgail na banntraich agus i fhathast òg. Bho àm gu àm bha i ag òrdachadh gun coinnicheadh i ri fear eile. 'S e seòrsa tè a bh' innte a bhiodh nas toilichte agus fireannach ri a h-achlais, farmad aice ri cupaill eile, a bha a' faighinn cothrom am beatha a chur seachad nan dithis gu sona còmhla. Aig amannan mar an-diugh, na suidhe aig a' bhòrd ri taobh Fhearghais, bha i a' faireachdainn toilichte gu leòr gur ann singilte a bha i.

"Sin thu Fhearghais, tha thu a' coimhead math. Fhuair thu seachad air a' ghreim-cridhe?'

"Oh nist Neataidh, nuair a thèid d' fhosgladh a-mach bho aon cheann chun a cheann eile mar a chaidh a dhèanamh ormsa, chan fhaigh thu seachad gu bràch air."

Shuidh Fearghas an-àirde anns an t-seidhir, ga dheasachadh fhèin airson an stòraidh innse. Ach cà b' fheàrr tòiseachadh? Anns an ambaileans no ro sin nuair a dhùisg e le grèim na uchd?

A' toirt an aire dè an taobh a bha an còmhradh an cunnart gabhail, leum Nora a-steach, "Seadh, dram na Bliadhna Ùire. Dè tha sibh gabhail? Fiona, uisge-beath dhutsa?"

"Bheil thu às do chiall?" Na faclan a' splutraich a-mach à beul Fhearghais.

"Lemonade do Fiona."

"Chan e sin a bh' aice nuair a bha sinn aig taigh Sìle, an e Fiona? Ach deagh dhram uisge-bheatha."

Dh'fhàs aodann Fhearghais brùchdach dearg buileach, agus thòisich casadaich air.

"Na toir feart orm Fhearghais. Chan eile mi ach a tarraing asad."

Toilichte gu leòr gun robh cuspair tinneis is ospadail air a chur gu aon taobh, thòisich Nora air lìonadh nan glainneachan. Cha robh foighidinn sam bith aice airson èisteachd ri Fearghas a' bruidhinn air fhèin agus a mar a thachair dha. Bha i air a chluinntinn ceud turas. 'S e bha dhìth oirre ach còmhradh aotram is deagh dhram.

"Vodka dhutsa Eamag?"

A' tighinn a-staigh le soitheach mòr bhuntàta agus ga chur air a' bhòrd, bhog Eamag a ceann ag aontachadh, "Cuir coke ann agus deigh."

Bha Eamag a' bruidhinn a cheart cho luath 's a bha i a' gluasad, i falbh air ais agus air adhart a' cur biadh air a' bhòrd. Àrd, caol agus gu math coltach ri a màthair, bha i èasgaidh, math air obair. Cha robh cus ùidh aice ann a bhith a' suidhe a ghabhail biadh. Cha robh cus ùidh aice ann còmhradh a bharrachd, a h-aire air an obair a bha ri dhèanamh anns an taigh-aoigheachd. Bha i an dèidh a bhith a' cruinneachadh seann siaban bho na rumannan-cadail agus i dol ga leaghadh sìos gus cnapan as ùr a dhèanamh dhiubh.

Tha iomadh dòigh ann air airgead a chaomhnadh ann an taigh-aoigheachd, eadar a bhith a' tionndadh dheth rèididheator, toirt seachad uair na bracaist cho tràth agus nach eil duine ag iarraidh òrdachadh, searbhadairean a chumail gann, tomàto na bracaist a ghearradh suas ann an ochd pìosan. Gach dòigh a bh' ann, bha fhios aig Eamag air h-uile gin dhiubh. 'S e seòrsa nighinn a bh' innte air nach toireadh tu mòran aire. Daonnan dripeil, caran amh na pearsa, 's e ìomhaigh fhuar bu làidire a bha tighinn bhuaipe. Cha robh e gu feum sam bith feuchainn ri a tarraing a-staigh an lùib a' chòmhraidh, chan fhaigheadh tu mòran a bharrachd air dà fhacal aiste.

Bha an t-acras air Fearghas. Bha feòil air a ròstadh agus buntàta, currain 's càl air a riarachadh a-mach air na truinnsearan, sliosan na feòla air an gearradh gu tana. Phut Fearghas Fiona gus tuilleadh a chur air an truinnsear aigesan. Thug Neataidh sùil a-null air Nora, agus i fhèin agus Eamag a' tighinn a shuidhe aig a' bhòrd. "Tha thu air cuideam a chall Fhearghais, agus tu coimhead nas fheàrr air a shon." Bha na faclan cho fada o bhith fìor agus a bhrù mhòr mu choinneamh a' stracadh a-mach o phutain na lèine. "Slàinte a h-uile duine, deagh Bhliadhna Ùr."

A' toirt deagh bhalgam às an dram, thionndaidh Nora a h-aire chun a' bhìdh. "Nist ith thu suas, tha gu leòr ann dheth. Siuthad Fiona, nach beag a tha agad air an truinnsear."

Daonnan mì-chofhurtail ann an suidheachadh dhen t-seòrsa seo, bha Fiona mothachail nach robh i air guth a ràdh o thàinig i agus thòisich i a' feuchainn ri smaoinicheadh dè a chanadh i. Am moladh i an deagh latha? Am moladh i am biadh? Na truinnsearan, dè dh'fhaodadh i ràdh mu dheidhinn nan truinnsearan?

"Nach ann brèagha a tha an dreas agad, Neataidh"

Air a dòigh leis a' mholadh, thug Neataidh slìobadh sìos air sgiort a dreasa. Mar gum biodh i a' toirt an aire airson a' chiad uair, choimhead Nora, "Aidh, tha i brèagha gun teagamh Neataidh. Caran teann dhut mun bhroilleach ged-thà."

A' togail soitheach a' bhuntàta, chuir Nora timcheall a' bhùird e, fhios aice gun choimhead a-null oirre, gun robh beul Neataidh air teannachadh.

"Seo mar a tha dreas a' coimhead nuair a tha broilleach ort, Nora. Chan urrainn dhan dreas a bhith ach teann!"

Cho caol ri bior agus riamh diombach nach robh barrachd cumadh cuimir boireann oirre, dh'fhairich Nora caoch beag a' dol troimpe. "Ach uill, fhad 's a nì am broilleach am feum a chuir nàdar mu choinneamh."

A' togail soitheach na feòla, chuir Nora slios eile air truinnsear Eamag, fhios aice gun robh i air puing a ghleidheadh.

Nach tric a chaitheas boireannaich le clann an t-saighead shearbh sin gu furasta a-null gu cridhe nach d' fhuair an aon bheannachadh. Dh'aithnich agus dh'fhairich Fiona biorg cràidh a theich tarsainn aodann Neataidh.

Airson diog no dhà, cha robh guth ri chluinntinn ach fuaim bragadaich forc is sgèinean, Fiona a' suidhe na tost mì-chofhurtail ach Fearghas cho trang ag ithe nach robh for aige gun robh fuaradh sam bith air tighinn air a' chruinneachadh.

A' coimhead timcheall a' bhùird, bha Eamag a' feitheamh airson àm freagarrach airson na bha air fhàgail dhen bhiadh a thoirt air falbh. Mar a bu mhotha a ghabhadh gleidheadh dheth, 's ann a b' fheàrr leatha. Bha i a' faicinn dà shlios feòla air truinnsear Fiona nach robh i air beantainn ris. Ghabhadh sin tilleadh dhan frids. Cha robh Eamag a' creidsinn idir, idir ann am biadh a bhith air a chaitheamh a-mach.

"Bheil thu fàs sgìth Fhearghais?" Thionndaidh Nora a h-aire a-null gu a bràthair a bha a' coimhead caran glas. An rùm cho blàth bha na bha e air ithe air a thoirt a-mach na fhallas.

"'S e seo a' chiad latha-mach agam bhon a ghabh mi grèim-cridhe, chan iongnadh nach bithinn sgìth." Shuidh Fearghas suas, e a' faicinn cothrom bruidhnidh. "Fhios agaibh, feumaidh duine a thuigsinn ciamar a tha an cridhe ag obrachadh mas tuig e ciamar a tha e dol a leigheas."

"Bidh an tinneas cridhe anns na daoine agaibh tha mi creidsinn?" Choimhead Neataidh air fiaraidh air Nora.

"Gu dearbh chan eil!" leum Nora a-staigh le faram. "Cha robh crit riamh orm. Fhios agad air a seo Neataidh, cha robh mi riamh, riamh fiù anns an ospadal. Tha mi cho fallain ri fiadh."

Aig ceann a' bhùird bha Fearghas a' feuchainn ri grèim fhaighinn air ais air a' chòmhradh, ach bha e fadalach. Bha conas ùr air tòiseachadh.

"Bha thu ann an ospadal!"

"Cha robh mi!"

"Bha thu!"

Thug Neataidh deagh bhalgam às an dram, lainnir na sùil. "Cuimhne agad idir nuair a dhochainn Jasper thu? Boyfreind grod a bha siud. Bhrist e an giall agad. Bha thu anns ospadal dà oidhche!"

A beul fosgailte, cha robh Nora buileach cinnteach dè freagairt a ghabhadh toirt seachad. Neataidh air a dòigh glan gun d' fhuair i a-staigh le sneiceir math.

"Balgam beag eile dhan ghlainne, Eamag a m' eudail. Tha do mhàthair cho spìceach leis an dram."

Na suidhe gu sàmhach, chùm Fiona a ceann sìos, i a' suaineadh a sgarfa timcheall a làmhan, ag ùrnaigh gun tigeadh am pudding luath, feuch am faodadh i fhèin agus Fearghas falbh dhachaigh.

Caibideil 10

Air a cois nas tràithe nan àbhaist, bha Sìle na seasamh anns a' chidsin na briogais agus seacaid paideàmas. Leth-uair an dèidh sia uairean air a' chloc. Dall dubh dorcha a' gheamhraidh a-muigh, an taigh falamh ach i fhèin. Chuir i air an coire, i a' toirt a-mach cofaidh. Thionndaidh i air an telebhisean, a sùilean a' coimhead gun i faicinn sìon. Aodainn bhòidheach a' leum a-mach à sgàilean an telebhisein, gnùis gun mhothachadh, càirean geal a' gàireachdaich ag innse naidheachd air murt 's marbhadh agus a' leum gu luath gus barrachd ùine a thoirt air sgeulachd air duaisean Bafta.

A h-inntinn a' cur nan caran, bha e air faillichinn oirre cadal a' chuid as motha dhen oidhche. Chuir i air ceòl socair ach dhiùlt e a h-eanchainn a shèimheachadh. Smuaintean a' ruith 's a' goil gun chasg. An cadal a thigeadh a' tionndadh gu bruadair. Cò shaoileadh gu faodadh an leabaidh, àite a bha tric cho cofhurtail, cho blàth, 's cho sàbhailte, a bhith, aig amannan, neimheil riuthasan a tha buailteach ri bhith dubhach. 'S e an leabaidh an t-àite anns am faigh gruaim is pràmh grèim teann. Mar gum b' e a' bhodhaig a bhith na sìneadh a bha toirt cothrom na Fèinne dhad chiall a bhith a' sruthadh troimhead gu mì-chothromach. Tùr 's tonaisg air drùidheadh gud chasan, leann-dubh a' sùghadh suas gu cùl do shùilean. Dèan cleas nan eun. Èirich a-mach às an nead is crath d' itean.

Cha robh Sìle ao-coltach ri eun, agus i a' trusadh suas muilchinn nam paideàmas agus a' falbh na cabhaig air a' chidsin air a corra-biod.

'S e tòiseachadh ri glanadh an rud a b' fheàrr. Bha fhios aice nach robh sìon a bheireadh faothachadh dhi cho math ri glanadh. Na preasachan fhalamhachadh a' chiad rud. Gach soitheach agus glainne a nighe. Gach cnogan silidh is cnogan pònair is cnogan brot a shuathadh le clobhd fliuch. Taobh a-staigh nam preasachan agus dorsan nam preasachan. Cha robh e gu diofar gun robh a h-uile grèim dheth seo cho glan 's a ghabhadh cheana. 'S e an rud a bha a' cunntais gun robh a h-uile sguab dhen chlobhd, fliuch le uisge goileach teth, a' socrachadh a h-inntinn.

Dh'fhalbh Flòraidh agus Joe às dèidh Nollaig, iad a' dol a chur seachad na Bliadhn' Ùire anns an teas thall thairis. Bha villa aig bràthair Joe ann am Marbella. A' coimhead air dealbh a chuir iad a-nall, bha an t-àite gu math spaideil. Bràthair Joe, Don, na sheasamh ri taobh Flòraidh aig an amar-snàimh. Bha esan àrd, dorcha, eireachdail le casan agus làmhan fada. Nach e bhiodh math nam faigheadh Flòraidh clìoras Joe agus gun teannadh i air falbh le Don. Bhiodh iadsan a' coimhead math ann an dealbh frèam airgid na suidhe air a' bhòrd bheag ri taobh an dorais. Uill, bhitheadh nan cailleadh Flòraidh beagan cuideim. Chan fhaigheadh Sìle seachad air na dh'ith i air latha na Nollaige. 'S beag an t-iongnadh gu robh tòin agus sliasaid cho mòr oirre. Thog argamaid bheag ceann aig biadh na Nollaige a chur beagan sgleò air an fheasgar, agus mar as àbhaist ghabh Seumas taobh Fhlòraidh. Bha Sìle air a goirteachadh gu mòr. Carson nach robh iad a' tuigsinn gur ann a' feuchainn ri bhith cuideachdail a bha i? **Bha** Flòraidh feumach air aodach brèagha fhaighinn dhi fhèin agus cuideam a chall!

Às dèidh na chaidh a dhèanamh de dh'ullachadh, chaidh àm socair na Nollaige seachad luath. An taigh aig amannan mòr agus gun robh e, a' faireachdainn ro bheag, co-dhiù agus Joe na shlaod a' sìneadh air an t-sòfa. An robh aige idir ach aon lèine? An aon luideag sgrìobach ghorm air a chroit latha às dèidh latha!

Na ceann bha plana aice gun rachadh i fhèin agus Seumas air turas beag, agus a' Bhliadhna Ùr a thoirt a-steach ann an taigh-òsta mòr, spaideil còig-rionnaig. E air falbh cho tric sna mìosan roimhe sin, shaoil Sìle gum biodh e laghach dhaibh ùine a chur seachad còmhla. Chunnaic i dhà no trì àite freagarrach air an eadar-lìon, i an dòchas gun aontaicheadh Seumas. 'S e deagh chothrom a bhiodh ann cuid dhen aodach ùr a bha i air a cheannach a chur oirre. An gùn fada, dubh, làn ghrìogagan, an dreasa teann mheilbheid uaine leis an amhaich air a gearradh ìosal. Ach cha d' fhuair i cothrom bruidhinn air a' phlana. Mar a thachair iomadh turas eile ann am bliadhnachan a' phòsaidh aca, dh'fheumadh Seumas falbh ann an cabhaig. Bha coinneamh ann an Geneva is dh'fheumadh esan a bhith ann. Bha an t-aodach brèagha, ùr aig Sìle fhathast crochte anns a' phreasa riamh gun chur oirre.

Ann an iomadh seagh chaidh latha na Bliadhn' Ùire aice seachad mar latha sam bith eile, gun mòran eadar-dhealachaidh bho latha eile dhen bhliadhna, ach ann an seagh eile bha e na latha a dh'fhuiricheadh na h-inntinn agus a thilleadh i thuige a-rithist agus a-rithist.

Fhios an e blobhs buidhe no blobhs dearg a bha a' coimhead na b' fheàrr leis an sgiort phurpaidh? Bha gibht aig Sìle a thaobh aodaich. Rud a choimheadadh ceàrr air iomadh boireannach eile, oirrese agus i cho tana, dìreach dhi fhèin, bhiodh e a' coimhead rìomhach, snasail. Ghlac i a falt bàn ann an ciutha cùl a cinn. A' toirt sùil oirre fhèin anns an sgàthan, bha i a' coimhead caran geal san aghaidh. Thug i sguab suathaidh air a gruaidhean le bruis bhog air an robh deagh chrathadh de rouge pinc. Na suidhe a' gabhail cupa cofaidh, thug i an aire dhan uair, leth-uair an dèidh deich. Air a cois cho tràth, bha latha fada, falamh roimpe. An taigh brèagha anns an robh i a' faighinn uimhir a thlachd a' coimhead fuar, seann fhasanta dha sùilean an-diugh. Fhios an robh an t-àm pàipear ùr a chur suas air balla thall an rùm-suidhe? Air bòrd beag na fòn thog i cairt bheag a bha air tighinn tron doras a bha i air fàgail gun choimhead dòigheil orra. Ga togail, dh'fhalbh i leatha dhan bhucaid sgudail. Fiathachadh gu madainn cofaidh le deit an latha an-diugh.

Thug i an aire dhan t-seòladh. An taigh an ath-dhoras dhi. Chaidh crathadh goireiseachaidh na ruith troimpe. Cha b' urrainn dhi smaoineachadh air dad na bu mhiosa na bhith na suidhe am measg strainnsearan ag òl cofaidh agus a' bruidhinn air... uill bruidhinn air dè? Tha tàlant aig cuid a nì bruidhinn gu cofhurtail, agus gun stad, ri strainnsear nach do choinnich iad ris riamh roimhe, air cuspairean tomadach agus cuspairean beag seadh. Cha deach an tàlant sin a bhuileachadh air Sìle. Dh'fhairich i buille a' teannadh ri bualadh cliathaich a bathais, ceann goirt a' dol a thòiseachadh. Ann an drathair bheag anns a' chidsin, bha grunnd phacaid le diofar shèorsa philichean. Chuireadh dà phile air falbh an ceann goirt aice, chuireadh ceithir air falbh cus mòr a bharrachd.

Na seasamh a' gnogadh aig doras a nàbaidh, bha i air a cuairteachadh ann an plaide ceò bog, mìn, sàbhailte.

"An e tì no cofaidh a ghabhas tu?"

Bha muga mòr tiugh ga shìneadh a-null thuice. Dath grànda donn agus dealbh cait air a chliathaich. Chùm Sìle grèim air a' mhuga tì. Cha leigeadh a làmhan leatha a thogail suas gu a beul. Tì òl a-mach à muga grànda donn doirbh gu leòr, muga le dealbh cait air a chliathaich, cha ghabhadh sin dèanamh! Bha sianar no 's dòcha seachdnar nan suidhe anns a' ghrianan-ghlainne ag òl tì agus cofaidh. Bha e doirbh do Shìle cunntas a dhèanamh. Aodach glas, aodach donn, aodach dubh. Bha am blobhs dearg agus an sgiort phinc aicese cho nochdte am measg dorchadas èideadh chàich. Chaidh ainmean innse a-null 's a-nall tarsainn an rùim ach dh'fhaillich air Sìle gin a ghleidheadh dhiubh. A h-uile duine aca eòlach air a chèile, bha iad air cleachdadh a dhèanamh a bhith a' coinneachadh uair sa mhìos airson madainn cofaidh agus ùine a chur seachad a' còmhradh air leabhraichean a bha iad air a bhith a' leughadh. Bha cruinneachadh dhe na leabhraichean nan laighe air taobh a' bhùird. Thog i fear aca a' leughadh an ainm fo a h-anail, "*Housekeeping.*"

"Aha!" arsa guth cruaidh a-nuas ri a taobh. "Marlynne Robinson."

A-nall thuice thàinig boireannach beag, caol agus shuidh i ri a taobh air an t-sòfa.

"Chan e, 's e mise Sìl..."

Ghlac i i fhèin ann an àm, a' tuigsinn gur e ainm ùghdar an leabhair a bha am boireannach a' ciallachadh.

"Transparent eyeball."

Chaidh Sìle balbh. Dh'fhosgail i a beul ach cha tigeadh smid a-mach.

83

"'S e sin a stoidhle sgrìobhadh. Mar gum b' e an t-sùil fhèin a bha sgrìobhadh."

Shuidh am boireannach ro fhaisg, riamh mì-cofhurtail ri daoine a bhith na gaoith, dh'fheuch Sìle ri gluasad suas gu oir an t-sofa, i ag òrdachadh gur e vodka a bha aice sa chupa agus chan e tì fhlodach. Rinn i gnothach air pile eile a thoirt a-mach às a baga agus a shlugadh, a' bhuaidh ga bualadh luath agus làidir, an rùm a-nist a' fabhradh le fiamh de dhathan.

Càirean mòr agus fiaclan. Fuaim sliobraich na tì, na fiaclan mòra a' snagadh ri oir a' mhuga. Thog an "transparent eyeball" ceapaire beag air an robh càise agus thòisich i ri ithe agus ri còmhradh. Bha i a' fuireach anns an taigh thall an rathad, carson nach tigeadh Sìle a-nall a thadhal oirre? Bha Sìle a' cluinntinn fuaim guth a' bhoireannaich a' bruidhinn ceart gu leòr, ach cha b' urrainn dhi a h-aire a chumail air falbh bhon chnapladh 's bruidhinn aig an aon àm. A càirean fosgailte, aran is càise bog 's smugaidean air feadh fhiaclan buidhe. Thionndaidh cumadh nan sùilean mòra uisgeach, iad a-nist a' brùchdadh a-mach às a ceann, cearcall sùla a' dol biorach mar gob peansail.

"Sindy, an e thu fhèin a tha dol a thòiseachadh an leughaidh?"

Bha tè dhe na boireannaich a' fàs mì-fhoighidneach, na suidhe le a casan tarsainn a chèile aig an adhbrann, nèapraige air a phasgadh a-staigh muinichill a cardigan. Corragan gun fhainne agus gnùis gun pheant no pùdair, aodach gun dath no cumadh. Bha i a-nist a' coimhead air uaireadair beag, dubh air cùl a dùirn.

"Cò às a tha i a' faighinn tlachd à bhith beò?"

Choimhead Sìle oirre le iongnadh, i a' toirt sùil sìos air a làmhan fhèin le fàinneachan daoimean a' deàrrsadh. An sgiort phinc agus na brògan dubha le cnot dearg a chosg ceudan not. Ga samhlachadh fhèin rithe agus ga tomhais fhèin mìle uair nas fortanaich, gun fhiosta dhi fhèin thog Sìle a muga tì gu a beul, ga glacadh fhèin ann an àm, mun tàinig an cat ro fhaisg.

Air a cùlaibh bha còmhradh a' dol eadar dithis, "White Company... Jo Malone..."

Thionndaidh Sìle 's i a' faicinn cothrom air còmhradh anns am biodh a h-ùidh. Bha i air bogsa dhen stuth ùr aig *Jo Malone* fhaighinn aig an Nollaig bho Fhlòraidh. *Velvet Rose*, botal brèagha dubh, dealbh ròsan mòra, dorch-dhearga air a' bhogsa. Bha fiù 's a bhith a' coimhead air àilleachd a' bhogsa a' toirt leum gu a cridhe gun tighinn air an fhàileadh chùbhraidh. An dithis air a cùlaibh a' bruidhinn gu h-ìosal. "Cha do cheannaich mi gin riamh, 's lugha orm am fàileadh. Bidh mise a' lìonadh an tuba le uisge teth 's deagh steall *Dettol*."

"Oh uill," arsa boireannach beag ruadh, agus i a' blàthachadh a-staigh dhan chòmhradh, "Tha mise air sgur a nighe m' fhalt. Mìos nach deach uisge faisg air, seall mar a tha an gleans air tilleadh. Tha sinn gar nighe fhèin ro thric, sin a tha a' fàgail craiceann dhaoine cho tachasach."

Dh'fhairich Sìle fallas ag èirigh troimpe. Bha an rùm blàth, fàileadh làidir dhaoine ann an rùm teth a' measgachadh an lùib fàileadh càise 's uighean a' tighinn bhon truinnsear cheapairean air a' bhòrd faisg oirre. Dh'èirich i na seasamh, a' togail an truinnseir a-null agus ga chur air bòrd an taobh thall dhen rùm. Na suidhe air ais, dh'fhairich i a ceann a' dol tuaineil. Bha an dath ruadh a' cur dragh oirre, an sòfa ruadh, am brat ùrlar ruadh, àite-teine ruadh, bha i air a cuartachadh le dath ruadh. A' feuchainn ri a sùilean a chumail suas gun a bhith a' coimhead air an t-sòfa no am brat ùrlar, thug i an aire dhan dealbh mhòr crochte os cionn an àite teine. Coin.

Trì cinn ruadh chon a' coimhead a-nuas oirre. Am beòil fosgailte, fiaclan mòra, biorach ris. Na cluasan bha Sìle a' chluinntinn fuaim cruaidh comhartaich. Thòisich fallas air cruinneachadh agus air sruthadh sìos cliathaich a bathais. Dh'fheuch i ri a baga-làimhe fhosgladh gus nèapraige a thoirt a-mach. Ciamar a bha snàig a' bhaga a' fosgladh? Bhrùth i e. Cha do thachair sìon. Cha robh na corragan aice ag obrachadh mar bu chòir. An tug duine an aire? Cha tug. Bha i sàbhailte gu leòr. Iad eòlach air a chèile bha na mnathan a' conaltradh gu furasta, gach tè titheach a h-eòlas litreachais a thaisbeanadh.

Guthan "Dettol" agus "Transparent eyeball" a' fàs cruaidh agus iad a' trod mu dheidhinn tàlant Virginia Wolf. Mu a coinneamh bha "Falt Salach" agus poit aice, i tairgsinn *top up*. Bha fàileadh searbh a cinn a' siabadh a-nall an lùib na tì a bha a' dòrtadh a-staigh dhan chupa aig Sìle, a' losgadh ceann a' chait 's ga bhàthadh.

Bha Sìle an àite a deuchainn. Ballachan an rùim a' dùnadh a-staigh oirre. Fuaim bruidhinn air a dhol mar dranndail. Grèim aice air a' mhuga mhòr thiugh, cat bàthte na bhroinn. Chual' i guth a h-inntinn ag èigheach oirre, "Tionndaidh d' aire gu rud eile! Siuthad, smaoinich air dath brèagha! Bìd cùl do dhùirn. Deagh chomhairle eile a bha ann an leabhar a leugh thu, *How to cope with panic attacks*. Anail. Sèid a-mach do bhrù mar balùn."

Cha robh rùm brù balùin anns an sgiort agus i teann tarsainn na cruachain.

"Imagine yourself in a relaxing situation."

Chuir i i fhèin air ais aig an taigh, vacuum cleaner mòr, mòr, mòr aice. Fear cumachdail, e a' falbh cho luath, cho luath, cho luath agus gun robh e ga slaodadh na ruith air feadh an taighe, dust ga shùghadh suas aig astar. Ann an tiotan dh'fhàs a h-anail socair agus cèol na hoover a' siabadh air falbh comhartaich nan con, a' dalladh a sùilean ris an dath ruadh. Rinn i gnothach air a socrachadh fhèin, i a-nis na suidhe air ais anns an t-sòfa.

"Sindy, bheil sinn a' dol a thòiseachadh?" Bha tè nam fiaclan ri taobh Sìle air fàs frionasach an-fhoiseil.

Tha cumhachd aig ainm a leigeas leat an ìomhaigh a chruthachadh mus coinnich thu ris a' bhoireannach fhèin. 'S e tè àrd, chaol, bhrèagha tha ann an Sindy, gruag cho buidhe agus cho gleansach ri òr. Aodann bòidheach, lipstick pinc, casan cho fada ri searrach. Bòrd iarnaigidh aice agus sinc le soithichean ri nighe. Piuthar aice, Patch. Dè an t-ainm a bha air a caraid? Na h-inntinn bha Sìle a' pasgadh aodach na doileig, fiamh-ghàire mu h-aodann agus Sindy ag iarraidh an dreasa bhrèagha, gheal le spotan pinc a chur oirre an-diugh.

Mach doras a' chidsin thàinig Sindy an latha diugh, cho ao-coltach ri tè a h-ainm 's a ghabhadh e bhith. Rop bhonnach mu a beul agus ultach eile dhiubh aice air truinnsear. Briogais bhog, ghlas a' sgiamhail teann tarsainn tòin mhòr, mhòr reamhar. Geansaidh glas mar a' bhriogais, broilleach mòr trom ma sgaoil gu saoirsneil fodha. A' faicinn Sìle, ghabh i a-nall gu toilichte far an robh i.

"Ah mo nàbaidh, Sìle nach e? Tha mi air mo dhòigh gun tàinig thu. Bidh mi a' smèideadh riut. Bidh thu gam fhàgail ciontach agus tu daonnan a' glanadh. Cuiridh mi geall gur e an taigh agad a tha brèagha seach am fear seo. Cò latha a thig mi a-nall a thadhal ort?"

Gun i buileach cinnteach gu dè freagairt a bheireadh i seachad, choimhead Sìle sìos a' faicinn dà chois rùisgte gun bhròg gun stocain, ìnean buidhe mar spuirean feumach air an gearradh.

Thòisich na coin air comhartaich, cho cruaidh, cho cruaidh; am beòil fosgailte a' sealltainn fiaclan mòra, ronnan sglongaideach a' slaodadh a-nuas bhuapa. Shaoil i gun robh i a' cluinntinn miathalaich cait a' tighinn bhon mhuga.

Caibideil 11

Na suidhe ri taobh na h-uinneig, an leanabh beag na chadal na h-uchd, bha Fiona làn gaoil gun tomhas, an gaol a thig o bhith ag altram eallach aotram pàisde sia seachdainean. Bha i a' coimhead aodann beag na chadal, a h-inntinn air mìorbhail beatha ùir agus i a' cumail gun gluasad air eagal 's gun dùisgeadh an naoidhean beag. Cha b' urrainn dhi gun a làmh a shuathadh ri craiceann cinn cho mìn ri sìoda, i a' sùghadh a-staigh fàileadh cùbhraidh leanabh ùr. Mach bhon phlaide thàinig cròg bheag, bhìodach a' greimeachadh gu teann air a corraig.

Bha Raonaid, tè dhe na tidsearan a b' aithne dhi aig an sgoil, air iarraidh oirre an leanabh a chumail airson uair a thìde no dhà agus i fhèin a' dol a dh'fhaighinn a gruag air a chur air dòigh. Bha Raonaid agus Calum pòsta deich bliadhna gun sgeul no guth air clann. Bha e na chùis bruidhnidh air feadh na sgoile nuair a thàinig naidheachd Raonaid a bhith trom.

"Ach a Dhia ciamar a thachair siud!" Ealsag Eàirdsidh ann an cidsin na sgoile, a beachdan gan caitheamh an lùib a' bhuntàta, gam pronnadh le fruis am measg ìm is bainne. "An ath rud bidh mi cluinntinn gu bheil thu fhèin agus Fearghas air a tip fhaighinn air a' ghnothach."

"Nist Fiona, bidh Calum Beag toilichte na chadal anns a' *Chocoonaby*, tha *Ergobaby 360* a seo cuideachd, baga nam badan glan ann a sheo. Siud bucaid nam badan salach, botal a' bhainne..."

88

Dh'fhàg Raonaid stuadh de stuth às a dèidh, eadar nead-cadail, cnocain pùdair is stuthan glanaidh. Ann an cidsin cho mì-sgiobalta, a bha cho làn stuth, cha robh mòran rùm gluasad. Mar a thurchair cha deach Fiona faisg air an stuth a dh'fhàg Raonaid an cois a' phàiste. Gu mòr 's gu bheil luchd-malairt a' strì ri toirt oirnn a chreidsinn gu feum na tha seo a bhith air a cheannach airson pàiste ùr a bhith air a dheagh ghabhail aige agus nach soirbhich leis às aonais stuth ùr gleansach na bùtha, cha robh for aig Calum Beag air sìon dheth sin. Bha esan riaraichte gu leòr an lùib blàths is sàbhailteachd uchd Fiona.

Ri taobh an teine bha Fearghas na shuidhe, e fhèin na chadal. A dhà làimh paisgte tarsainn tom mòr, cruinn a bhroinn. Bha Fiona an dòchas gun cumadh e a' cadal deagh ghreis. Bha e air a sàrachadh fad na madainn. Cha robh i a' faighinn mionaid aige. Cha robh aire air mòran bhon a ghabh e an grèim-cridhe, ach air fhèin. Bha e aig a' choimpiutar gun stad a' dèanamh diagnosis ùr mu seach.

Ga choimhead na shuidhe san t-seidhir, thàinig e a-steach air Fiona gur e bodach a bha na chadal an taobh an teine. Dh'fhalbh am Fearghas a bh' ann agus thàinig am bodach seo na àite. Aon uair a' gearain grèim na uchd, bàs an ath rud. Uair eile a' gearain grèim na mhionach, teannachadh anns na caolain, bha e feumach deagh phurgaid.

Ag èirigh a-nuas à àite domhain na broinn thàinig smuain ghoileach shearbh. Smuain a bha a' tighinn iomadh uair ro seo ach a chaidh a mhùchadh tràth mus d' fhuair e mòran nas fhaide seachad air na dubhagan. An e an leanabh gaolach a bha i ag altram a leig leatha a smuain a thoirt gu bàrr an-diugh? Cha ghabhadh stad a-nist cur air. A' gabhail cothrom cead-siubhail, fhuair a smuain cead fàs, a' tighinn suas à maodal is mionach, a' slaodadh teann air sreangan a cridhe, agus a' tighinn le astar a laighe na muineil.

"Carson? Carson nach tug thusa dhomh pàiste? Carson a dh'fhàg thu mi le làmhan falamh! An e nach robh feum sin fhèin annad?"

Chuir Fiona beagan eagail oirre fhèin leis cho làidir gràineil 's a bha a na faireachdainn, a bha air am mùchadh aice cho fada. Ciont anns a' mhionaid a' gabhail àite a' chaoich.

"Seall Fhearghais, an t-aodann beag aige, nach goideadh tu e?"
Dh'fhosgail Fearghas aon sùil, rinn e gnòsad beag agus chùm e air
a' cadal.
"Bheil thu ag iarraidh greis bheag dheth, e cho socair?"
Cha do leig Fearghas air gun cuala e i. Thill e air ais gu aisling.
Bha e ann an taigh a mhàthar, i a' fuineadh, fàileadh aran blàth air feadh an
taighe. Cèic mhòr le silidh agus crathadh coconut air uachdar. Fuaim
na tì a' dòrtadh o strùp na poite. Tubhailt oilcloth air a' bhòrd, dìtheanan
buidhe air a feadh. Braidseal teine agus an cidsin cho sgiobalta glan.
Pancakes gan torradh air truinnsear, gan sìneadh a-nall thuige. A
bheul a' dol ann an cumadh airson grèim a ghabhail nuair a chaidh a
shlaodadh a-mach an aghaidh a thoil bhon bhruadair bhòidheach. Na
cabhaig a-staigh an doras, fàileadh làidir hairspray a-staigh roimhpe, a
falt air a shèideadh a-mach mar cumadh umbrella air mullach a cinn,
ghabh Raonaid a-null far an robh Calum Beag.
"Hallo Raonaid. Nach e tha socair am fear beag. Cha tàinig bìog às."
Blàths na h-aisling air caoidh a mhàthar ùrachadh dha, dh'fhairich
Fearghas an t-acras, "Guth air tì Fiona? Chuirinn fhìn feum air
rudeigin, mi faireachdainn caran fann. Bidh d' ìre glùcos a' tuiteam,
'eil fhios agad a Raonaid, às dèidh grèim-chridhe."
Sheas Raonaid a' feuchainn ri ùidh a ghabhail ann an còmhradh
Fhearghais, ach thionndaidh i gu luath gu Calum Beag, ga thogail suas
bho Fiona, "Oh m' eudail, a m' eudail bheag aig Mamaidh, an robh thu
nad ghille math?"
Rinn an leanabh beag fuaim mar gàire beag. "Oh seall! Seall an
t-aodann aige! Eile fhios agad dè tha e a' dèanamh? Tha e lìonadh a
bhadain! Nach eil m' eudail a' dol plop plop anns a' bhadan!"
Tha iongnadh gun crìoch aig pàrantan òga ann an caolan an leanaibh
aca, agus ge bith rìgh no pàpa a bhiodh anns a' chruinneachadh, chan
eil bacadh orra a bhith a' bruidhinn air.
Thug e ùine mas d' fhuair Fiona agus Raonaid an stuth gu lèir
a-staigh dhan chàr. Theab an cat Maoisidh falbh gun fhiosta agus i
na cadal anns a' *Chocoonaby*. Bha Fiona a' coimhead gu cianail air
Calum Beag ann an cùl a' chàir.

"Uair sam bith, a Raonaid. Cumaidh mise dhut e."

Ged nach robh còmhradh riamh air a bhith eadar na boireannaich, bha Raonaid a' tuigsinn ro mhath an iarraidh a bha a' cnàmh cridhe Fiona.

A' dùnadh doras a' chàir, dh'fhosgail Raonaid sìos an uinneag, i stad agus i a' feuchainn ri cumadh a chur air na faclan, "An do smaointich thu fhèin agus Fearghas air a dhol gu clionaig... eh... 'S e rud tha..." Bha na faclan a-nist a' tighinn a-mach nan cabhaig. "Na inns do dhuine Fiona, ach 's e...mi fhìn agus Calum, IVF... eh, tha leithid a ghabhas dèanamh. Tha thu òg gu leòr fhathast, nach eil?"

A' smèideadh ris a' chàr agus e a' falbh sìos an rathad, bha Fiona a' cluinntinn guth Fhearghais ag èigheach, "Cà bheil thu a chaillich? Bheil guth air tì?"

Na suidhe a' feitheamh ris a' choire a' goil airson nam botal teth – bu toigh le Fearghas dà bhotal teth a bhith aca anns an leabaidh – thug Fiona an aire do shearbhadair beag agus dealbh teadaidh air, na laighe air an t-sòfa. Ga thogail ri h-aodann shùgh i a-staigh fàileadh cùbhraidh an leanaibh.

Na shìneadh san leabaidh ag òl a' chuid mu dheireadh dhen chòco, thionndaidh Fearghas a chur às an lampa. "Bheil thu ag iarraidh am magazine sin a leigeil às, tha mi dol a chur dheth an solas?"

Ged nach tuirt i sin, cha robh Fiona ag iarraidh an iris a leigeil às. Bha i a' leughadh pìos a bha i a' faighinn gu math inntinneach. Solas ga chur dheth gun feitheamh ri freagairt bhuaipese mar iomadh uair eile, shìn Fiona gu sàmhach mionaid no dhà, an dorchadas feumail airson cuspairean doirbh.

"Am bi thu smaoineachadh, Fhearghais, nam biodh clann air tighinn..."

"Fiona, na tòisich air sin. Tha fhios agad nach do chùm mise riamh sin nad aghaidh."

"Tha adhartas mòr air tighinn Fhearghais. Tòrr rudan a ghabhas dèanamh..."

"Fhios agad Fiona, ann an dòigh tha cho math nach tàinig clann. Co-dhiù agus mise mar a tha mi, agus mi air mo shlàinte a chall. Tha gu leòr agad a chumas a' dol thu a' coimhead às mo dhèidh-sa."

Gun sìon for air buaidh a chuid fhaclan, shlaod Fearghas suas an cuibhrig. "Oidhche mhath a chaillich."

Ann a dubh dall dorcha na h-oidhche bha srann cruaidh, làidir a' tighinn bho aon taobh dhen leabaidh, diog no dhà sàmhach mun tigeadh braim mar full stop mun tòisicheadh an srann a-rithist. Air an taobh eile dhen leabaidh, bha searbhadair teadaidh-bear air a shuaineadh timcheall botal teth, ga chumail teann ri cridhe goirt, deòir ghoileach a' sruthadh.

Caibideil 12

Dh'fhairich Sìle mìos dhorcha an Fhaoillich fada, fada. A h-inntinn ìosal, mì-shunndach. Chaidh làithean seachad gun i idir a' fàgail an taighe. Dh'fhòn Fiona barrachd agus aon turas ach cha robh Sìle ann an sunnd a' fòn a thogail agus bruidhinn rithe. Cha robh i ann an sunnd bruidhinn ri Seumas a bharrachd. Chuir i teacs thuige a' ràdh gun robh droch chnatan oirre agus gun robh i air a guth a chall.

'S ann thall an Ameireaga a bha Seumas bho thoiseach na bliadhna, agus nuair a chuir e brath thuice tighinn ga choinneachadh ann an Lunnainn airson dhà no trì lathaichean ann an taigh-òsta an Dorchester, thog a sunnd. Bha bliadhnachan bho nach do dh'fhuirich i anns an Dorchester, ged a chleachd i fhèin agus Seumas a bhith dol ann gu math tric aig aon uair. Cho tric agus gun aithnicheadh an dorsair iad, rud a bha còrdadh ri Sìle gu mòr.

Thug gaoth fhuar a' gheamhraidh rudhadh air a gruaidhean agus i na seasamh taobh a-muigh an taigh-òsta, cuimhneachain làithean ùra toilichte a phòsaidh aca a' drùidheadh troimpe. Dè an t-ainm a bha air an t-seann dorsair? Fhios an aithnicheadh e i? A-nall thuice a thàinig gille òg, caol le briste-Beurla agus thog e am baga aice. A-staigh anns a' foyer, choimhead Sìle sguab bhiorach timcheall, ach cha robh aodann eòlach ri fhaicinn. Fuaim cruaidh nan guthan trang mar dranndan millean seillean a' falbh air feadh an àite. Fir nan deiseachan daora agus brògan gleansach. Boireannaich bhrèagha, chaola, urranta le sàilean àrda a' bragadaich air an ùrlar mhàrmor. Bagaichean daora mu ghuailnean, bagaichean a chaidh a thaghadh, chan ann airson an cuid àilleachd ach airson brath a sgaoileadh am measg treubh an airgid air na chosg iad. Airson diog no dhà dh'fhairich Sìle beagan leibideach innte fhèin an lùib na bha seo de dhaoine bras. Carson nach tàinig Seumas ga coinneachadh? Bhiodh i a' faireachdainn làidir, cinnteach aiste fhèin agus esan ri a taobh.

Thill a sunnd nuair a chunnaic i a rùm. Seumas air an rùm a chleachd a bhith aca fhaighinn dhaibh! Air a' bhòrd bha bucaid deigh le botal champagne, seoclaidean agus ròsan dearga ga feitheamh. Oh nach math a bhith pòsta le fear le tòrr airgid! A bheil saorsa ann coltach ris? Seumas trang aig coinneamhan, bha latha gu bhith aice dhi fhèin, greis bheag anns na bùthan agus an uair sin Spa. Dhèanadh seo ath-nuadhachadh oirre.

Tha e furasta a bhith a' ceannach mura bheil for agad air a' phrìs. Aodach mu seach ga thogail bho rèile. Dreasa airson dìnneir còmhla ri Seumas a-nochd, brògan, baga beag agus maise-gnùis. Na sìneadh ann an tuba feaman theth a thàinig às an Eilbheis, a craiceann ga sgùradh le salann garbh nan Himalayas, a h-aodann ga dhèanamh tais le stuth nas daora na òr, brìgh na h-òige an lùib an ioc-shlàinte, a rèir na nighinn òige a bha a' frithealadh oirre. Bha Sìle a' faireachdainn an ìre mhath sìtheil. Bha deagh chomas aice an dearbh leigheas a bha ga dhèanamh an dràsta air a bodhaig a dhèanamh aig an aon àm air a h-inntinn agus air a cridhe, gach faireachdainn, gach aithreachas, cuimhne dhubh 's amharas beag a sgùradh a-mach. Tha oidhirp mhòr, mhòr an lùib an sgil a tha seo, le cunnart gu faodar cron a dhèanamh. Chionn, ma thèid faireachdainn a sgiùrsadh a-mach, dh'fhaodadh gu fàsadh a cridhe reòite.

Air an dà oidhche ann an Lunnainn, bha biadh air a chur air dòigh anns an restaurant. Bha Sìle caran diombach nuair a thuig i gum biodh cupall eile còmhla riutha, ged nach robh sin na iongnadh sam bith. 'S e sin a bha daonnan a' tachairt nuair a bha i a' faighinn fiathachadh bho Sheumas a choinneachadh ann an Lunnainn no Paris no New York. 'S e obair earrann mhòr de bheatha Sheumais Armstrong. Bha a bhith pòsta aige air a toirt gu àiteachan beairteach, snasail. Taighean mòra agus daoine cumhachdach.

Cha robh mòran sgeul air an nighean òg, dhiùid a thug Seumas am measg an t-saoghail seo. Bha i air ionnsachadh tro na bliadhnachan mar a bhios tu gad ghiùlain fhèin anns na h-àiteachan airgid mar seo. 'S e an dòigh as fheàrr, a bhith a' coimhead sìos air an luchd-frithealaidh no gu math luath bidh iadsan a' coimhead sìos ortsa.

Na suidhe aig a' bhòrd, ann an dreasa ùr sìoda fhada, dhubh a bha a' sguabadh an ùrlair, a falt air a dhath agus air ùr-gearradh a' tuiteam na chamalagan bàna sìos a gualainn, soillse solas ìosal a' restaurant a' laighe air a h-aodann, bha i a' coimhead òg, bha i a' coimhead eireachdail. Ghlac i Seumas a' coimhead oirre nuair a bha an ceathrar aca dol a shuidhe aig a' bhòrd. Chitheadh i na shùilean gun robh e air a dhòigh aiste. Anns an rùm na bu tràithe agus an dithis aca a' cur umpa, cha tug e cus aire dhi, ach 's ann a bha e a-nist ga coimhead tro shùilean chàich. Dh'fhàisg e an làmh aice, a' toirt gliong air na glainneachan aca, is aig an aon àm a' toirt seachad òrdan le shùil ris an fhear frithealaidh, na glainneachan a lìonadh le tuilleadh champagne.

'S ann à Hong Kong a bha an dithis eile. Chaidh an ainmean innse do Shìle, cha do rinn i oidhirp sam bith an gleidheadh. Cha robh mòran teansa gum faiceadh i a-rithist iad. 'S e cupall eile bha gu bhith còmhla riutha an ath oidhche. Choimhead i air an duine mu a coinneamh, e seann seach am boireannach, tè bheag, chaol, shàmhach. Dreasa dhearg oirre, daoimean mu a h-amhaich, daoimean mu a làmhan. An i a' bhean aige? Chan i. Bha e a' sealltainn rithe tuilleadh is cus airson a bhith pòsta aice. Dh'fhairich Sìle faothachadh a' drùidheadh troimpe nuair a thuig i nach robh mòran Beurla aice. Mar sin chan fheumadh i strì ri mòran còmhraidh a dhèanamh.

Bha i air suidhe tro cheudan dìnneir dhen t-seòrsa seo bhon a phòs iad, oidhcheannan teann a' gabhail biadh còmhla ri strainnsearan a bha beò ann an saoghal gnìomhachais anns nach robh ùidh sam bith aicese. Cha robh air iarraidh oirrese ach a bhith a' dèanamh beagan còmhradh beag seagh aig amannan mar seo. Cha robh i ann an sunnd air a shon a-nochd agus gu math luath sguir i dhèanamh oidhirp sam bith. Barrachd agus aon turas dh'fhalbh a h-inntinn gu àm eile, nuair a bha seo ùr dhi, nuair a bha àiteachan mar seo nan annas mòr

– na dathan, na solais, na daoine snasail. An robh an Dorchester cho brèagha 's a bha cuimhne aice? An robh na dathan car doilleir? Cuid dhen àirneis a' coimhead robach? Dustach!

Nas ainmiche an oidhche sin, anns an rùm aca, Sìle a' faicinn a faileis fhèin anns an sgàthan mhòr le a gùn-oidhche tana, sìoda, purpaidh a' laighe ri a bodhaig chuimir, a ceann caran aotram an dèidh bhith ag òl fìon agus champagne, thionndaidh i a h-aire chun an duine aice. Na shuidhe aig bòrd ri taobh na leapa, a lèine leth sgoilteadh fosgailte, a' leughadh puist-dealain air coimpiutar mus tigeadh e dhan leabaidh, shaoil Sìle gun robh rudeigin diofraichte ma dheidhinn. Bha fhalt a' coimhead nas duirche. Air a dhath! A bhodhaig nas tana, le coltas fear a bha a' frithealadh gym.

* * *

Air ais aig an taigh, na seasamh anns an rùm-suidhe, bha am pàipear-balla ùr a' còrdadh rithe. Dath aotram uaine le deàrrsadh beag air fheadh a rèir cò an taobh a laigheadh a' ghrian. Dath geal an chaise lounge a' tighinn ris gu mòr, a' ghrian a' togail fhiamh pionc. Cha robh na cùirtearan a' coimhead cho math. Ma dh'fhaoidte gu feumaidh i feadhainn eile le dath diofraichte a thaghadh. Bha am pàipear-balla ùr uaine ag iarraidh dealbhan nas motha agus nas dathte.

Bha a' chiad chola-deug dhen Ghearran gu bhith trang. Bha i air làrach-lìn ùr fhaicinn air a coimpiutar, àite anns a' Ghearmailt aig an robh stuth air leth. Bha an dà rùm-cadail aoighean ma dh'fhaoidte feumach air dathan ùra airson an earraich. Thòisicheadh i ri taghadh a dhèanamh feasgar an-diugh fhèin.

A' crathadh nan cùirtearan agus i a' feuchainn ri obrachadh a-mach co-dhiù bhiodh feadhainn ghoirid a' coimhead math, thuit criomag bheag pàipear òr a-mach o cùl an lìnigidh. An criomag ga togail air oiteag, sheòl i a-nall a laighe air a broilleach. Nollaig! Siud pìos dhen phàipear a bha air a' phrèasant aice, am bogsa beag a chroch Seumas air a' chraoibh. Ann am priobadh bha a' chriomag pàipeir air a comas a thoirt bhuaipe, a comas a bha gonaidh cho math aice air dad nach binn leatha a dhùnadh a-mach agus a sgùradh bho h-inntinn.

Ann an diog, bha i air ais aig madainn na Nollaige a' gàireachdaich agus i a' faicinn na fàinne bhrèagha a bha am broinn a' bhogsa. Clach mhòr, uaine. Smàrag a' deàlradh, Seumas ga cur air a meòir. Bha madainn Nollaige thoilichte an dèidh bhith aca. Prèasantan gu leòr, champagne ga òl. Bha Seumas an dèidh bhith sunndach, briathrachail fad na Nollaige. 'S e duine a bh' ann a dh'fhaodadh a bhith sàmhach, ràsanach aig amannan, gun mòran aige ri ràdh, e ro sgìth às dèidh obair agus siubhal airson ùidh a ghabhail ann an rud sam bith.

"Gheibh mi eilbheagan a thèid riutha an ath-bhliadhna," grèim aige air làimh oirre, ga pògadh.

An tug e an aire nach robh an fhàinne mu a meòir ann an Lunnainn? Cha tuirt e guth.

Mar gum biodh i deiseil airson dèiligeadh ris an rud a bha ga h-ithe bho latha na Bliadhn' Ùire, tharraing i a-steach a h-anail a' leigeil le a smuaintean tilleadh air ais chun an latha a thug i sìos a' chraobh agus a chuir i air falbh gach ribean agus grìogag Nollaige. Cho luath 's a dh'fhalbh Seumas, Flòraidh 's Joe cha robh i a' faicinn adhbhar airson craobh 's sgeadachadh Nollaige tuilleadh. Nach robh cheart cho math an taigh a chur air ais ann an òrdugh? Chuir i seachad latha na Bliadhna Ùire a' glanadh.

Air a socair chaidh Sìle chun an drathair air taobh na leapa aca, drathair nach do dh'fhosgail i o latha na Bliadhn' Ùire. Thog i a-mach am bogsa beag a bha i air a dhinneadh a-null chun a' chùil. Thug i grunnd dhiog gun am bogsa fhosgladh.

Fàinne le bann òir tana, ceàrnag smàraig uaine air a cuartachadh le daoimein gheala. Fad latha na Nollaige bha an fhàinne gu toilichte mu a meòir. Chionn bhliadhnachan bha nòisean aice de dh'fhàinne dhen t-seòrsa seo, agus bha e cur ris a' phrèasant gu mòr an t-ainm Boodles, Bond Street a bhith sgrìobhte air a' bhogsa bheag. Paisgte ri taobh a' bhogsa bha a' bhileag pàipeir. A' bhileag pàipeir a bha i air tighinn tarsainn an latha a bha i a' sgioblachadh air falbh stuth na Nollaige.

Bha beagan de smùid air Seumas an oidhche a thàinig e dhachaigh, gu neo-àbhaisteach dha. Bha e air sheacaid a leigeil às air an ùrlar.

'S fheudar gur ann às a sin a thuit na pàipearan a bha air siabadh a-staigh fon leabaidh agus a bha a' laighe an sin gun i air an aire a thoirt dhaibh. Cha do ghabh i cus ùidh annta an toiseach, cha robh ann ach litir cùmhnaint – chuireadh i sin thuige anns a' phost. Cunntais Boodles. Chuimhnich i air an snodha-gàire a thàinig mu a beul nuair a thàinig i tarsainn air an seo. Tha e cho math prèasant fhaighinn, ach math buileach fios a bhith agad dè na chosg am prèasant!

Na suidhe air an leabaidh thòisich a cridhe air bualadh anns an aon dòigh anns do bhuail e an latha ud, nuair a dh'fhosgail i an cunntas. A' toirt na fàinne a-mach às a' bhogsa, chuir i air a meòir i, choimhead i oirre, an smàrag uaine a' glacadh an t-solais agus a' deàlradh. Mar gum biodh am bann òir ga losgadh, thug i dhith an fhainne agus chuir i ais dhan bhogsa i, ga dhùnadh le brag.

Gu socair, thog i am pìos pàipeir le gob a corragan agus sgaoil i a-mach e: *Gold square cut emerald & diamond ring size M £6250*, agus sgrìobhte fo sin *Platinum oval cut Kashmiri sapphire and diamond ring size L: £14350*.

Na faclan a chunnaic i aig air a' chiad latha dhen bhliadhna, bha iad fhathast an siud sgrìobhte air a' chunntas. Chaidh ùine seachad, Sìle leis a' bhileig na làimh ga pasgadh 's ga fosgladh mu seach, mar gum biodh dòchas tana, gòrach a' laighe an cùl a cinn gu fosgladh i a-mach a' bhileag agus nach biodh innte ach fiosrachadh air aon fhainne – *Gold square cut emerald & diamond ring size M £6250*. Ach cha toireadh a sùilean feairt oirre, gach turas a dh'fhosgladh i a-mach an cunntas bha na faclan fhathast ann – *Platinum oval cut Kashmiri sapphire and diamond ring size L: £14350*.

Bheil am fios gun deach do mhealladh a cheart cho goirt gach turas a thachras e? No a bheil an ionnsaigh a thèid a thoirt tràth air cridhe bog na h-òige gad thairgneachadh suas an aghaidh gach acaid a thig. Na dhèidh sin ged-thà, tha fhios gur e an fhìrinn gu bheil teine teth, ge brith dè cho tric 's a loisgeas tu do làmh air.

Dh'fhairich Sìle ball cruinn cràidh na mionach, na deòir a' cruinneachadh air cùl a sùilean, i a' dèanamh oidhirp an tilleadh air ais. Caoch a' gabhail àite nan deòir, dhùin i a dà dhòrn teann, miann làidir na ceann rudeigin a bhristeadh na chiad mìle pìos. Dhèirich i le roid agus fhuair i grèim air aingeal beag, crèadha, a bha na shuidhe air an dreasair, daoimein air feadh agus sgiathan itean geala. Ga spìonadh suas gus a chaitheadh, thàinig stad innte, bha an òrnaid bheag ro bhrèagha, 's e fìor chall nan rachadh a bristeadh.

Leig i às i, ga suidheachadh gu cùramach air ais air uachdar an dreasair, ri taobh nan trì aingeal eile, iad sin glacte gu bràch am broinn buill chruinn ghlainne. Chuir i am bogsa beag, dearg aig *Boodles of Bond Street* air ais a-null cho fada air cùl na drathair 's a thigeadh e. Dhùin i an drathair gu socair, cinnteach mar gum biodh i a' dùnadh air falbh barrachd mòr agus drathair. Thionndaidh i a h-aire chun na leapa. Thog i an cuibhrig sìoda pinc, ribeanach agus thug i deagh chrathadh air, a' toirt fruiseadh an uair sin air na sia cluasagan, gan cur nan streath aig ceann na leapa.

B' e seo an rùm a b' fheàrr leatha san taigh air fad. Bha e mòr is soilleir, àilleachd nan dathan aotram pinc 's glas a' dèanamh an rùim socair sèimh. Bha dà dhoras patio an rùim a' fosgladh a-mach gu gàradh ròsan.

Smaointich Sìle air a piuthar, Fiona, agus an taigh robach, seann fhasanta aice. Fearghas na bhodach doirbh a' toirt seachad òrdain. Nach i bha fortanach nach robh i pòsta aig duine doirbh mar sin. Duine a bha am broinn an taighe fad an t-siubhail, a' ceasnachadh a h-uile ceum agus a' cumail grèim air a h-uile sgillinn. Dh'fheuch i ri a cur fhèin ann an suidheachadh Fiona, a' frithealadh Fhearghais. Esan a' cur sìos oirre gun stad, an t-aodann mòr, reamhar, geal aige a' dinneadh biadh na bheul. Thug an smuain sliochd-tilgidh oirre. Chaith i a-mach os a ceann e, gu grad. I a' coimhead timcheall agus a' sùghadh a-staigh brèaghad an taighe aice fhèin, bha e mar leigheas dha h-anam. Nach ise a bha fortanach a' fuireach ann an taigh brèagha mar seo, gun duine na bhroinn ga shalach oirre, airgead na thorran, gun sìan a ghabhadh ceannach ga dìth. Is i *bha* fortanach!

'S e am feasgar seo, feasgar Dimàirt, an latha a bhiodh bhan na bùtha a' tighinn leis a' ghrosaireachd aice. Bha i air cleachdadh a dhèanamh òrdan a chur a-staigh air-loidhne. Bu lugha oirre a bhith a' dol gu

99

supermargaid a cheannach biadh. A' seasamh aig *till* air cùlaibh fir ann am briogais *tracksuit*, màthraichean le clann òga a' sgiamhail, seann daoine agus fàileadh asta, agus an sgrath a bu mhotha, boireannaich meadhan-aois, leotha fhèin le an cuid basgaid lom, gun sìon annta ach biadh microwave agus cnogan dhan chat.

Nan dèanadh i cabhaig bha ùine ann ùrlar a' chidsin a nighe. Bhiodh draibhear a' bhan a' tighinn a-steach dhan taigh leis na bagaichean. Cha robh i ag iarraidh an t-àite a bhith a' coimhead robach. Ann an ùine ghoirid bha i ga call fhèin anns an obair thlachdmhor, an t-uisge goileach agus am mop a' falbh gu sgiobalta air feadh an ùrlair, ga fhàgail gleansach, glan. Bha i air uidheam a' chofaidh a chur air nuair a bhuail glag an dorais. Car diombach nach d' fhuair i cofaidh a ghabhail mus tàinig a' ghrosaireachd aice, chuir i an cupa sìos agus dh'fhalbh i a dh'fhosgladh an dorais. A' caogadh a sùilean an aghaidh na grèine, thug i diog bheag mus do thuig i gur e an duine òg a bha i air a choinneachadh turas no dhà nuair a bha e na phost a bha air tighinn leis an stuth aice. Bha e a' coimhead sgiobalta ann an èideadh dubh na bùtha le bràiste le ainm air pòca na lèine: *Éamonn.*

Thog e a-staigh na bagaichean gan cur air uachdar a' bhùird-obrach.

"Bheil thu airson gun cuir mi an stuth air falbh anns na preasachan? Tha sin an lùib na seirbheis."

Chrath Sìle a ceann a' gabhail na bileig bhuaithe agus ga soidhnigeadh.

"Nach brèagha fàileadh a' chofaidh."

"Tha mi air ùr-dhèanamh, an gabh thu cupa?"

Cha robh fhios aig Sìle cò às a thàinig na faclan. An robh i às a rian, strainnsear am broinn an taighe agus i a' tairgsinn cofaidh dha! A' coimhead air a' bhileig, chunnaic e a h-ainm. "Aidh, siuthad. Gabhaidh mi cupa. Tapadh leat... Sìle."

Bainne agus Siùcar... Éamoinn?" dh'fhaighneachd i agus i a' leughadh a bhràiste le gàire.

Gun fhiathachadh, shlaod e a-mach seidhir agus shuidh e sìos, a chasan fada dèanach, sìnte a-mach mu choinneamh. Brògan dubha, teann, baraileach.

"Uill, chan eil mi a' dol a ghabhail a' chofaidh nam sheasamh a bheil?" ars esan a' dèanamh gàire a' faicinn coltas a' tighinn air a h-aodann.

Thug i an aire dha na fiaclan cothromach geal, na sùilean magail donn. Bha fhalt fhathast fada ach glan agus sgiobalta gu leòr. Bha a cridhe a' bualadh beagan nas luaithe agus i a' lìonadh a chupa agus ga shìneadh a-null thuige, e a' togail a chupa le làmhan glan, meòirean fada.

"Tha thu ri obair ùr mu seach?"

Choimhead e oirre, a' toirt balgam às a' chofaidh, "Tha mi a' cluich ann an comhlan ciùil, 's e sin an obair agam. Ach tron latha nuair nach eil an còmhlan air thuras, bidh mi gabhail obair sam bith a thig nam rathad."

Bha e cluich anns a' chòmhlan *Spree*, seinn agus a' cluich giotàr. Bha Sìle air an aire a thoirt do bhileagan air dorsan sa bhaile, ach cha do ghabh i mòran suim. Bha an còmhlan *Spree* a' tòiseachadh ri aithne a chosnadh dhaibh pèin, iad an dèidh bhith cluich aig fèisean ciùil sa Ghearmailt, Sasainn agus Èirinn. Math air seanchas, bha Éamonn eòlach air saoghal ciùil a bha fuadain, aineolach bho chearcall eòlais Shìle. Ga chluinntinn a' bruidhinn, cha b' urrainn dhi gun a' bheatha fhuasgailte sin a shamhlachadh ri beatha dhùinte, shàbhailte a' ghnìomhachais air an robh ise eòlach.

"Beatha gu math glamourous," ars ise.

"Tha sinn a' cluich sa bhaile a dh'aithghearr, Leigidh mi staigh an asgaidh thu air sgàth prìs a' chofaidh."

Gun i buileach cinnteach dè freagairt a bheireadh i dha, thionndaidh i gu cabhagach, a' dol a thogail a chupa gus tuilleadh cofaidh a lìonadh. Dh'fhalbh a casan air an ùrlar fhliuch, i a' tuiteam le brag agus sgiamh. Thachair an còrr ann an caran de cheò. Cràdh a' chiad rud, agus an uair sin, crith a chlisgidh agus tàmailt gun robh i na laighe na corp aig casan duine òg, sgafarra, i a' faicinn chuileagan uaine. Bha e air a dhà ghlùin ri a taobh gu grad.

"Bheil thu air do ghoirteachadh? An do bhuail thu do cheann?"

A' cur a ghàirdeanan dòideach timcheall oirre ga cuideachadh gu a casan, dh'fhairich Sìle blàths a bhodhaig, buille-cridhe faisg oirre, i a' faireachdainn dearrsanaich a' ruith troimpe. Cha robh i air a goirteachadh a bharrachd air beagan pronnaidh an tòin a droma. Chùm i tacsa aige airson mionaid no dhà nas fhaide na dh'fheumadh i. Nuair a bha i na suidhe air ais ann an seidhir socair agus e air frithealadh oirre le glainne uisge agus air faighneachd airson an deicheamh turas an robh i ceart gu leòr, agus ise air innse dha gun robh, dh'fhalbh e.

Shuidh Sìle ùineachan anns an t-seidhir, a ceann a' cur nan caran, i a' dol tro na thachair a-rithist agus a-rithist, a' feuchainn ri ciall a dhèanamh dhen dearrsanaich a ruith troimpe nuair a bha a ghàirdean timcheall oirre.

Barrachd agus aon turas anns na mìosan a thàinig, chaidh a h-inntinn gu bhith a' cnuasachadh air an latha seo agus an crathadh a chaidh a thoirt, chan ann a mhàin, air a bodhaig.

Caibideil 13

Fàd no dhà eile mòna air an teine mus falbhadh i. Agus balgam teth tì. Bha an coire air mullach na stòbh a' teannadh ri feadaireachd. An geansaidh agus an stoc aice a' blàthachadh air mullach an t-siamain. 'S e taigh beag, sgiobalta a bha aig Màiri Thormoid, i a' fuireach ann leatha fhèin bhon a bhàsaich a màthair deich bliadhna air ais. Cha robh i aonranach ann an dòigh sam bith, i fhèin agus an telebhisean toilichte gu leòr còmhla.

Choimhead i a-mach an uinneag a dh'fhaicinn ciamar a bha an latha a' coimhead. Latha fuar earraich, ach tioram, dhèanadh an anarag an gnothach. Bha bùth a' *Cho-op* mìle shìos an rathad, faisg gu leòr airson coiseachd. A' togail na prosbaig thug i sùil troimpe. Chitheadh i Fiona na suidhe aig a choimpiutar. Anmoch air an oidhche agus tràth sa mhadainn, siud far an robh Fiona ri faicinn na lathaichean seo. Carson a bha i a' cosg ùine air a' choimpiutar agus leithid a phrògraman math air an telebhisean?

Bha cùirtearan air an taigh thall an rathaid. Taigh cho fada falamh, bha coigreach air gluasad a-steach o chionn ghoirid. E fhèin na sheasamh aig an uinneig le prosbaig, thug e an aire do Mhàiri Thormoid is thog e làmh, a' smèideadh rithe. Thog Màiri a làmh gun fhiosta dhi fhèin, a' smèideadh air ais ris, i leigeil às na prosbaig air a' bhòrd gu grad nuair a thuig i dè bha i air a dhèanamh! Cha robh i uabhasach cinnteach às an nàbaidh ùr. Cha robh idir, idir! Bha rud ma dheidhinn a' cur na cuimhne cuideigin no rudeigin nach robh

103

a' còrdadh rithe, ach cha b' urrainn dhi smaoineachadh air dè bh' ann? Thug i deagh bhalgam às a' chupa tì, agus thionndaidh i air an telebhisean. 'S e na naidheachdan a bha air. Choimhead i airson mionaid no dhà, ach cha robh ùidh sam bith aice a bhith a' cluinntinn mu dheidhinn tuiltean san Spàin no cogadh ann an Iorac.

A' coiseachd sìos an rathad, rinn i suas liost na ceann air dè bha a dhìth oirre sa bhùth - ìm, bainne, aran, beagan feòla, cèic agus beagan bhriosgaidean, agus rudeigin math airson biadh Didòmhnaich. 'S ann gu math sàmhach a bha bùth a' Cho-op nuair a choisich i a-staigh. Tràth sa mhadainn an t-àm a b' fheàrr tighinn, bha i toilichte gur e seo an t-àm a thagh i. Fàileadh aran ùr a' bualadh a sròine agus a' cur an acrais oirre. Gheibheadh i rolaichean agus beagan feòla fhuaire a ghabhadh i nuair a thilleadh i dhachaigh. Rudeigin blasta a bhiodh aice agus i na suidhe a' coimhead *Cash In the Attic*. Nan dèanadh i cabhaig bhiodh i a-staigh mun tòisicheadh e.

'S math gu robh a' bhùth falamh gu leòr. Cha robh i ann an truim bruidhinn ri daoine an-diugh. Thuit a cridhe agus i a' toirt an aire dha a nàbaidh ùr a' coiseachd a-staigh. E fhèin le basgaid phlastaig fo achlais. Falt fada, glas agus feusag dhen aon dath, còta mòr, robach, clò. Le ceum cho aotram ri nighean òg rinn i gnothach air a dhol air falach shìos aig biadh nan con gus an deach e seachad. Cha robh i riamh air a dhol sìos am measg biadh nam peatan roimhe seo, nach ann aig na coin a bha an taghadh. Gluten free, organic agus vegetarian! Bha i a' faireachdainn car coltach ri Colombo agus i a' toirt sùil air fiaradh feuch an robh sgeul air an nàbaidh, i giogadh a-mach iomall poca mòr *Bonio*.

Cha robh fada sam bith bhon a ghluais an nàbaidh ùr a-steach dhan taigh an taobh thall dhi. Thàinig e a-nall a chur aithne oirre tràth air an oidhche an t-seachdain sa chaidh, leth phacaid *Rich Tea* aige na làmhan miotagach, agus e na sheasamh anns an doras aice. An leigeadh i a-staigh e? Cha robh i cinnteach. Bha na miotagan dubha leathair aige ga fàgail cho mì-chofhurtail. Sin agus an grèim neònach a bha aige air an leth phacaid *Rich Tea*, e ga chliofadh mu a coinneamh le grèim meuranta aige air gop pàipeir suainte suas mullach na leth phacaid.

Ted an t-ainm aige. Ainm gu math amhrasach... Ted.

Cha b' aithne dhi duine air an robh an t-ainm Ted. Well, a bharrachd air a' mhurtair ainmeil Ameireaganach Ted Bundy. An robh i ag iarraidh a sheòrsa na shuidhe air an t-sòfa aice? Coltas murtair, shaoil Màiri Thormoid, e cho àrd, caol, le feusag fhada. Thug i an aire dha na sùilean biorach aige a' coimhead a-staigh dhan chidsin, e a' coimhead air a' chloc air a bhalla thall. Dh'fhàs a h-amhras. Carson a bha e coimhead air a' chloc? Alibi! Aidh, bhiodh e feumail uair a' chloc a ghleidheadh nad chuimhne nuair a bha thu a' cur alibi air dòigh.

Rinn i leisgeul gun robh i dona le flù agus gun robh i a' falbh dhan leabaidh airson faighinn clìoras dheth luath. A' dèanamh splutraich casadaich airson cur ris a' bhreug thàinig smugaid a-mach gun fhiosta oirre a' glacadh iomall na pacaid. Le faothachadh mòr, dh'fhàg i oidhche mhath aige, a' dèanamh glè chinnteach gun do chuir i car dhan iuchair a ghlasadh an dorais mus do thill i air ais chun an teilidh a choimhead Columbo. Fior dheagh sgeul, an turas a chaidh Mrs Columbo a mharbhadh, air a murt le puinnsean am measg a' mharmalaid. Bha sùilean Màiri Thormoid cruinn na ceann agus i a' faicinn Mrs Columbo thruagh a' cur na marmalaid gu neo-chiontach air briosgaid. Briosgaid car coltach ri *Rich Tea*! "Just one more thing," ars ise, ag atharrais Columbo, agus i ga seatlaigeadh fhèin a-staigh dhan sgeulachd 's dhan t-seidhir mhòr, bhog air a shuidheachadh faisg air an telebhisean.

'S ann an làrna-mhàireach a thug i an aire gu robh Ted air an leth phacaid bhriosgaidean fhàgail air mullach a' bhogsa arain, am pàipear pasgaidh air a shuaineadh suas teann na stob air a' mhullach mar siobhag... air bomb! Cha leigeadh an t-eagal le Màiri Thormoid beantainn ris a' phacaid. Gu fortanach bha cnogan mòr cofaidh falamh aice faisg air làimh agus air a socair rinn i an gnothach air a' phacaid bhriosgaidean a ghlacadh fodha gus an obraicheadh i a-mach de ghabhadh dèanamh leis.

I a' faireachdainn sàbhailte gu leòr tòiseachadh air na messages a thaghadh, gun i faicinn sgeul air a nàbaidh faisg, thionndaidh a h-aire chun a' bhìdh. Cha robh mòran a dhìth oirre. Rudeigin diofraichte airson biadh Didòmhnaich seo, ach dè? Bha i sgìth dhen fheòil, bha i sgìth dhen t-sitheann, bha i sgìth dhen iasg. A' coiseachd sìos na trannsaichean a' coimhead air na sgeilpichean, cha robh sìon a' tighinn gu a sùil. Bha i ag òrdachadh gu leumadh bogsa a-mach thuice, "Rudeigin Diofraichte" sgrìobhte air a' mhullach agus chan fheumadh i an còrr smaoineachaidh a dhèanamh air.

"A Mhàiri Thormoid, a Dhia Mhòir nach fhada on uair sin?"

Cha robh sìon a choltas gun robh Fiona a' faighinn duilgheadas a' dèanamh taghadh air biadh. Bha an troilidh mhòr aice làn gu mullach. Pocan tiops, piotsa, pacaidean bhriosgaidean, bonnaich, feòil, cnogan ice-cream is eile. Na làimh bha bogsa mòr gateau agus i a' caogadh a sùilean a' feuchadh ri leughadh.

"Oh well, ach mo fhradharc. An dèan thu mach cò mheud calorie tha siud a' ràdh, a Mhàiri, an e mìle is trì cheud?"

"Oh 's e Fiona, tha sin gu math làn siùcair."

Thog Fiona gateau eile, i a' cur na dhà dhiubh dhan troilidh. A' tionndadh a h-aire gu sgeilp eile gun i a' toirt mòran suim do Mhàiri Thormoid, thagh i trì pocan mòra seoclaid agus chuir i dhan troilidh iad.

Bha i a' coimhead math, a gruag air fàs agus air a gearradh aice ann an dòigh fhasanta, briogais bhiorach, dhubh 's cardigan dearg oirre. Shaoil Màiri Thormoid gun robh coltas diofraichte oirre. Dè bh' ann? An e gun robh i a' coimhead nas òige? Thòisich i ri a beul a chur an cumadh airson leisgeul iarraidh gun robh leithid a dh'ùine nach do thadhal i thall aice, ach cha b' urrainn dhi smaoineacheadh air deagh reusan.

"Tha dol gu math le Fearghas leis an diet?"

Rinn Fiona gàire, "Och, Fearghas truagh 's toigh leis na mìlseagan. Cha bhi e ann an sunnd ro mhath mura bheil e a' faighinn rud beag blasta."

Thog i pocan mòr siùcair bhon sgeilp. "Siùcar donn as fheàrr airson sabhs tofaidh a dhèanamh nach e? Oh seall! An dearbh rud a bha dhìth orm, maple siorap! Còrdaidh seo le Fearghas air na pancakes."

Chùm Fiona oirre a' lìonadh na troilidh le biadh, i a-nist cho làn agus gun robh cuid a rudan a' slaodadh dhith agus a' tuiteam chun an ùrlair. Cha robh Fiona a' toirt an aire. "Ma dh'itheas e cus 's e mise a gheibh mo chàineadh," ars ise le gàire.

"Am bi e a' gabhail ceum coiseachd a-mach Fiona? Greis nach fhaca mi muigh e?"

"Och tha e cho reamhar a-nist a Mhàiri, tha e doirbh dha. Fhios agad dè nì thu? Thig thu nall Didòmhnaich gu biadh. Oh nì e toileachadh riut. Tha mi a' dèanamh ròst mhòr. Paté grùthan tunnaig an toiseach. An uair sin an fheòil, buntàta, càise càl-colaig, yorkshires, pavlova agus toffee sauce, agus càise airson a' chùrsa mu dheireadh... Oh nist an d' fhuair mi an càise? Dè an càise as toigh leat a Mhàiri?"

Gun feitheamh ri freagairt, dh'fhalbh Fiona a-null chun a' bhainne agus càise, a' putadh na troilidh roimpe, i a' sileadh phacaidean bìdh anns an dol seachad.

Air taobh thall na bùtha, i air tighinn a-staigh na cabhaig, gun i air for a thoirt gun robh Fiona no Màiri Thormoid san trannsa pìos shìos dhi, bha Nora fhèin trang a' caitheamh biadh dhan troilidh. Bha ise eòlach gu leòr air an obair mhì-thlachdmhor seo, i a' slaodadh far nan sgeilpichean gun mòran feum aice air coimhead air an stuth. Rinn a fòn bìog agus shlaod i a-mach às a pòca i gu mì-fhoighidneach. Leugh i an teacs agus leugh i rithist e, an dath air drùidheadh bho a h-aghaidh. Chùm i oirre a' taghadh biadh far na sgeilp mar tè a bha air a rothaigeadh le iuchair na druim. A' tionndadh a-rithist chun na fòn a leughadh an teacs, coltas air a h-aodann gun robh ciad mìle roth-fhiaclach a' rolaigeadh na h-eanchainn a' feuchainn ri ciall a dhèanamh air na bha i a' leughadh. Boinneagan fallais a' cruinneachadh am bàrr a liopa.

Mar gun tuiteadh an iuchair a-mach à cùl a droma le brag, leig Nora às an troilidh làn bìdh, ga fàgail a-siud làn far an robh i, thog i leatha a baga-làimhe, agus sgiuch i na cabhaig a-mach chun an dorais, a' gabhail seachad air Màiri Thormoid gun i toirt aire sam bith dhi, sad-siùdan am baga-làimhe aice a' bualadh ann an torradh chnogan leanna faisg air an doras, ga leagail na stramash, agus na cnogan a' ruidhleadh le gleadhraich air feadh an ùrlair. Cha do stad Nora a shealltainn riutha, i mar tè le ceò timcheall a cinn agus i na cabhaig a-mach an doras.

Sheall Màiri Thormoid oirre le beul fosgailte, i a' feuchainn ri ciall a dhèanamh dhen dràma a bha a' dol ma coinneamh. An turas mu

dheireadh a chunnaic i coltas mar siud air aodann duine sam bith,
's ann air Miss Ellie nuair a chuala i gun robh iad air lorg fhaighinn
beò air Jock Ewing às dèidh dha bhith air chall fad bliadhna san dlùth-
choille! Choimhead i a-null air Fiona. Dè a' chiall a bha ise a' dèanamh
air an dràma a bha seo? Na seasamh aig na pàipearan agus na h-irisean,
cha robh coltas sam bith gun tug Fiona an aire dhan dràma! An cuala
i idir an gleadhraich san ùpraid? Cha robh coltas sam bith gun cuala,
i a' gàireachdaich gu socair rithe fhèin air rudeigin a bha i a' leughadh
san iris. Chaidh Màiri a-null nas fhaisge feuch am faiceadh i dè bha
cho inntinneach. *Mother and Baby!*

Fiona a' leughadh iris *Mother and Baby!* Carson a bhiodh i a' leughadh
sin? Shaoil Màiri Thormoid gun robh coltas aodann Fiona a' cur cuideigin
na cuimhne, ach cò? A' togail puigean far na sgeilp agus a' siubhal feuch
càite an robh briosgaidean *Abernethy*, chùm Màiri a' coimhead Fiona
air fiaradh. "Ooh" is "Aah" a' tighinn an dràsta 's a-rithist gu socair agus
i tionndadh nan duilleag.

Pamela Ewing! Bha i a' toirt na cuimhne Pamela Ewing, nuair a
bhrist a h-inntinn. I fhèin agus Bobby a' feitheamh leanabh nach
robh a' tighinn. Siud dìreach an coltas a bh' oirre agus i na suidhe
anns a' bhùth mhòr aodach cloinne bige ann an Dallas, ag èisteachd ri
ceòl bho musical box!

Ghluais Màiri pìos air falbh gus an dealbh mu a coinneamh fhaicinn
nas fheàrr, i a' call for air càite an robh i, agus i a' faicinn an deilbh
mar gur ann tro sgàilean telebhisein. Dh'fhosgail i a-mach a' phacaid
Abernethy agus theann ri cnapladh.

Chaith Fiona na h-irisean dhan bhasgaid aice, i a' cumail oirre
timcheall na bùtha le ceum aotram mar nach robh sìon air an t-saoghal
mhòr a' cur dragh oirre.

Chan e sin dha piuthar chèile e, i a' falbh sìos an rathad anns a' chàr
aig astar roid. Rùdain nan crògan aice geal leis cho teann 's a bha
grèim aice air a' chuibhle-stiùiridh, i a' bruthadh putan na fòn agus ag
èigheach le caoch nach robh i a' faighinn freagairt,

"Eamag! Freagair a' fòn. Eamag! A dhiabhail, a dhiabhail, freagair
a' fòn! EEAMAAG!"

Air a shocair a' coiseachd dhachaigh, a chòta a' togail seòl 's e fosgailte, cha tug Ted an aire dhan chàr aig Nora a' glacadh fàl a' rathaid 's a' toirt air leum dhan dìg, pacaid bhriosgaidean agus cnogan marmalaid a' tuiteam a-mach às a' bhaga aige. Le sgreuch thàinig an càr gu stad an taobh a-muigh an taigh-aoigheachd, Nora a' leum a-mach agus i na ruith a-staigh an doras, ag èigheach air Eamag a-staigh an trannsa.

"Seadh dè chuala thu? Dè thuirt e?"

Bha Eamag na seasamh mu choinneamh na stòbha anns a' chidsin mhòr, a làmhan paisgte teann mu h-uchd, a beul dùinte mar sgrìob. Fuaim spògan a' chloc a' bragadaich cho cruaidh 's ged a bhiodh loudspeaker ceangailte riutha.

"Eamag? Bruidhinn! Dè chuala thu!"

Bha sùilean Eamag ag innse an rud nach robh a teanga deònach a ràdh. Thuig Nora an suidheachadh agus i a' faicinn cuspair a cuid mì-rùin na shuidhe na thruaghan ri taobh a' bhùird. "A Mhìcheil!"

Thàinig na faclan a-mach cho puinnseanta ri iongair à bruthadh niosgaid.

E a' faireachdainn a' ghràin-fhuachd na guth, rinn Mhìcheil crith goiriseachaidh. "Nora..."

Bha an guth lag. Na shuidhe an taobh a' bhùird bha e coimhead mar dil-dèirce, caol, le aodann tana, mì-thuaireil, glas. Falt stireach, salach, feumach a ghearradh. Bha an t-aodach aige gun dath agus sracte a siud agus a seo, na jeans às aonais ghlùinean. Na shuidhe le aon chas chaol tarsainn na tèile, ga dhèanamh furasta fhaicinn gu robh leathar bonn a bhrògan air dealachadh ris na barran aca.

"Mhic Ifrinn thusa! Nach ann ort a tha an aghaidh! Shaoileadh tu nach leigeadh an nàire leat do ghnùis a shealltainn a bhos an taobh seo." Aodann Nora geal leis an rachd, bliadhnachan de chaoch a' goil na bodhaig, caoch cho làidir agus gun robh e a' toirt air dath a sùilean tionndadh dorcha.

"Seadh? Dè dh'fhàg an seo thu? An do dh'fhàs a h-uile siùrsach san Roinn Eòrpa sgìth dhiot? Fhios gu bheil thu air deagh ruith a thoirt air h-uile gin aca eadar seo agus taigh dearg na galla!"

Thug Eamag an aire do dhùirn a màthar a' teannachadh cruaidh mar cinn ùird. Seann chuimhneachan a' tilleadh thuice agus i a' tuigsinn ro mhath dè an ath rud a bha impis tachairt, leum i a-null far an robh i, "Mhamaidh… leig le Dadaidh bruidhinn, tha rud aige ri innse dhut…"

Bha an caoch air comas claisneachd Nora a thoirt bhuaipe, an suidheachadh a bha i air cruthachadh fad bhliadhnachan ann am bruadar an seo mu a coinneamh dha-rìreabh. Cha robh fuaim trompaid-gairm deireadh a t-saoghail a' dol a chur stad oirre a-nist. Rinn Eamag sgiamh agus i a' cluinntinn brag cùl na dùirn a' bualadh mun pheircill aig an truaghan a bha an taobh a' bhùird. Cumhachd na buille ga chaitheamh 's e a' tuiteam na chnap chnàmhan chun an ùrlair, a cheann a' glacadh air iomall a' phreasa, a' toirt air sruth fala sileadh a-mach bho chliathach a bhathais.

"Mam! Tha Dadaidh tinn!"

"Bheil gu dearbh! Tha e tinn buileach a-nist! Èirich a mhic an t-seann dhiabhail gus a' feuch mi ceart ort!"

Bheil faothachadh ann coltach ri neart do dhùirn a' goirteachadh an duine a ghoirtich thusa? Ge brith dè na ceudan agus milleanan bhliadhnachan a gheibh sinn de sgoil, is foghlam a' strì ri cur a chaochlaidh nar claigeann, 's e an fhìrinn fhathast gur e a' chiad smuain is faireachdainn a thig thugainn, ri duine sam bith a rinn cron no cuilbheartan nar n-aghaidh, gabhail dha le neart ar dùirn agus a phronnadh.

Na seasamh a' coimhead a cuid iomairt le toileachadh, cha tug Nora an aire dhan choltas a bha air aodann Eamaig agus i a' leum sìos a thoirt sùil air a h-athair na shìneadh gun ghluasad, fuil a' sileadh dearg na shruthan caol chun an ùrlair.

"Mhamaidh!" Bha guth Eamaig tana le eagal, "Mhamaidh, chan eil mi faighinn anail! Tha e… Tha e marbh!"

Airson diog no dhà cha tàinig guth, an uair sin sgiamh bhiorach, chruaidh nach stadadh, a' tighinn bho beul Nora. A' coimhead oirre gu diombach, leum Eamag suas ga bualadh le bois mun aodann, a' sgiamh a' tighinn gu stad mar wireless ga chur dheth gu h-obann.

"A Mhamaidh, sguir dheth sinn!"

"Oh Ìosa! Mhoire Mhìn, dè rinn mi? Oh Mhìcheil, a Mhìcheil, mharbh mi thu!"

"Cùm do ghuth sìos a Mhamaidh mus cluinn duine thu. Bha e a' dol a bhàsachadh co-dhiù. Sin a thàinig e a dh'innse dhut. Tha e a' fulang le aillse... no bha e fulang."

Dh'fhalbh lùths na casan aig Nora agus thuit i na suidhe anns an t-seidhir, i strì ri ciall a dhèanamh dhen t-suidheachadh mu a coinneamh.

"Mhamaidh, chan eil ùine suidhe. Greas ort, faigh thusa na casan, gheibh mise an ceann. Cuiridh sinn dhan rùm shìos e. Chan fhaca duine a' tighinn an seo e. Gheibh sinn clìoras a...chorp a-nochd fhathast aon uair agus gun tuit an dorchadas."

Bha ceann Nora a' dol tuathal, mar gun robh i a' coinneachadh ris an nighean aice fhèin airson a' chiad uair, agus a' tuigsinn nach e cridhe a bha na com ach cnap deigh.

"Greas ort a Mhamaidh, mun tig duine!"

Bha Eamag air an ùrlar a' togail suas bodhaig a h-athar, Nora a' coimhead le truas ris an fhear bha uair na cèile pòsta, e cho caol 's cho truagh. Cumadh cnàmhan nan asnaichean rim faicinn tron lèine thana. A làmhan air chrith agus a cridhe a' bualadh cho cruaidh ri clag, ghlac i grèim air casan Mhìcheil gus a thogail, nuair a chuala i fuaim gnòsaid a' tighinn bho bheul. Choimhead i fhèin agus Eamag air a chèile, iad a' faicinn coltas gun robh Mìcheal a' teannadh ri tighinn thuige.

"Oh Mhìcheil, a Mhìcheil, sùgh mo chridhe. Mhìcheil tha thu beò!"

Chaith Nora a dà ghàirdean timcheall air, a' draghadh a chinn ri a h-uchd. Air a shocair dh'fhosgail Mìcheal a shùilean. Cha tug a h-aon seach a h-aon aca an aire dhan snodha-gàire beag mu bhilean.

Caibideil 14

Tron uinneig, chitheadh Fiona na flùraichean aig oisean a' ghàraidh a' tionndadh an cinn ris a' ghrèin agus a' fosgladh a-mach nam flùr-bhileag. Bha na cearcan a' tòiseachadh ri gràgail, iad a' coimhead airson gràn. Rinn Maoisidh miadhail bheag, i ga suathadh fhèin ri cois Fiona ag iarraidh a-mach às an taigh. Bu toigh le Fiona an t-àm tràth seo dhen mhadainn, Fearghas na chadal agus an taigh aice dhi fhèin. Latha ùr mar duilleag bàn, falamh a' feitheamh ri lìonadh. Dhèanadh i oidhirp nas làidire an-diugh gus Fearghas fhaighinn air a chasan agus a-mach an lùib dhaoine. 'S e dòigh fhaighinn toirt air sgur a smaoineachadh air fhèin, nan gabhadh e barrachd ùidh anns an t-saoghal fharsainn. Bha iad le chèile feumach air rudeigin a bheireadh spionnadh dom beatha. Dhùin i a dà dhòrn teann le deòin. Bhitheadh an latha an-diugh diofraichte bhon latha an-dè, agus a' bhon-dè agus latha ro sin. Bhitheadh!

Thòisich Maoisidh air sporghail mun doras, i fàs mì-fhoighidneach gus faighinn a-mach. Bha na cearcan iad fhèin a' fàs mì-fhoighidneach, fuaim a' ghràgail nas cruaidhe. Bha gaoth na maidne biorach fuar, Fiona air a dhol a-mach às aonais seacaid, dath buidhe grian an earraich air a mealladh. Thilg i gràn gu cabhagach a-null an lùib nan cearcan. Bha taigh beag nan cearc feumach a ghlanadh. Cearc no dhà a' gràgail rithe air spiris mar gun robh iad a' trod nach robh an t-àite sgiobalta.

"Oh gabhaibh air ar socair, glanaidh mi an-diugh fhathast e," dh'èigh i riutha agus i gàireachdaich. Bhiodh e na dheagh leisgeul a bhith a-muigh às an taigh feasgar, air falbh bho òrdain Fhearghais. Chruinnich i suas na h-uighean, gan cur gu cùramach dhan bhasgaid agus i an uair sin a' tilgeil tuilleadh gràn mun cuairt. Ochd uighean mòra donn sa bhasgaid. Dè dhèanadh i leotha? Cèic mhòr mhilis do Fhearghas? Bha leth dhen chèic a rinn i feasgar an dè fhathast anns a' phreasa. Dè mu dheidhinn uigheagan-milis a rachadh air uachdair? Chòrdadh sin ris. Agus ma dh'fhaoidte gun dèanadh i bonnaich bheaga a bheireadh i sìos chun na sgoile, bha cho fada bho nach fhaca i a' chlann bheaga. Tha fhios gum biodh Fearghas ceart gu leòr airson uair a thìde no dhà leis fhèin.

Shuidh i air a' bheing bheag air ceann thall na liosa a bha ann am fasgadh a' bhalla-cloiche àrd air a chùlaibh. Leum Maoisidh suas na h-uchd ga suaineadh fhèin na ball cruinn, blàth agus i a' tòiseachadh ri porranadh. Leig Fiona le a h-inntinn socrachadh, bha a ceann a' goil na lathaichean seo, smuain às dèidh smuain a' ruith troimhe.

Bha i air fasan a dhèanamh a bhith a' suidhe anmoch leatha fhèin aig a' choimpiutar agus Fearghas na shuain cadail shuas an staidhre. Bha i air sgilean coimpiutair a thogail, agus i a' cur seachad tòrr ùine a' dèanamh rannsachadh. Deagh chur-seachad. Mun do gabh Fearghas an grèim-cridhe cha robh i a' faighinn faisg air, 's e an t-àite aigesan a bha sin. Cha tàinig e riamh a-steach oirre a dhol na aghaidh. 'S ann air slàinte agus biadh a thòisich a h-ùidh agus rinn i an t-uabhas leughaidh air biadh an latha an-diugh, agus biadh an latha an-dè, eachdraidh fèistean mòra an ochdamh linn deug gu h-àraid a' glacadh a h-aire. Daoine a bha ag ithe cus biadh làidir agus a' tuiteam marbh. Bha grunnd sheachdainean nach tug i sùil air an làrach-lìn slàinte no biadh ged-thà. Bha cuspairean eile air a h-aire a ghlacadh.

Bha Harry, an coileach mòr dubh, a' tòiseachadh ri straibheigeadh timcheall agus e cròthadh nan cearc, iad sin a' toirt feairt air, a' cruinneachadh gu cabhagach air a chùlaibh agus ga leantail sìos am bruthach chun a' chladaich. Itean gleansach dubh Harry a' deàrrsadh, a chìrean a' clifeadh a' cur a-mach an òrdan greas ort, mar seòrsa Morse code chearcan. Bha spaidsearachd bhragail Harry a' cur Nora an cuimhne Fiona.

Bha an naidheachd am beul a' bhaile gun robh Mìcheal air tilleadh.
'S gann a ghabhadh e a chreidsinn às dèidh deich bliadhna gun ghuth
a chluinntinn air agus e nist air tighinn gu taigh Nora air a dhà ghlùin
a dh'iarraidh mathanas, faisg air a' bhàs le aillse. Bha e gun sgillinn
ruadh na phòca bha e coltach, ach bha e cho mòr ag iarraidh tilleadh
gu Nora gun do coisich e a-nall às an Eadailt, leathar bonn na bròige
air cnàmh mun àm a ràinig e, a rèir mar a bha an naidheachd a' dol.
Bha e ann an staid cho truagh agus nach leigeadh an truas le Nora an
còrr a dhèanamh ach a thoirt a-staigh. Ged as iomadh latha a chuala
gu leòr Nora a' ràdh nan nochdadh droll Mhìcheil mun doras aicese
ri mhaireann, gu spadadh i e!

Na suidhe a' sliobadh a' chait, smaointich Fiona gur neònach
an suidheachadh anns an robh i fhèin agus Nora a-nist, iad le chèile
a' frithealadh euslaintich. An robh dùbhlan Nora, doirbh 's gun robh e,
nas aotram na an dùbhlan aicese? Thàinig smuain ghrànda, ghrod a-nuas
à àiteigin cho luath ri maidse a' lasadh, gun robh e na bu thlachdmhor
a bhith a' frithealadh air Mìcheal le chuid spòrs is gàireachdaich na
bhith frithealadh air a' bhodach mhòr, ruadh, reamhar, ghreannach a
bha na shìneadh san leabaidh san taigh ud thall. Mhùch Fiona sìos an
smuain gu h-obann mar gum biodh i a' cur a dà chorrag air lasair
a' mhaidse. Dhùin i a sùilean, a' feuchainn ri goil a cinn a shocrachadh
le cànran bog na gaoithe. Cha robh an cànran cumhachdach gu leòr,
a h-eanchainn a' fabhradh le iomadh oidheim.

"Fiona! Cà' bheil thu? Fiona!"

Leig i leis èigheach oirre grunnd thuras mus do dhèigh i air ais,
i a-staigh an doras leis na h-uighean, Maoisidh a' ruith ri a sàil. Bha
Fearghas na shuidhe ri taobh na stòbha anns a' chidsin, e fhathast na
phaideàmas agus e ag òl cupa tì.

"Thàinig orm an tì agam fhèin a dhèanamh, cha robh sgeul ortsa.
B' fheudar dhomh èirigh tràth, tha mi dona lem chridhe an-diugh.
Chan eil an leabaidh fhèin a' toirt faothachadh dhomh a-nist."

"An robh còir agam an dotair a chur a dh'iarraidh?" Chuir Fiona
dà shlios lof dhan tostar gun choimhead air Fearghas, fhios aice dè
freagairt a bha a' dol a thighinn.

"Dè feum cur a dh'iarraidh dotair? Cha dèan feum dhòmhsa nist ach cridhe ùr. Chan eil an dotair a' dol a shlaodadh sin a-mach à drathair a bheil?"

Dh'fhalbh inntinn Fiona gu pìos a chunnaic i air an eadar-lìon, air daoine a fhuair cridhe ùr agus a thog pearsantachd an duine bu leis e. Thòisich i air liost a dhèanamh air cridhe ainmeil mu seach a bhualadh ann an com Fhearghais agus an t-atharrachadh a bheireadh sin air a phearsa. Elvis, Bruce lee, Lady Di, no dè mu dheidhinn cridhe Neilleagain Anndra, am posta a bha timcheall nuair a bha i beag. Bhàsaich e òg agus aig an àm bha daoine a' ràdh gur e naomh a bh' ann. Bha e cho còir 's cho coibhneil. Bhiodh Fiona a' ràdh nuair a dh'fhàsadh ise mòr gum pòsadh i e. Bha cuimhne aice daoine sa bhaile a' ràdh gur e constipation a mharbh e, agus thàinig e thuice a-rithist cho mì-chofhurtail 's a bha i a' cluinntinn an fhacail constipation agus am facal naomh gan cantail anns an aon anail.

"An do rinn thu tost? Tha an tì agam air fàs fuar. Bheil balgam teth sa phoit?"

Theich an dealbh de dh'Fhearghas le cridhe naoimh a' bualadh na uchd. A' sìneadh thuige an truinnsear tost, thàinig smuain bheag thuice air pìos a leugh i gun robh iad gu math faisg air cridhe nam mucan ùisneachadh airson transplant. Bha i nist a' faicinn beul Fhearghais a' gabhail cumadh gnos na muice agus e a' faochadh an t-slios lof slàn na bheul, fuaim sèidrich 's brùchd a' tighinn às a dhèidh.

"An tèid sinn sìos a choimhead Nora agus Mìcheal an-diugh? Tha iad a' ràdh gu bheil e truagh, an duine bochd? Nì thu an gnothach air draibheadh airson fad an astair."

"Bheil thu às do rian a bhoireannaich! An do smaointich thu idir dè an galair a dh'fhaodainn a thogail bhon an duine sin? Cò aig tha brath nach e Ebola a tha air! 'S e daoine le cridhe lag a thogas galair nas luaithe. Dh'fhaodadh droch chnatan mise a mharbhadh, gun tighinn air Ebola. Nach e sin a dh'fhàg nach eil mi airson gun tig thu faisg air an sgoil, clann bheaga làn dhen h-uile galair."

Leagh gach deagh-rùn aig Fiona air falbh mar pìos sneachd a' tuiteam air mullach na stòbh. Dh'fhairich i caoch ag èirigh suas bho a mionach agus a' cruinneachadh na muineil na chnap cho cruaidh agus gun robh e cràidhteach. Rinn an doras brag agus am post a' caitheamh a-staigh na litrichean. Na leum a-mach dhan poirdse, thog Fiona parsail beag le a h-ainm air agus litir do Fhearghas. Gu cabhagach chuir i am parsail aice fhèin air falach air cùl bhogsaichean agus le sunnd a-nist na ceum thug i an litir a-staigh gu Fearghas.

"Oh glè mhath, bha mi a' feitheamh ris a seo."

Dh'fhosgail e a-mach an catalog beag a bha am broinn na litreach, agus e tionndadh gu Fiona, "Thugainn a-nall a choimhead air seo." Thog e duilleag a' sealltainn diofar shèorsa stairlift. "Tha mi am beachd fear dhiubh seo fhaighinn. Tha an staidhre a-nist ro dhoirbh dhomh."

Caibideil 15

Bocadaich timcheall le siosar agus cìr, bha amhras aig Sìle nach robh boinne fala Fhrangaich a' ruith tro chuislean Pierre, "*à mon avis*" agus "*dis donc*" a' tuiteam às a bheul an-dràsta 's a-rithist. Beag, tana dheth fhèin, bha e follaiseach gur e Pierre rionnag na salon. Ged a bha aire air falt Shìle, bha shùilean a' dol timcheall a chaitheamh comhairle agus moladh an lùib nam boireannach eile a bha a' faighinn am falt ga chur air dòigh. Iad sin a' sùghadh suas fhaclan gu toilichte mar bheannachadh a' tighinn bho theanga rìgh. Ann an dòigh 's e rìgh a bh' ann. Ann an dreuchd sam bith eile, ann an ionad-dotair no oifis comhairle no garaids, bhiodh e na chulaidh-mhagaidh le a chasan caola, a bhriogais theann is guib na bhrògan dearga, fada, biorach, le fhalt fada, dearg-ruadh ga chaitheamh mar muing eich, agus le fhiaclan geala, geala a' deàrrsadh ann an aodann orains. Bha e doirbh do Shìle fiamh-ghàire a chumail air falach ga choimhead. 'S i bha coma, bha an salon ur "Ciseaux", a' còrdadh rithe. Glainne agus sgàthain, an t-àite cho glan agus an luchd-obrach sgiobalta len cuid èideadh dubh is geal.

A' coimhead air a faileas anns an sgàthan, bha i air a dòigh, a falt gleansach agus beagan nas buidhe-bàn nan àbhaist. Sùilean deàrrsach 's gruaidhean pinc, aodann bòidheach a' coimhead air ais oirre. Pierre leis a' chìr a' ponaigeadh 's a' cìreadh agus a' fàlaireachd timcheall. Àm sam bith eile agus bhiodh a foighidinn air cnàmh fada roimhe, ach an-diugh cha robh dad a' cur dragh air Sìle. An taobh thall dhen t-salon bha tè dhe na nigheanan òga a bha a' glanadh timcheall an ùrlair air an ceòl

117

a thionndadh suas àrd, agus gun fhiosta dhi fhèin bha Sìle a' seinn nam briathran fo a h-anail: "*Search your heart, search your soul, when you find me there, you will search no more. Everything I do, I do it for you.*" A' togail a' chupa cappuccino gu a beul, cha robh fiù meudachd luideach a chupa, e cho mòr ri bobhla agus làn gu bhàrr e cop flodach, a' cur dragh oirre an-diugh.

"'S dòcha beagan nas giorra air cùl mo chinn."

Chuala i bìog bheag a' tighinn fo anail Phierre, agus e falbh air a chorra-biod far an robh tè dhe na nigheanan òga trang le siosar. Chitheadh Sìle Beathag Heddle ged nach fhaiceadh Beathag ise. Thig cuid a bhoireannaich gu aois agus saoilidh iad gu bheil falt caran fada gam fàgail a' coimhead sean, agus gun tigeadh ath-nuadhachadh air an coltas le falt nas giorra. Nuair nach eil seo ag obrachadh, bidh iad ga ghearradh nas giorra buileach. Teann chun a' chnàimh aig a chùl, beagan nas fhaide air a' mhullach. Nuair nach eil seo ag obrachadh a bharrachd tha iad a' call suim, agus am falt a bha uair a' toirt dhaibh uimhir a thlachd is pròis air a ghearradh teann chun a' chinn air fad, mar falt fireannaich. 'S ann air an t-slighe shleamhainn seo a bha Beathag Heddle a' togail cùrs. Bha Pierre a' dèanamh a dhìchill a draghadh air ais, a' chonnspaid a' toirt bhuaithe comas labhairt na Fraingis.

Dh'fhalaich Sìle a gàire air cùl a' chupa.

Nach iongantach nuair a tha an cridhe aoibhneach gu bheil a' ghrian nas blàithe, ceòl nas binne, an ròs nas dearga agus gun toir meall uisge gad ghlacadh a-staigh an doras agus tu an dèidh a bhith aig salon gruaige, ort tòiseachadh ri gàireachdaich an àite a bhith a' guidheachan.

Thug Sìle ùine a' taghadh aodach, i na seasamh a' coimhead sreath crochte anns a' phreasa mhòr. Sgiortaichean, briogaisean agus dreasaichean mu seach gan togail agus gan tilleadh air ais air an rèile. Dh'fhairich i biorg cràidh agus i a' ruighinn suas chun na drathair àird anns an robh na t-shirts paisgte. Bha bonn a droma fhathast caran goirt, am biorg a' cur na cuimhne mar a thuit i, an sealladh a' tilleadh thuice airson a' chiad mìle turas air mar a thog Éamonn i, ga glacadh na làmhan làidir, teann. I a' dùnadh a sùilean, thilleadh fàileadh a chologne gu a sròin. Bha seachdain fhada air a dhol seachad. Dh'fhòn

Seumas, cha do dh'innse i idir dha mar a thuit i.

Jeans aotram, liath agus t-shirt pionc, aodach freagarrach airson Disathurna? An robh sin a' toirt seachad ìomhaigh nach robh air i cus ùine a chur seachad a' taghadh èideadh, ach i aig an aon àm a' coimhead cho math ri tè a thuit a-mach à bogsa ribeanan, eireachdail gun strì 's gun oidhirp? Bha.

Leth-uair an dèidh uair feasgar, 's ann gu math slaodadh a bha spògan a' chloc an-diugh. 'S ann eadar dà uair agus a-trì a chuir i sìos airson bhan na bùtha tighinn leis a' ghrosaireachd aice. Dè chanadh i ri Éamonn? Dè chanadh esan rithese? Thòisich fabhradh carmasgach na mionach. Bean a h-aoise, dè bha i a' ciallachadh a' leigeil le smuaintean gun dòigh ruith troimpe? Thug i a-mach na soithichean crèadha, cupannan, sàsaran, siuga bainne, bobhla siùcair, nèapraigean pinc le ròsan beaga, dearga air am feadh. Cha do chaill i riamh an tlachd a bha innte on a bha i na nighean bheag airson a bhith a' cluich le soithichean tì. Chuir i am bogsa biscotti ri taobh na poit cofaidh. A' cluinntinn fuaim glag an dorais rinn i boc. An robh a' bhan an seo tràth! A' toirt sùil luath oirre fhèin san sgàthan anns an dol seachad, tharraing i a-steach a h-anail agus dh'fhosgail i an doras.

"Sìle, halo..."

Dh'fhosgail Sìle a beul a' dol a fhreagairt ach cha tàinig bìog a-mach.

"Seo an leabhar a tha sinn a' leughadh airson an ath choinneamh againn."

Bha pacaid bhriosgaidean aig Sindy na làimh còmhla ris an leabhar agus gun feitheamh ri fiathachadh choisich i a-steach dhan chidsin.

"Ooh tha cofaidh agad air? Nach mi thàinig ann an deagh am!"

Chan fhaca Sìle an nàbaidh bhon latha a chaidh i chun a' chlub leabhair aice. Bha i dèanamh cinnteach a sùilean a chumail gun choimhead air Sindy nuair biodh i anns a' ghrianan-glainne.

Cha ghabhadh sin dèanamh an-diugh agus i na suidhe mu a coinneamh, sùilean beaga liath-ghorm a' dol air falach ann an aodann taoiseach geal. A falt fada, an dath nas fhaisge air dath uisge salach na bha bàn, na laighe sleamhainn mu ceann, tioram mu ghualain.

Shuidh i i fhèin air an t-seidhir àrd ri taobh a' bhùird-obrach, a cuideam a' toirt dìosganaich air casan an t-seidhir. Thug Sìle an aire gun robh na brògan-spòrs aice air sgrìoban dubha rubair fhàgail air feadh an ùrlair. An geansaidh robach glas agus briogais dhubh nan aithis dhan chidsin bhrèagha, shoilleir, gheal, ghrianach aice. Ciamar a bha i dol dh'fhaighinn clìoras dhi?

"Ah biscotti! Agus 's e cofaidh Eadailteach a tha agad."

Chaith Sindy a-null a pacaid bhriosgaidean air a' bhòrd.

"Oh Sìle, ach an stoidhle a tha agad. Tha fhios agamsa cò dh'fhaodas an tì 's an cofaidh ullachadh airson an ath choinneamh club leabhair!"

Lìon i cupa cofaidh agus chuir i mu choinneamh Sindy e, a' feuchainn ri smaointinn air leisgeul airson cabhag a chur oirre a cofaidh òl agus falbh. An ceann aice air a dhol falamh agus i a' faireachdainn mar gun robh cumadh Sindy air an cidsin aice a lìonadh suas mar gun robh fuamhaire na shuidhe ann am broinn taigh doileig. Cha robh rùm gu leòr gluasad ann, no rùm smaoineachadh dòigheil, pearsa agus guth Sindy a' bruidhinn gun stad ga mùchadh sìos. Ciamar a tha boireannach a coltais, cho reamhar agus cho grànda, cho làn misneachd?

"Ghabhainn balgam beag eile Sìle." Phut Sindy a-null a cupa gus an lìonadh Sìle e, a' togail biscotti eile agus ga chur slàn na beul.

"Chan eil sìon cho math ri deagh chofaidh daor."

A' toirt deagh bhalgam às a' chupa, dhùin i a sùilean agus chaith i a-mach a làmhan mar tè a bha air àrd ùrlar ann an tèatar mòr.

"Oh kiss me, and you will see, how important I am!"

Dh'fhairich Sìle lùths a' falbh às na casan aice, crith a làimh a' toirt air a' chofaidh dòrtadh a-staigh dhan t-sàsar.

"Oh Sylvia Plath! An tàlant sgrìobhaidh." Thog Sindy an leabhar ri a h-uchd mar gun robh i a' cnèadachadh leanabh.

Bha Sìle na seasamh a' coimhead, a sùilean cruinn, nan stad fosgailte na ceann. Gun sìon a dh'fhor aice air an èiginn anns an robh a nàbaidh, leig Sindy às an leabhar air a' bhòrd, oir nan duilleagan giopach, coltas gun deach an deagh leughadh agus tric.

"*The Bell Jar*. 'S e tha againn airson an ath choinneamh. Oh is fhada bhon a leugh mise e. Bheil thu eòlach air an sgrìobhadh aice?"

"Eh, tha mi duilich Sindy, ach 's e rud... Tha thu air tadhal aig droch àm..."

Thuit a' bhreug a-mach na cabhaig, na faclan a' tuiteam am measg a chèile.

"Tha mi a' feitheamh ri fòn bho Sheumas, an duine agam. Tha e thall ann an Geneva agus tha agam ri dhol tro chunntasan còmhla ris. Tha e a' fònadh ann an còig mionaidean agus... eh... feumaidh mi pàipearan is faidhlichean a dheisealachadh..."

A' dùnadh an dorais às dèidh Sindy, leig Sìle osna faothachaidh agus i na cabhaig a' sgioblachadh air falbh na cupannan, a' cur air a' choire airson poit cofaidh eile ullachadh, steall à botal beag *Fleur Dè Cassis* a-null far an robh Sindy na suidhe. Bha i a' falbh a bhogadh clobhd ann an uisge teth airson na làraich dhuibh a dh'fhàg brògan Sindy air an ùrlar, nuair a rinn an doras glag.

An e a cridhe no a mionach a rinn leum? An e aoibhneas no gòraiche a sguab troimpe? A casan a' falbh nan leum dannsa chun an dorais, a' caitheamh a cuimhne air ais gu àm o cionn fhada, fhada nuair a ghabh i nòisean dhen phost òg an samhradh a dh'fhàg i an sgoil. Suirghe nach deach dad nas fhaide na leac an dorais. Ach nach e an aisling nach tèid a mhilleadh le eòlas a dh'fhuiricheas gu bràch ann an cuimhne gheal. Bha i sia bliadhn' deug a-rithist, cumadh a' ghàire mu a beul agus i a' fosgladh an dorais. Thug e diog no dhà mus do dh'innse a sùil dha a h-eanchainn nach e Éamonn air fàs reamhar, maol agus fallasach a bha seo mu a coinneamh le dà bhaga mhòr grosaireachd.

An cridhe bha ceartuair buidheach le aoibhneas bha e nist mar balg 's a' ghaoth air falbh às. Na casan dannsa a-nist a' falbh gu slaodach agus i a' cur nan cnogan sna pacaidean air falbh dhan phreas gun suim. 'S e an rud bu mhotha a bha a' cur goiriseachadh troimpe gun robh i a' faireachdainn cho luideach agus na culaidh-mhagaidh, le rud beag ciont a' snàgadh a-staigh nan lùib sin. "Chan eil mi diombach nach tàinig Éamonn. Carson a bhitheadh... well bha mi airson taing a thoirt dha, le cupa cofaidh, 's e sin uile. Thug e dhomh cuideachadh nuair a thuit mi. 'S e modh taing a thoirt seachad."

Chùm i a' feuchainn ri ciall a dhèanamh dhen sgleò dhorcha a

121

bha air tuiteam agus a bha a' fuireach mar bonaid air mullach a cinn.
Air a glùinean air an ùrlar, thog an làrach dhubh rubair gu furasta.
Chùm i oirre leis a' chlobhd fhliuch agus an t-uisge teth gus an
robh an t-ùrlar air fad air a nighe, a' gluasad a' chlobhd, a' glanadh,
a' socrachadh 's a' falamhachadh a h-inntinn. Sheas i aig preasa làn
ghlainneachan, searbhadair beag na làimh. An robh iad feumach an
dustadh? Dh'fhosgail i an doras a' toirt a-mach glainne, thog i suas i ga
coimhead, a' ghrian a' caitheamh gathan deàrrlach bhuaipe. Mar gun
robh smuain as ùr a' tighinn oirre, rinn i cnap cruinn dhen t-searbhadair
ga chaitheamh le sgoinn a-null ri taobh an t-sinc.

Rinn am fìon fuaim glug glug a' dòrtadh a-staigh dhan ghlainne,
Sìle a' toirt deagh bhalgam às an stuth fhuar, bhlasta, a chumhachd
a' teòdhadh gu luath oirre, ceò bog, socair a' tuiteam timcheall gu
h-èifeachdach leis an darna glainne. Thog i The Bell Jar, a' dol ga chur
air falbh às an rathad ach thuit e fosgailte aig loidhne le peant dearg
fo na faclan "I am I am I am." Leis an treas glainne shuidh i aig an
telebhisean, a' ruith tro gach sianail a' siubhal rudeigin a ghlacadh a
h-aire. Bha film air, sgeulachd air dithis phòsta, boireannach a bha air fàs
sgìth dhen duine aice, gun sìon ga cumail còmhla ris ach a chuid airgid.
Choimhead i greis bheag, ach bha an cuspair ga fàgail mì-chofhurtail is
chuir i dheth an telebhisean.

Flòraidh, bha ùine nach do dh'fhòn i gu Flòraidh. Bha fìon air a
fàgail ann an truim briathrach. Dh'fhiathaicheadh i Flòraidh agus Joe
tighinn thuice airson latha no dhà. A' bruthadh putain na fon, dheasaich
Sìle cuspairean air am bruidhneadh i ri a nighean, a' cur roimpe a
bhith cho aotram 's cho càirdeil 's a ghabhadh. Am faighnicheadh i an
robh guth air gealladh-pòsaidh? Chaidh a' fòn aig Flòraidh gu luath
gu teachdaireachd. Leig Sìle às i gun guth brath fhàgail. Bha blàths
an fhìona feumach air a dhol a dh'àiteigin agus às dèidh dòrtadh beag
eile dhan ghlainne, thòisich Sìle air coimhead airson àireamh fòn a
peathar. Bha gu feumadh i coimhead airson na h-àireimh, cha robh
i aice ri cuimhne, ag innse a sgeulachd fhèin. Bha i ga fhaighinn
doirbh a bhith a' còmhradh rithe an turas mu dheireadh a dh'fhòn i,
ag amhras gun robh an inntinn aice air bristeadh leis cho neònach 's

a bha i, no gun robh i an dèidh bhith ag òl leis na bha i a' dèanamh de ghàireachdaich. Math dh'fhaoidte gun robh còir aice fònadh gu Nora? No dhol a choimhead air a piuthar. 'S fhada a gheall i sin a dhèanamh. 'S e seo an t-àm sin a chur air dòigh.

Nach furasta gach plana a dhèanamh às dèidh dram no dhà. Uthraid às aonais cnap starra. Bha Sìle leis an leabhar-latha na làimh nuair a shàbhail glag an dorais i.

"Éamonn!"

"Tha thu air leighis, tha mi a' faicinn!'

Bha cumhachd an fhìona air Sìle fhàgail aotram, mireagach, agus a toileachas gun robh e aig an doras aice doirbh fhalach.

"Thig a-staigh, no a bheil mi ann an cunnart gu leag thu rithist mi?"

Na sheasamh anns a' chidsin bha Éamonn a' coimhead cabhagach an-fhoiseil, cha tug Sìle an aire agus i a' cur air a' choire.

"Gabhaidh tu cofaidh?"

"Uill... chan eil ùine agam airson cofaidh. 'S e thug orm tadhal ach..."

Dh'fhairich Sìle diombadh a' drùidheadh troimpe, an t-eallach aige a' leagail a dà ghualainn. Cha robh e ach air tadhal anns an dol seachad a dh'fhaighneachd an robh i ceart i leòr às dèidh na tubaist bhig.

"'S e th' ann ach..."

Thionndaidh i, a' toirt an aire gun robh rudeigin a bharrachd air aire Éamoinn.

"Tha an còmhlan, Spree... Tha sinn a' cluich anns an t-Sabhal Bhuidhe feasgar an-diugh. Tha feasgar ciùil ann gach Disathairne."

Thug am botal fìon leathach falamh agus an aon ghlainne ri thaobh misneachd do Éamonn cumail roimhe.

"An còrdadh e riut tighinn gar cluinntinn? Tha bhan agam..."

Thug Sìle diog-tiotan mus do fhreagair i. Cha robh i riamh anns an t-Sabhal Bhuidhe. An dùraigeadh i?

"Aidh siuthad math tha. Gheibh mi mo sheacaid."

Am fìon a' ruith na fuil ga fàgail gun teagamh no uallach, agus i falbh a-mach dhan bhan. Pìos beag sìos an rathad agus theann am fìon air a chumhachd a chall, agus thòisich fallas fuar a' dol troimpe. Bha a beul air a dhol tioram, i gu math sàmhach. Cò air idir a bha i smaointinn, i ann an bhan còmhla ri strainnsear? Bhan! Chan robh fhios cò mheud bliadhna bho a bha ise na suidhe ann an bhan, seann bhan aig a sin. I cho eòlach air càraichean mòra, daora. Dh'fhairich i a fòn a' dèanamh fuaim, Flòraidh a' cur teacs. Thionndaidh i dheth a' fòn gun choimhead.

"Am bheil còmhlain eile a' cluich?" Thàinig an guth aice a-mach mar fuaim bìog thana.

"Aidh, tha còmhlan eile air nas tràithe, ach 's e an oidhche aig Spree a th' ann. Seall mo làmhan, tha mi air chrith!" Rinn e gàire agus e a' togail a làimh far na stiùir. "Bha mi smaointinn gun còrdadh e riut tighinn gar cluinntinn. Thuig mi an latha eile gun robh ùidh mhòr agad ann an ceòl."

'S e coltas gu math làn a bh' air an t-Sabhal Bhuidhe. Àirneis gu math simplidh, bùird is beingean fiodha, ùrlar cloiche gun bhrat. Òg is sean nan suidhe aig bùird ag òl 's ag ithe. Cèol gu math cruaidh aig a' chòmhlan air an àrd-ùrlar. Thog grunnd an làmh ri Éamonn, e follaiseach gun robh eòlas aige air tòrr dhaoine. Lean sùilean gu leòr Sìle, ga fàgail gu math mì-chofhurtail, cumhachd an fhìona air sìoladh air falbh a-nist gu tur. Dh'fhairich i làmh Éamoinn air a druim ga stiùireadh tro na daoine.

"Vodka agus Coke," dh'èigh e ris an nighean air cùl a' bhàir. "Tè mhòr. Dè ghabhas tusa?"

"Vodka 's Coke," chuala Sìle i fhèin a' ràdh. "Tè mhòr."

Thug i dà dheagh bhalgam às an dram. An robh i am meadhan aisling? Na seasamh ann an cuideachd srainnseir am measg gràisg dhaoine ag òl 's a' gàireachdaich? Mas e aisling a bh' ann, cha robh i airson dùsgadh aiste. Cuin a bha i ann an àite le aibheis cho aotram, soganach? An robh riamh? 'S ann ceangailte ri gnìomhachas a bha dinnearan agus pàrtaidhean Sheumais, cha robh spòrs a' gabhail riutha.

"Slàinte," ars Éamonn, agus e bragail na glainne aice agus ga coimhead anns an dà shùil le blàths. Gun fhiosta dhi rinn i coimeas ri Seumas, agus an duine òg le sùilean ciùin an seo ri a taobh. Air a dheagh chur ri chèile, seang, fuasgailte na ghluasad, òg... Bha e òg. 'S e bodach a bha ann an Seumas an taca ris.

"Bidh e math do bheachd a chluinntinn air a' cheòl againn."

A-nall thuige thàinig boireannach àrd le falt fada, dorcha, briogais shleamhainn chaol, dhubh agus sàilean àrda. Bha lèine thana, gheal teann is ìosal mu a broilleach. Maise-gnùis tiugh mu a h-aodann, i bòidheach gu leòr gun fheum aice air a leithid de pheant.

"Éamoinn."

Chaith i a gàirdean timcheall air amhaich, a' leigeil oirre nach fhaca i Sìle idir ri a thaobh. Na làimh bha glainne mhòr fìon geal, coltas air a sùilean gun robh i air grunnd dhiubh òl.

"Chan urrainn dhomh fuireach gus an cluinn mi sibh. Bheil thu dol a sheinn an òrain a rinn thu dhòmhsa?"

"Dè an t-òran a bha sin?"

"Oh Éamoinn, na bi cho suarach rium!"

Thug i dha buille bheag le a bois air a ghruaidh agus i dèanamh gàire.

"Hoi, bha siud goirt! Och tha e math d' fhaicinn an seo, Nancy. Tha thu a' coimhead math."

Sheas Sìle gu mì-chofhurtail, a' faireachdainn air a putadh a-mach às a' chòmhradh. A' cur a ghàirdean mu a gualain, ghluais Éamonn a-nall ri thaobh i.

"Can halò ri Sìle."

"Sìle?" Thionndaidh Nancy a h-aire ris a' bhoireannach eile ged a bha a sùilean ag innse gur beag a sannt air.

"Oh. An cuala thu idir gun do phòs mi?"

Chaidh aodann Sìle pinc agus chaidh aodann Nancy geal. A' faicinn coltas an dithis, rinn Éamonn lasgan gàire.

"Oh gabh air do shocair Nancy, chan eil mi ach a' tarraing asad."

Thòisich cus a bharrachd air taomadh a-staigh dhan t-Sabhal, an t-àite nist cho làn agus gun robh Sìle a' faireachdainn blàth, mì-chofhurtail, air a cuairteachadh le daoine. Chùm Nancy oirre a' bruidhinn ri Éamonn, a' dèanamh cinnteach Sìle a chumail a-mach às a' chòmhradh, an dà chuid le a bodhaig agus a cuspair seanachais. Cha robh aig Sìle ach seasamh balbh agus an dithis a' bruidhinn air cuirmean-ciùil aig an robh iad. Dh'fheuch i ri gearradh a-staigh agus innse mun turas a choinnich i ri Pavarotti anns an Ròimh, ach thill Nancy an còmhradh air ais thuice fhèin gu luath.

A' toirt dà dheagh bhalgam às a glainne, dh'fhàs an rùm nas motha agus dh'fhàs Sìle nas àirde agus nas arranta.

Dè seòrsa ciùil a bha aig Spree? Ciamar nach chuala ise barrachd mun deidhinn? Bha aire Éamoinn aice a-nist, e a' blàthachadh ris a' chuspair, ag innse barrachd mu dheidhinn Spree agus na còmhlain eile anns an robh e an sàs.

A' toirt an aire gun robh a glainne falamh, phut Nancy Éamonn, a' sealltainn dhan a' ghlainne fhalamh aice fhèin agus Sìle, agus mus do thuig i dè bha a' tachairt, bha Éamonn aig a' bhar agus bha am boireannach eile air a stiùireadh-sa a-null gu bòrd faisg air an stèidse far an robh an còrr dhen chomhlan nan suidhe. Chuala i guth ag èigheach air Éamonn greasad, gun robh an t-àm aig Spree a bhith air stèidse.

Ghluais an oidhche luath. Bha na còmhlain math, bha fìor thàlant ciùil aig Éamonn a thaobh seinn agus cluich giotàr. Na sheasamh air an stèidse fo dheàrrsadh nan solas, 's e an roinneag bu dheàlraich anns an t-Sabhal. Agus 's ann oirrese, Sìle, a bha esan ag amharc agus e a' cur a-nall thuice na h-òrain. Bha buaidh aige sin a cheart cho làidir ris a' vodka gus a fàgail aotram agus làn aigheir.

'S ann a' sìor fhàs còmhraideach, blàth a bha Nancy mar a bha an oidhche a' dol air adhart. Eirmseach, èibhinn dhi fhèin, a' dèanamh cinnteach gun robh dram anns a' ghlainne aig Sìle aig gach àm.

A' chiad leth den cheòl seachad, sheas Sìle, a' ruith a làmhan tro uisge fuar anns an toileat, a' feuchainn rithe fhèin a shòbrachadh beagan mus tigeadh Éamonn far an stèidse, a cridhe aotram le mar a bha an oidhche a' còrdadh rithe. Bha i fhèin agus Nancy a' faighinn air adhart, leth bheachd a' ruith na h-inntinn a fiathachadh chun an taighe feasgar air choireigin. Bhiodh e math measgachadh an lùib dhaoine ùra. Thug i ruith glanaidh air an t-sinc, e cho robach, salach ris an àite gu lèir. Bha a faileas fhèin anns an sgàthan a' còrdadh glè mhath rithe, a gruaidhean pionc agus a falt air a chumadh a chumail. Bhiodh Éamonn a' tighinn far an stèidse ann an tiotan. Dh'fhairich i a cridhe a' dol nas luaithe.

"Faca thu an tè bhàn aig Éamonn?"

Ghlac Sìle na guthan taobh a-muigh an dorais.

"Cha robh Nancy fada ga cròthadh suas chun a' bhùird aice, cothrom nas fheàrr fhaighinn ceasnachadh a dhèanamh."

Dh'fhairich Sìle i fhèin a' dol car guanach. Chuir i dheth an tap uisge fuar.

"Aidh, tha i gu math beairteach, i fuireach anns na taighean mòra, ùra air Cnoc a' Bhaile. Éamonn an dòchas clabag fhaighinn aiste airson an còmhlan a thoirt gu stiùidio. Clàr a thoirt a-mach."

"Oh creid thusa! Oh uill sin Éamonn."

Chuala Sìle an dithis a' gàireachdaich agus iad a-mach an doras. An robh àite ann riamh coltach ri toileat nam boireannach? Beòil gun phutain a' cabadaich gun for gu bheul cluasan air ballachan ag èisteachd daonnan ri sgudal mì-rùin? Cuin a chaidh deagh naidheachd riamh a thogail agus a chur ma sgaoil a-mach dorsan an toileit? Cha deach idir.

Bha doras cùil an t-Sabhail fosgailte chun na sràid. Sheas Sìle a' gabhail beagan gaoithe airson a ceann goileach a chlìoradh agus ciall a dhèanamh dhen chòmhradh ghrod a chuala i. Dè bha i a' dol a dhèanamh? Tilleadh chun a' bhùird agus an aghaidh a thoirt air Éamonn? A ceann ceòthach, dh'fhairich i bacag a' dol dhi fhèin mun bhalla. Bha i air cus vodka òl agus e nist a' teòdhadh oirre.

Dè thug oirre tighinn a-mach dhan àite aineoil seo? Oh nach robh i staigh na taigh bhrèagha, shàbhailte, shocair fhèin.

A-mach dhan oidhche fhuar agus gun oirre ach aodach tana, 's ann a' sìor fhàs brisg a bha a coiseachd agus i a-nist na cabhaig a-null far an robh an sreath tagsaidh. Dhachaigh! Dhachaigh, dh'fheumadh i faighinn dhachaigh.

Cha robh ùine anail faothachaidh a ghabhail ach feuchainn suas an staidhre le roid ag amas air an ensuite, a ceann mun phana, ruisg a mionaich ga thilgeil aig astar. Chaidh ùine seachad agus i air a dà ghlùin ceangailte ris a' phoit a' dìobhairt 's a' caoineadh. Tàmailt gun do rinn i òinseach dhi fhèin, nàire gun do ghabh i an deoch, ach 's e adhbhar domhainn, dùinte eile a bu mhotha a bha a' toirt air na deòir sruthadh agus air rachdail chruaidh a sgiamhail dol gu h-aognaidh air feadh taigh mòr, falamh.

Mu dheireadh thall, agus i anns an leabaidh, grèim teann aice ri searbhadair mu a beul, na faclan "*I am, I am, I am*", a tighinn bhuaipe gu socair agus i a' tuiteam na cadal.

Caibideil 16

"Mhìcheil! Sguir dheth sinn."

Bha gàireachdaich an lùib a' mhaoidhidh aig Nora. Cha tug Mìcheal feairt sam bith, a' seasamh air a cùlaibh agus i a' feuchainn ri uighean goileach a thogail a-mach à poit bheag. A làmhan mu a broilleach agus e a' pògadh cùl a h-amhaich.

"Thugainn, till air ais dhan leabaidh. Nì Eamag an obair sin."

Cha tug Mìcheal ùine ro fhada mun do rinn e an gnothach air cridhe Nora a dhlùthadh ris fhèin a-rithist. Na chulaidh-thruais cho lag agus cho meadhanach, bha caoch Nora air a chur gu aon taobh gus am fàsadh e làidir. Mun àm a thachair sin, bha Mìcheal air a chothrom fhaighinn agus a' gabhail air na dòighean a chumadh Nora a' gàireachdaich. Airson boireannach a bha cho bragail agus glic, pongail, bha Nora luideach nuair a thigeadh e gu Mìcheal. Aig amannan, choimheadadh Eamag air fhiaradh air a màthair. An robh i dha-rìreabh a' creidsinn nan ròlaistean a bha a' tuiteam gu furasta à beul a h-athar? Gu cinnteach, bha e sgileil air sgeulachd a shnìomh. Ro sgileil. 'S e an duilgheadas nach cumadh e daonnan ris an aon tè.

A rèir a sgeòil fhèin, 's e sgiorraig càir a bha air fòghneachainn dha. Nuair a thàinig e thuige às dèidh na tubaist, bha e air a chuimhne a chall buileach agus cha bhruidhneadh e ach Frangais. Thug e bliadhnachan thall anns an Fhraing a' siubhal a chuideachd. Cha robh fhios aige gun robh leithid Nora no Eamag beò air thalamh gus o chionn ghoirid. Sin an sgeulachd a bha iad an dèidh bhith cluinntinn bhuaithe on a nochd e air ais. An dràsta 's a-rithist thigeadh e a-mach le strùtan Frangais mas fhìor nach robh an ceann aige fhathast ag obrachadh cho math sin, agus nach robh for aige gun robh e air ais na dhùthaich fhèin.

Bidh iad a ràdh "Rud nach binn rium, cha cluinn mi," ach nach eil fhios gu bheil facal eile ann, "An rud a tha binn rium, gu dearbha cluinnidh!" Bha Nora a' cluinntinn agus ag òl a-staigh h-uile facal a bha Mìcheal ag innse dhi. Bodhar agus dall ri amhras a bha follaiseach do chàch, a h-inntinn dùinte ri beachd a rachadh na h-aghaidh. Sgìth do bhliadhnachan leatha fhèin às aonais fear, bha na seachdainean o thill e air a bàrr searbh a chaitheamh dhith, taobh aotram, mireagach air tighinn beò innte. Sgileil a thaobh a bhith a' riarachadh bhoireannaich, thuig Mìcheal tràth an stòras a thig o bhith a' cumail na gàireachdaich a' dol eadar na cuibhrigean.

"Dè an cuideachadh a nì mi anns a' chidsin thrang a tha seo? Siuthad Nora thoir dhomh na h-òrdain."

"Tha na poitean cofaidh rin sgoladh a-mach, agus tha an cupall òg a-staigh an siud ag iarraidh tuilleadh aran donn."

Thionndaidh Mìcheal gu sunndach a-null chun an t-sinc, a' togail leis dà phoit cofaidh agus e a' feadaireachd fo anail. Nora a-mach na cabhaig leis an aran dhonn. A' tilleadh a-steach dhan chidsin thug i an aire dha a' toirt grèim teann le aon làmh air oir a' bhùird, an làmh eile le grèim air a mhionach.

"Mhìcheil, dè th' ann? Leig bhuat sin. Thugainn, suidh a-bhos."

"Oh 's e na biorgaidhean cràidh tha seo. Tha iad dona sa mhadainn."

A' leum a-null a chur crìoch air sgoladh nam poitean cofaidh, chitheadh Eamag a màthair a' frithealadh, a' cur truinnsear bracaist theth mu choinneamh a h-athar, e ga ithe le sunnd, gun ghuth a-nist air biorgaidhean cràidh.

Thall anns a' bhàr am feasgar sin, na shuidhe anns an oisean a bha e air a dhèanamh dha fhèin on a thill e, bha Mìcheal an-fhoiseil. Trang anns an fheasgar aig an taigh-òsta, Eamag daonnan a' feitheamh air le obair a bha dhìth oirre a dhèanamh. 'S e am bàr an t-àite sàbhailte.

Bàr beag, dorcha, robach gun sìon mu dheidhinn airidh air moladh ach gun robh e fosgailte fad an fheasgair. Fred Ruadh air cùl a' chunntair mar as àbhaist, a' toirt a bheachd air an t-saoghal, ag innse airson na mìle turas mar a mhill e a chasan "a' yompadh" ann an cogadh nam Falklands. Gach duine timcheall eòlach air gach facal dhen sgeulachd ach ga èisteachd na dhèidh sin.

Aon uair agus gun gabhadh an dram làmh an uachdair air teanga Mhìcheil thòisicheadh e fhèin air snìomh sgeulachd air an àm a bha e na phrìosanach aig an Taliban, no sna beanntan còmhla ris a' Mhujahideen, no a' buan na mòna còmhla ri Gaddafi. Mar bu mhotha a bha daoine anns an taigh-sheinnse ag èisteachd, 's ann bu mhotha a bha sgeulachd Mhìcheil a' fàs. Aon uair agus gun tòisicheadh e, cha b' urrainn dha stad. Dramanan gan ceannach dha, feuch an cumadh e air a' bruidhinn. Feasgar a chaidh sgeulachd Gaddaffi an lùib tè an Taliban agus e ag innse mar a mhill e fhèin agus am Mujahiddin an casan a' yompadh sna Falklands, thuig e gun robh am baile seo a' teannadh air fàs beag. Bha t-àm aige togail air.

"Nora, a luaidh, nach e Dia a rinn gu bheil mi seo a-rithist còmhla riut. Feumaidh sinn dèanamh suas airson nam bliadhnachan a chaill sin." A làmhan teann timcheall Nora, i a' slìobadh a ghruaig agus a' pògadh bàrr a chinn. "Thig sìos a m' eudail agus suidh, tu coimhead sgìth. Bheir mi nuas dram thugad."

Thug Nora feairt gun guth, latha trang, sgìths air a' bualadh. Fàileadh na dibhe air anail agus e air feasgar fada eile a chur seachad anns an taigh-sheinnse, lìon e dà dhram mhòr, a' dèanamh taghadh air an uisge-beatha bu daora sa phreasa. "An gabh thusa dram beag Eamag?" Fhios aige gun choimhead gu robh i anns an rùm agus e a' faireachdainn a sùilean a' dèanamh toll an cùl a chinn.

"Gabhaidh," ars a guth. "Lìonadh mi fhìn i. Thoir thusa sin a-staigh gu Mam."

An e na bliadhnachan air falbh bho chèile a dh'fhàg nach robh mòran blàths eadar an dithis, no an e pearsantachd bhalbh, reòta Eamag fhèin a dh'fhàg gun robh e a' fàilneachdainn air Mìcheal dàimh sam bith a thogail rithe. Bha e na iongnadh dha gun do ghabh i tairgse na drama, e air cleachdadh a dhèanamh dram a thairgsinn a bhiodh ise a' diùltadh.

Anns an rùm-suidhe bheag bha Nora na leth sìneadh air an t-sòfa.
An rùm mòr air a ghleidheadh airson luchd-aoigheachd. Chan eil
an t-uabhas cofhurtachd aig daoine a tha a' ruith taigh-aoigheachd.
Tha a' chuid as fheàrr dhen taigh air a chur gu aon taobh agus tusa air
d' fhàgail eadar cidsin 's cùl. Ann an ùine gu math goirid bha Mìcheal
air fàs sgreamhaichte on t-seòrsa dòigh-beatha seo. Ciamar a bha Nora,
agus i cho biorach agus borb air a teangaidh, a' dèanamh a' chùis air
beul brèagha a chumail ri daoine a bha daonnan a' gearain?

"An t-ugh ro bhog, an t-ugh ro fhuar, an rùm dustach, an t-sìde ro
fhliuch..."

Ann am beatha làn phlanaichean bha Mìcheal air tighinn suas le
plana ùr, e an dèidh bhith ag obair lathaichean a' feuchainn ri Nora
iompachadh gu a bheachd. Deagh charaid dha air cothrom a thairgsinn
air bàr beag ri taobh na mara ann am Mallorca a cheannach, a charaid
ann am fiachan ri Mìcheal, e a' tairgsinn a' bhàir ris aig prìs ìosal, ìosal.

"Cothrom nach tig nar rathad gu bràch tuilleadh Nora. Mi fhìn
's tu fhèin anns a' bhlàths còmhla le beatha chofhurtail."

"Bheil thu às do rian a mhic na galla?" a' chiad fhreagairt a fhuair
e, ach mar a bha na lathaichean a' dol seachad, beag air bheag bha
i a' blàthachadh ris a' bheachd, no co-dhiù a' faighneachd barrachd
cheistean. Mar an trosg air ceann an dubhain, air a shocair, e ga
rothaigeadh a-staigh.

'S ann le deagh cheann-àrd is brag na cheum a shìn Mìcheal an
dram a-null gu Nora, e làn misneachd leis an tuigse gun robh seann
chumhachd ro-fhurail a bheòil bhrèagha fhathast aige. A' faicinn
Eamag, dram na làimh a' tighinn a-staigh dhan rùm, dh'fhàs Mìcheal
iomagaineach. Rud gu math neo-àbhaisteach gun suidheadh ise nan
cuideachd le dram. Mar as tric bhitheadh i cho dripeil air feadh an
taighe gus am falbhadh i dhan rùm aice fhèin, gach car dèante.

Bheil dad cho cumhachdail ri neach ann an rùm agus i sàmhach,
balbh, a sùilean biorach a' faicinn 's ag òl a-staigh a h-uile facal. Thog
i dram, a' gabhail deagh bhalgam, agus dh'fhairich Mìcheal a sùilean
a' laighe air. A' coimhead a-null oirre, bha a h-aghaidh gun sgleò a
dh'innseadh co-dhiù bha i leis no na aghaidh.

Bha an rùm blàth. Thòisich dramaichean an fheasgair air fhallas a thoirt a-mach. Shuath e nèapraige ri bhathais.

"Bheil thu ceart gu leòr Dad? Tha thu a' coimhead caran glas." Dh'èirich Nora gu grad. "Dè th' ann a Mhicheil? Eamag fosgail an uinneag."

"Oh bidh na cuairtean seo gam bhualadh bho àm gu àm. Fallas agus an uair sin crith-fhuachd. Chan eil cion grèine a' cuideachadh. Tha an geamhradh fada."

Cha robh mòran guth mìneachaidh ga thoirt air an tinneas a thug Mìcheal dhachaigh a bhàsachadh an uchd luchd a ghaoil. Bha an diagnosis rudeigin farsainn. An ceann ùine ghoirid chaidh aillse mharbhanta gu aillse a ghabhadh leighis le sàmhchair agus deagh bhiadh is blàths. A thaobh Nora iompachadh chun a' phlana an dithis aca a dhol a dh'fhuireach am Mallorca, 's e geamhradh dorcha, fada gun bhlàths an trof na chròig. Dè an ùine a bha aige air fhàgail, bha e doirbh a ràdh, ach gu cinnteach bheireadh aimsir thioram, bhlàth bliadhnachan a bharrachd dha. 'S e na bliadhnachan prìseil sin a chur seachad còmhla ri Nora, well, b' e sin amas a bheatha.

Thog Eamag a' ghlainne gu a beul, ga tràghadh. "Uill," ars ise, agus i seasamh suas mar tè a bha dol a dhèanamh oraid an taigh nan cumantan. An dithis eile nan suidhe a' coimhead oirre mar iseanan eòin agus an guib fosgailte a' feitheamh ri botaig. "Nach eil fhios agad dè nì thu Mhamaidh. Dè tha gad chumail gun a dhol a-null a Mallorca. Mura còrd e riut nach fhaod thu tilleadh. Cumaidh mise an taigh-aoigheachd a' dol gun strì."

Aig an t-sionc a' nighe a fiaclan, i fàsgadh a' chuid mu dheireadh toothpaste a-mach às an tube, na paideàmas ghorm 's an dath air falbh asta, bha beagan a bharrachd dath a-nochd anns an aodann bhiorach, ghlas. Rinn Eamag gàire bheag rithe fhèin san sgàthan, a cridhe a' bualadh beagan nas luaithe. Cothrom air an taigh-aoigheachd a ruith na dòigh fhèin! A ceann a' goil le planaichean 's dòighean air barrachd airgid a dhèanamh às. A màthair a bhith mach às an rathad oirre greis, nach ann a sin a bhiodh an saoirsne! An òinseach ise! Ciamar a bha i a' cur suas ris an duine ud… gun facal fìrinn a' tuiteam às a bheul? Bha na breugan cho follaiseach, ciamar a bha a màthair, boireannach cho dòigheil, toinisgeil, bragail, a' toirt feairt no èisteachd ri sgudal bhreugan luideach. Bha i mar boireannach fo gheasag air a tùr a chall. Gabhaidh i dìol dheth. 'S e an rud a bha cunntais an dràsta gun robh ise, Eamag, dol a bhith ruith an taighe-aoigheachd. Na dòigh fhèin!

* * *

Air uachdar na leapa bha dà bhaga mhòr nan laighe fosgailte. Aon fhear leathach làn, am fear eile falamh. Air a socair bha Sìle a' taghadh agus a' togail aodach bhon rèile sa phreas-aodaich, ga phasgadh a-staigh dha na bagannan. Gheàrr i tiocaid far cùl na seacaid bhog, ghlais agus chuir i oirre i, a' toirt sùil luath anns an sgàthan. Bha i le briogais dhen aon dath, t-shirt phionc agus brògan cofhurtail, a' falt air a cheangail aig cùl a cinn. Dorcha nuair a thòisich i ri pacadh a' bhaga, bha a' ghrian a-nist ag èirigh, a' crathadh a gathan buidhe a lasadh na madainn a' gealltainn latha ùr eile. A' dùnadh nan cùirtearan a bhàthadh a-mach soillse na grèine, thog Sìle na bagaichean, gan slaodadh leatha sìos an staidhre. Chuir i air an rèidio, i a' gabhail cupa cofaidh, droch naidheachdan an t-saoghail gan innse gu mionaideach. Thionndaidh i gu stèisean ciùil. Buille ceann goirt air tòiseachadh, dh'òl i sìos dà phile, a' cur a' chòrr dhen phacaid na baga-làimhe.

Seachd uairean, bhiodh cho math a bhith aig a' phort-adhair tràth. A' cur cuairt air an taigh, rinn i cinnteach gun robh gach uinneag dùinte agus gach plug dealain air a chur dheth. A' toirt an aire gun robh i a' cluinntinn fuaim ceòl ìosal a' tighinn bhon rèidio, stad i tiotan, an t-òran a' cur na cuimhne fear dhen fheadhainn a ghabh Éamonn chionn oidhcheannan air ais...

"Who will bring me flowers when it's over..." Chitheadh i rithist e a' coimhead oirre agus e seinn... "Who will bring me comfort when I'm cold." A' cur dheth an rèidio, thog i dìtheanan a-mach às a' bhàs aig an doras agus chuir i car do dh'iuchair an dorais a-muigh ga ghlasadh, i a' caitheamh nan dìtheanan dhan bhucaid sgudail san dol seachad.

134

Na cabhaig na leth ruith tron phort-adhair, an t-àite a' snàmh le daoine a' slaodadh bhagannan agus clann às an dèidh, shaoil i gu fac' i coltas Nora air a fiaraidh. I an impis a dhol a-null far an robh i, thug i an aire do fhireannach caol, robach ri taobh a' bhoireannaich agus thuig i nach b' urrainn gur e Nora a bh' ann.

"Fhlòraidh cà' bheil thu!"

Carson a dh'fheumadh Flòraidh a bhith anmoch daonnan. A' coimhead thuice is bhuaipe chan fhaiceadh i sgeul oirre, bha i a' toirt a-mach a fòn agus a' bruthadh na h-àireamh aice nuair a chuala i an èigh, "Oh Mham... Thugainn. Ma nì sinn cabhag nì sinn an gnothach air cofaidh 's bonnach mus tig sinn air bòrd."

Dh'fhairich Sìle teannachadh beag na mionach. Carson a dh'fheumadh i a bhith daonnan a' smaointinn air a brù. 'S beag an t-iongnadh gun robh i cho reamhar! Math dh'fhaoidte gur e deagh rud a bh' ann gun robh iad gu bhith còmhla airson greis, gheibheadh i cothrom Flòraidh a chur air diet.

'S e turas gu math fada a bha romhpa, mun ruigeadh iad Brazil. Bha Seumas gu bhith an sin sia mìosan agus bha e air cothrom a chur air dòigh do Fhlòraidh a bhith ag obair còmhla ris dà mhìos. Dhèanadh seo feum airson a Portuguese a thoirt an aghaidh. Thàinig brath iad a thighinn a-nall gu Brazil gun mòran ùine airson ullachadh ach 's e sin riamh an dòigh aig Seumas.

"Pain au chocolat, Mam?"

Chrath i a ceann a' diùltadh, i na suidhe le cupa cofaidh dubh, Flòraidh a' deoghail an t-seoclaid a bha air sruthadh air a corragan. A' fosgladh a baga-làimhe thug Sìle a-mach dà phile, gan slugadh sìos leis a' chofaidh theth. Chuir na dhà a ghabh i na bu tràithe air falbh an ceann goirt, ach bheireadh na dhà seo a-nuas ceò socair air a h-inntinn, a' bàthadh a-mach gach smuain 's faireachdainn. Bha Flòraidh beothail, togarrach, làn phlanaichean, a' bruidhinn gun stad air an turas a bha romhpa, i a' leughadh bho leabhar beag air gach tlachd 's sealladh a bha i ri fhaicinn ann an Sao Paulo. Bha Sìle a' dèanamh a dìchill a h-ùidh a chumail anns a' chòmhradh gus an do leig na pilichean a-nuas an cumhachd, gun i a-nist ach a' faicinn

beul Fhlòraidh a' fosgladh 's a dùnadh. 'S ann le mòr fhaothachadh a
fhuair i, mu theireadh thall, air suidhe anns a' phlèana agus a sùilean
a dhùnadh.

A' coiseachd a-mach air an tarmac, a' gàireachdaich mar dithis
dheugairean, Nora agus grèim aice air làimh air Mìcheal, a ceann
aotram leis a' cheum a bha roimpe agus na dramaichean a bha i air a
ghabhail. Mìcheal e fhèin aotram leis na dramaichean, a' bruidhinn
's a' gàireachdaich ri duine mu seach. 'S ann gu math riaslach a bha na
bagannan acasan air am pacadh, an t-aodach air a chaitheadh a-staigh
annta.

"Rud sam bith a tha dhìth oirnn Nora, nach ceannach sinn thall am
Mallorca e."

Chaidh am plana falbh a dhèanamh cho luath, Mìcheal air
chlisgeadh air eagal 's gun atharraicheadh Nora a h-inntinn. No gun
tigeadh a h-inntinn atharrachadh dhi.

Eamag cho doirbh a leughadh, cha robh e buileach a' tuigsinn
carson a bha i cho deònach gu falbhadh a màthair còmhla ris a-null
thairis. Na cabhaig air feadh a' chidsin agus i ag ullachadh bracaist,
cha robh i a' toirt mòran aire dha a pàrantan. Ma bha i diombach
gun robh an dithis a' gàireachdaich 's ag òl dhramaichean cho tràth sa
mhadainn, cha do dh'innse a h-aodann guth. Shaoil Mìcheal gur ann
an bha cabhag oirre a màthair fhaighinn a-mach an doras.

Cop ma bheul leis na bha aige de phlanaichean airson na beatha
ùr a bha romhpa, bha Mìcheal aotram, saoirsneil a' faighinn air falbh.
Bliadhnachan ann an dùthchannan blàtha air fhàgail cho dis, an
caitheamh-beatha toinnte, dùinte a bha aig a dhaoine aig an dachaigh
fuadain dhàsan a-nist. Ri thaobh na suidhe bha Nora cho aotram ri
nighean òg. An t-seann nòisean a ghabh i do Mhìcheal cho làidir
's a bha e riamh. Ma bha ceist no iomagain na h-inntinn bha i ga
mhùchadh sìos. 'S e cothrom ùr a chaidh a thoirt dhaibh an seo airson
beatha thoilichte còmhla. Barrachd agus barrachd bhon a thill Mìcheal
dhachaigh thuice, bha i a' cur na coire oirre fhèin nach do dh'obraich am
pòsadh aca. Bha ise fada cus teann na dòigh, ro luath air a teangaidh,
ro mhath air a bhith a' toirt seachad òrdain. Cò am fear ris an còrd sin?

'S e bh' ann am Mìcheal ach duine dha fhèin, eun saoirsneil. Iolaire. Chan eil a dhìth air an iolaire itean a bhith gan giorrachadh. Na shuain chadail ri a taobh, nas coltaiche ri cuthag agus na h-itean air tuiteam às, na bha e ri iolaire, bha Mìcheal, an dram air teòdhadh air, a ghob fosgailte agus srann aige.

Caibideil 17

Shlaod Fiona bann a sgiort phleatach, dhonn teann ri a meadhan, i a' tarraing a-steach a h-anail. Cha robh e a' dèanamh diofar sam bith, cha rachadh e faisg a' mhìle, a brù ro mhòr, a sgiort ro bheag. Bha blobhs cotain pinc teann mu a broilleach, na putain a' sgiamhail. Nan sìneadh air uachdar na leapa bha ultach de bhriogais 's bhlobhsaichean. H-uile gin ro theann.

"Fiona, bheil thu sin? Bheil bogsa agad anns an cuir mi na bonnaich seo?" Màiri Thormoid air tighinn a-nall caran tràth, iad le chèile a' dol chun na sgoile, gu feasgar tì 's cèic.

"Cha bhi mi tiotan, coimhead anns a' phreasa fon t-sinc, bogsaichean a-staigh a sin." Chaith Fiona an sgiort dhonn 's am blobhs pinc gu aon taobh, i a' faighinn lorg air briogais dhubh air an robh bann lastaig. Teann mun a' chruachain fhuair i oirre i. Geansaidh farsainn glas. Scarf pinc mu a h-amhaich. Dh'fheumadh i aodach ùr a cheannach. Bhiodh Fearghas a' gearain. Math dh'fhaoidte gu faigheadh i teansa air a dhol gu bùth carthannais.

An cidsin falamh, bha Màiri Thormoid air an cothrom a ghabhail goireadaireachd timcheall. Ach coltas an àite! Ciamar a bha Fiona ag amas air obair am broinn a' chidsin seo? Neo ar thaing nach robh na bonnaich a' coimhead brèagha, le siùcar dearg is pinc is purpaidh mun uachdair. Soithichean, spàinean, min fhlùir uighean... Airson diog bheag smaointich Màiri Thormoid air sgioblachadh a dhèanamh, i leigeil bhuaipe an smuain gu math luath.

Dè na litrichean a bha cùl a' choire? Cunntas na h-electricity. Nach beag a bh' aca ri phàigheadh taca ris a' chunntas a bha tighinn thuicese? Litir on ospadal, deit airson scan. "Och Fearghas truagh, 's e pilichean is ospadail pìos mòr dhe bheatha a-nist."

A-staigh na cabhaig dhan chidsin, a' slaodadh oirre còta, ghlac Fiona i a' coimhead am broinn nam poitean air an stòbh. "Mm, fàileadh math a' tighinn às a' phoit a seo Fiona. Bha dùil 'am gu robh Fearghas coma de bhiadh spìosrach?"

"Stifado."

Choimhead Màiri Thormoid air a nàbaidh. 'S ann a' sìor fhàs neònach a bha i bhon a ghabh Fearghas an grèim-cridhe, a' leum o rud gu rud, aon chòmhradh a' stad deis mheadhan seanchais, i a' dol gu cuspair gu tur eadar-dhealaichte. Bha e doirbh cumail suas rithe. "Cùm grèim teann air lud na poit, agus bheir leat a-mach dhan chàr e. Oh tha mi an dòchas gun còrd Stifado ri Seòras. Seòras Rafartaidh agus e cho laghach, nach eil a Mhàiri, bhiodh e math nam faigheadh e cuideigin seach a bhith leis fhèin an siud. Nist, an d' fhuair thu bogsa airson na bonnaich? Chan eil fhios cuin a fhuair mi gu feasgar Cofaidh 's Cèic aig an sgoil mu dheireadh."

Bha Fearghas gu bhith aig ionad an dotair fad an fheasgair agus iad gu bhith a' dèanamh grunnd dheuchainn gus faicinn dè an t-adhartas a bha air tighinn air a shlàinte. Bha sin a' fàgail Fiona le ùine dhi fhèin airson a dhol chun na sgoile.

Na suidhe anns a' chàr, poit bhlàth na h-uchd, bha ceann Màiri Thormoid a' goil. Carson a bha Fiona a' toirt poit chùbhraidh gu feasgar cofaidh 's cèic? Fàileadh nan spìosraidhean a' bualadh a sròine a-nist. Cha bu toigh leatha biadh dhen t-seòrsa. Dh'fheuch i crathadh salainn creamh air aran 's càise air a leaghadh aon turas, bha gu leòr mhòr a sin. Spìosraich! Yeuch.

Cò fear a bh' ann an ...Stefado? Stefado? An robh cuideigin ùr sa bhaile gun fhios aicese air? An robh an Stefado a bha seo, a' suirghe le Seòras Rafartaidh? An e sin a thuirt Fiona? "...Bhiodh e math nam faigheadh Seòras cuideigin..." Seòras Rafartaidh? Mm. Chan fhaca ise riamh le boireannach e, ceart gu leòr. Uill, uill. Cò chanadh?

* * *

"An gabh thu balgam beag eile tì Fiona? Tha e cho math d' fhaicinn an seo. Och tha a' chlann gad ionndrainn cho mòr." Fuaim cloinne ag èigheach 's a' cluich 's a' ruith. Boireannaich ag òl tì 's a' cabadaich. Talla bheag na sgoile làn, an latha grianach, na dorsan fosgailte agus cuid dhe na pàrantan nan suidhe a-muigh. Bha e a' còrdadh gu mòr ri Fiona a bhith seo. A' toirt grèim à bonnach milis eile dh'fhairich i blas an t-siùcair a' dol na h-aghaidh, i a' leigeil às am bonnach air an truinnsear.

"Halo Fiona, an gabh thu bonnach eile?"

Sùilean mòra, donn a' coimhead suas oirre, a làmh bheag le craiteachain seoclaid air feadh a corragan. Dh'fhairich Fiona gaol a' sguabadh suas bho a casan gu a cridhe a' faicinn Lauren bheag. A' cromadh sìos far an robh i a' gabhail na cèic, 's ann a thòisich deòir toileachaidh a' spùtadh a-mach bho a sùilean. Air a clisgeadh gun robh i air òinseach a dhèanamh dhi fhèin, dh'fhalbh i na cabhaig dhan toileat mas toireadh duine an aire.

Sheas i mionaid no dhà aig an doras a-muigh a' gabhail oiteag gaoithe. Feasgar trang an dèidh a bhith ann, daoine fhathast a' tighinn 's a' falbh. Màthraichean ùra moiteil a' dol timcheall a shealltainn an leanaibh ùir. Calum Beag aig Raonaid a' sgiamhail, fiaclan a' cur dragh air. Thàinig oirre falbh leis na cabhaig gun teansa fhaighinn bruidhinn ri Fiona. Oh siud Seòras! Thàinig snodha-gàire mu a beul ga choimhead, casan searraich, lèine robach, gruag na gràisg. Bhuail a cridhe nas luaithe. Càite an robh Miss MacDougall? Oh siud i a' dol a-staigh chun an toilet. Na cabhaig dh'fhalbh Fiona às a dèidh.

"Eilidh!"

Choimhead Fiona an robh duine timcheall ag èisteachd. Cha robh i cho eòlach sin air Eilidh, nighean thana, bhàn, shàmhach aig an robh nòisean mòr do Sheòras Rafartaidh, nòisean a bha follaiseach dhan a h-uile duine ach do Sheòras.

"Tha mi a' cluinntinn gu bheil thu dol gu suipeir a-nochd shuas aig Seòras? 'S ann bhuamsa a fhuair e iasad leabhar còcaireachd, 's toigh leat biadh Grèigeach, bha e ràdh. Na seasamh a' coimhead agus a sùilean a' dol an taobh ud agus an taobh eile, a beul fosgailte a' feuchainn ri ciall a dhèanamh dhen chòmhradh, rinn Eilidh bìog bheag.

"Och Eilidh! Nach mi a tha luideach, cha do dh'fhaighneachd e fhathast dhut. Oh 's ann annamsa a tha a' chlab chuileig!"

Dh'fhalbh Fiona gun an còrr a ràdh, i a' tilleadh a-staigh chun na tì, a' fàgail Eilidh anns an toileat gun chuimhne aice a-nist dè chuir a-staigh ann i, an ceann aice a' dol agus a cridhe a' seinn. Seòras a' dol ga fiathachadh gu biadh!

Na suidhe air a' phana anns a' chubicle, bha Màiri Thormoid ag èisteachd ris a' chòmhradh a bha a' dol taobh a-muigh an dorais, i a' draghadh a' phàipeir gu socair bhon rola. Seòras Rafartaidh a' toirt Eilidh NicDhùghaill gu biadh? An robh fhios aice mu dheidhinn Stefado? Dè an gnothach a bha aig Fiona ris a h-uile sgath dheth seo? Cho trang a' draghadh 's a' cnuasachadh, bha liaparan de phàipear aice air a dhraghadh bhon rola, a-nist na shuidhe na chruach mhòr, gheal na h-uchd.

Anns a' chidsin bha Ealsag Eàirdsidh trang a' lìonadh uisge goileach airson tuilleadh tì. Nan, an nighean aice, ri a taobh a' gearradh suas ceapairean. Tè chaol, dhiùid le beagan de char innte leis mar a bha fasan aice a bhith a' coiseachd ris na ballachan mar dhòigh air cumail a-mach à sealladh. Leig Ealsag èibh aiste 's i a' toirt an aire gun robh cèic an impis loisgeadh anns an àmhainn.

"Mach leis a' phoit tì thu Nan! Siuthad, daoine a' feitheamh tuilleadh tì!"

Mus d' fhuair i ùine smaoineachadh air, bha Nan air feairt a thoirt, crith a' tighinn às na casan aice leis an dùbhlan a chaidh a chur ma coinneamh.

"Siud thu Fiona cupa beag eile." Mus do ghlac Fiona cò bha bruidhinn, bha cupa air a lìonadh mu a coinneamh, dà bhonnach eile air an cur air truinnsear.

'S e measgachadh àraid a tha ann am boireannaich, bonnaich 's tì. Fiù boireannach as àbhaist a bhith cho socair, ciatach ri Nan, bha a' phoit tì san darna làimh 's truinnsear bhonnach san làimh eile a' toirt beò cumhachd annta mar a bheir gunna cumhachd do shaighdear.

'S ann nas cruaidhe a bha an glaodh aice a' dol air feadh an rùim mar a bha am feasgar a' dol seachad.

"Òl sin sìos! Ith sin. Gabh tuilleadh. Siuthad tog leat bonnach eile!" Sheas Màiri Thormoid an taobh shìos de Sheòras Rafartaidh, Eilidh ri thaobh agus iad ag òl tì. Rop bhonnach mu bheul Sheòrais, e a' feuchainn ri cumail suas ri mar a bha am feasgar agus ma dh'fhaoidte a bheatha a' sgaoileadh a-mach. Poit bìdh Ghrèigeach na shuidhe an cùl a' chàir aige, agus Eilidh air a fiathachadh fhèin gu suipeir.

A' dol a-null faisg air, chùm Màiri Thormoid a' coimhead air, a' fuireach gu faiceadh i cumadh an fhacail Stefado a' tighinn às a bheul. A' tionndadh gus bonnach no dhà a chur na baga a bhiodh aice a-nochd fhathast, ghlac i an coltas a chaidh eadar e fhèin agus Fiona. Bha rudeigin a' dol an seo? Ach dè? Cha robh i a' dèanamh bun no bàrr dheth. A' toirt deagh ghrèim à bonnach, dh'fhairich i gaosaid a' glacadh na fiaclan is dh'fhalbh i na cabhaig dhan toileat a sgoladh a beòil.

Ceann Fiona a' tòiseachadh ri bhith beagan tuaineil, ghabh i balgam eile dhen tì. An t-àm a dhol dhachaigh ma dh'fhaoidte, chan fheumadh Fearghas a bhith air tilleadh roimpe.

"Fiona." Nall thuice thàinig an guth. Cus tì agus millseagan air sùilean Neataidh fhàgail nas motha fiù nan àbhaist. "Nach laghach d' fhaicinn. Uill dè do bheachd air do phiuthar chèile? Bean a h-aoise! Gu dè idir a bha i smaointinn air, a' fàgail a cosnaidh às a dèidh! A' falbh a-null ga spòrs fhèin a' laighe sa ghrèin ann am Mallorca!"

Thòisich ceann Fiona air bragadaich. Cha robh beachd no freagairt aice airson ceistean Neataidh.

"I fhèin agus Mìcheal air ais còmhla, às dèidh na rinn i do chàineadh air... Trobhad ort Fiona, an do dh'fheuch thu idir air stad a chur oirre? Dè thuirt Fearghas?"

"Oh Fearghas!" arsa Fiona agus i a' bualadh a bathais mar gun robh i dìreach air a chuimhneachadh gun robh leithid a dhuine beò. "Ah Mhàiri, càite bheil thu? Feumaidh sinn falbh. Bidh Fearghas air ais agus gar feitheamh aig an taigh."

Cha robh Màiri Thormoid dà uair riamh cho toilichte guth Fiona a chluinntinn oir cò bha air coiseachd a-staigh ach Ted, an còta fada clò air, e air a shocair a' rùsgadh nam miotagan leathair far a làmhan.

Caibideil 18

"Dè an t-ainm a thuirt thu a bha air a' restaurant seo?"

"Figueira Rubaiyat, Mam. Seall, siud a' chraobh a bha mi ag innse dhut mu dheidhinn. Crann-fìge. Tha i ciad bliadhna. Thog iad a' restaurant timcheall oirre."

Ann an deis mheadhan an rùim bha meanglan mòra craoibhe air sgaoileadh is spreidheadh suas mullach nan cabar. Dh'fhairich Sìle goiriseachadh a' dol troimpe agus i ag amharc suas air an t-sealladh. Na meanglain mar corragan cròg fuamhaire a' dol a bhruthadh na bha na ghlac gu bàs.

Nach iongantach mar a tha glainne leathach slàn do chuid, leathach falamh do chuid eile. Far am faic cuid àilleachd ann an cruth fiù 's na corra-chòsaig, chì cuid eile dubh-oillt.

Àilleachd gun tomhas a bha ann am Brazil do Fhlòraidh. Tè a bha air gearradh cruinn-leum deis mheadhan Sao Paulo agus air gach brìgh dheth a thoirt gu teann gu cridhe. Na dathan, am biadh, na daoine, an ceòl. Bha rud ùr mu seach a' glacadh a h-aire. Cho togarrach, toilichte dhith fhèin anns an dùthaich annasach seo, bha e meadhanach furasta do Shìle a bhith anns an aon shunnd. Chan e mhàin gun robh an nighean aice a' faighinn an turais cho inntinneach, ach bha lathaichean sona an dèidh a bhith aca anns na trì seachdainean bho thàinig iad dhan dùthaich seo.

Cha robh Flòraidh ach a' cur seachad beagan uairean a thìde sa mhadainn san oifis còmhla ri a h-athair, agus an còrr dhen latha

bha i fhèin 's a màthair nan luchd-turais. Taighean-tasgaidh, cathair-
eaglaisean, gaileiridhean ealain ùra ma seach, pailteas ri fhaicinn anns
an dùthaich dhathte, smioralach, sgairteil seo. Ceòl-chainnte fuaim na
sràid a' dol gu cruaidh gun stad. Na guthan do Shìle mar geodal nach
tuigidh ise, ach bha Flòraidh air a thogail gu furasta.

'S ann a' fuireach ann an àros àrd-thogte a bha iad. Grunnd
sheòmar mòra, spaideil, gleansach. Rumannan farsaing, fuasgailte,
glan. Balcanaidh fada, glainne far am faiceadh tu a' ghrian ag èirigh
air sràidean gun chadal, agus air an oidhche, baile mòr laiste le mìltean
millean solas deàlrach. Leis gu robh luchd-frithealaidh ga ghlanadh
gach latha, nigheadaireachd ga thoirt air falbh, air a thilleadh paisgte
agus crochte, cha robh car aig Sìle ri dhèanamh. 'S e a' mhadainn bu
mhì-chofhurtail dhi, ruitheam eadar-dhealaichte air an latha aice às
aonais a' ghlanaidh. Dh'fheumadh i an togalach fhàgail nuair a bha na
glanadairean a-staigh, iad a' gluasad cho mall leis a' chlobhd 's an sguab,
iarraidh làidir na bodhaig am putadh a-mach às an rathad agus i fhèin
an obair glanaidh 's sgolaidh a ghabhail thairis. Thall an rathad bha seann eaglais mhòr, ballachan trom le
ìomhaighean naomh, soillse nan coinnlean a' priobadh buidhe, ùrlair
cloiche a' caitheamh mac-talla nan casan bho bhrògan biorach Sìle
a' coiseachd a-staigh. Gach madainn bhiodh i ri faicinn na suidhe
aig a' chùl. Dorcha, fionnar, sìtheil, fuaim seinn nan laoidhean agus
ruitheam na seirbheis a' socrachadh 's a' falamhachadh a h-inntinn.
Fuaim na sràide air a dhùnadh a-mach aig na seann bhallachan a
bha a' tathaich nam fonn bho iomadh ùrnaigh dhùrachdach thar nan
linntean. Fuaim ghuthan ìosal ri chluinntinn a' guidhe. Crathadh
de dhaoine òga is seann, bochd is beairteach nan suidhe feadh nan
dreistean, iad a' falbh 's a' tighinn mar a leigeadh an ùine leotha. Mar
putan a bhruthadh tu air uidheam, a bha a' ràdh 'pause', bha inntinn Sìle
falamh, gach smuain is ceist dùinte sìos. An dùnadh sìos seo aig an aon
àm ga lìonadh suas mar bataraidh a' sùghadh a-staigh cumhachd dealain,
i a' tighinn a-mach à dubharach naomh na h-eaglais na bu treise na bha
i a' dol a-steach. Grian làidir an latha a' toirt oirre speuclairean dubha
a chur oirre, i a' gabhail seachad na cabhaig gun seilladh air truaghain

bhochda a' sporghail an lùib a' bhucaid-sgudail airson criomagan bìdh.
Dath na grèine air a gruaidhean, falt buidhe-bàn air a cheangal
suas na earball eich air cùl a cinn, dreasa fhada, fhuasgailte, aotram,
geal, dh'fhairich Sìle sùilean ga coimhead agus i a' coiseachd a-null a
shuidhe aig a' bhòrd. Ged a bha i air a dìcheall a dhèanamh Flòraidh a
dhraghadh a-staigh dha na bùthan mòra, fasanta a cheannach aodach
ùr, 's e na jeans 's t-shirt dhubh a bh' oirre a-nochd a-rithist. An dithis
aca nas coltaiche ri co-aoisean, na bha iad nighean is màthair.
"Mocoto Mam, 's e sin a tha mi dol a ghabhail."
"Oh Caipirinha dhòmhsa. Tha sinn tràth. Tha min dòchas nach bi
d' athair ro anmoch gun tighinn."
"Chan eil thu a' tuigsinn Mam. 'S e biadh a th' ann am Mocoto, brot
casan mairt."
Cha d' fhuair Sìle ùine airson a cuid sgrath air taghadh bìdh
Fhlòraidh a shealltainn. A' gàireachdaich 's a' bruidhinn cruaidh, staigh
an doras thàinig triùir fhireannach, craiceann lachdann, falt dubh.
Thuig Sìle sa bhad gur ann bho oifis Sheumais a bha iad. Le coltas
diombach rinn i drèin bheag le Flòraidh. Bha i air a bhith an dòchas
gur e an triùir aca fhèin a-mhàin a bhiodh còmhla aig biadh a-nochd.
Ach bha a h-uile coltas gum biodh a-nochd mar gach oidhche eile.
Cha robh iad air oidhche shlàn a chur seachad mar theaghlach bho
thàinig Sìle 's Flòraidh gu Brazil. Ge brith dè dh'fheuchadh Sìle a chur
air dòigh, chuireadh Seumas obair na lùib.
"Oh càite bheil d' athair?" Chaith i na facail gu h-ìosal, dìoghrasach
a-null gu Flòraidh. "Chan eil sinn ag iarraidh a bhith ghlacte aig bòrd
leotha seo às aonais!"
Shuidh Sìle aig ceann a' bhùird, daonnan an t-àite as sàbhailte
dhaibhsan nach eil ag iarraidh a bhith glacte ann an còmhradh.
"Gabh air do shocair Mam, siud Dad a' tighinn."
A-steach an doras, àrd, bragail agus cinnteach às fhèin, thàinig
Seumas. Deise aotram anairt ghlas, lèine gheal. Donn leis a' ghrèin, e
coimhead math. Thog e làmh a smèideadh ri bhean 's a nighean, aire
gu luath a' tionndadh chun an triùir fhireannach, iad a' cruinneachadh
timcheall air, e gan stiùireadh a-null chun a' bhùird. Nall às a dhèidh na

cabhaig nighean òg air tighinn bho cùl a' bhàir, treidhe dheochan aice. "Caipirinha a h-uile duine," dh'èigh Seumas, e air an òrdachadh dhaibh gun fhaighneachd.

Bha an Caipirinha làidir agus gu math luath dh'fhàs na guthan timcheall a' bhùird cruaidh, iad a' bruidhinn tarsainn a chèile, Flòraidh a' dèanamh deagh oidhirp air a' chànan. Bha Seumas a-mach 's a-steach on doras a-muigh a' bruidhinn air a' fòn-làimhe, Sìle sàmhach aig ceann a' bhùird, fàileadh làidir biadh Fhlòraidh a' fuireach na sròin. Thug e trì Caipirinha mus do thuit ceò socair timcheall oirre. Blas liomaid is siùcar mionnt. Bha cumhachd na deoch làidir a' toirt air an rùm mas fhìor sgapadh a-mach, meudachd a' bhùird a' fàs fada, a' gluasad Sìle pìos air falbh o chàch.

Thug i an aire do bhoireannach a' tighinn a-staigh na cabhaig agus a' dol a-null gu Seumas, lioparan phàipear aice. Thug esan sealladh luath orra agus chuir e am broinn a mhàileid iad. Solais an restaurant gu math ìosal, bha e doirbh a faicinn dòigheil. Aois? Doirbh a ràdh. A h-aodann a' coimhead nas sine na aodann Sìle. Gun fhiosta dhaibh pèin, bidh boireannaich a' dèanamh breithneachadh air tè sam bith a thig a dh'àrainn an duine aca. Gu h-àraid a' gàireachdaich riutha mar a bha i seo. Thog am boireannach slios sithinn on truinnsear aig Seumas, i ga stopadh slàn na beul, struth sabhs a' dòrtadh sìos a' broilleach. Le lasgan gàire dh'fhalbh i a-mach an doras. Nach ann oirre a tha an tòin 's a' bhrù, shaoil Sìle. Carson nach do chuir i oirre blobhs farsainn? Cuin a chunnaic am falt fada dorcha sin cut and blow dry?

An uair a' streap ri uair sa mhadainn bha srann Sheumais a' cumail Sìle o chadal. Dh'èirich i, a' dol a-mach a shuidhe air a' bhalcanaidh. Cha robh deò ann, i air a cuartachadh le blàths trom, claoidhte an dorchadais. Shuas àrd anns na neòil, àite còmhnaidh do bheartaich na dùthcha seo. Mar as fhaide air falbh bho talamh 's ann as fheàrr leotha. Solas na tùir àird a' priobadh 's a' deàlradh gun stad. Gu fada, fada shìos gu h-ìosal chitheadh i na sràidean fhathast trang le daoine, iad mar seangain a' gluasad tron oidhche. A h-inntinn falamh na suidhe san dorchadas, thug i an aire do chupall a' tighinn a-mach chun a' bhalcanaidh an taobh thall dhi. Coltas òg air an dithis, glainneachan aca, fìon ga lìonadh. Còmhradh 's bruidhinn. Mar gum biodh i a' coimhead sealladh air telebhisean, chùm Sìle a h-aire air an dithis. Ùr san t-suirghe a rèir mar bha iad gan giùlan fhèin, shaoil i. Gu math luath thòisich cnèadachadh 's pògadh, ise rùsgadh dhi a h-aodach agus a' falbh air làimh airsan a-staigh an doras.

Chuimhnich Sìle air bliadhnachan ùra a' phòsaidh aice fhèin agus Seumas, pògadh is cnèadachadh, cha chumadh e làmhan dhith, cion na shùilean, gaol na chridhe. A' leum dhan leabaidh feasgar agus a' fuireach innte. Nuair a bhiodh Seumas air falbh i cunntais nan lathaichean gus an tilleadh e. Cuin a shìolaidh an dol 's an goil a bha sin sìos? Am falbh sin on h-uile pòsadh nuair a dh'fhàsas dithis eòlach, cofhurtail còmhla? Dh'fhaodadh i a dhol a-staigh an dràsta agus Seumas a dhùsgadh...

Thàinig snodha-gàire mu a beul agus i a' leigeil le a gùn-oidhche sìoda tana tuiteam sìos a' gualainn, i a' coiseachd gu socair a-staigh far an robh Seumas na chadal. An cuibhrig air a leth chaitheadh dheth, a chom dìonach làidir, rùisgte.

Dh'fhairich i a beul tioram agus thàinig miann làidir thuice airson deagh chupa tì. Thionndaidh i air a sàil a' draghadh suas a gùn-oidhche. Chaidh i dhan chidsin agus chuir i air an coire.

147

Caibideil 19

A' ghainmheach theth a' loisgeadh bonn a casan, shlaod Nora brògan a-mach às a baga gu cabhagach. Aon uair deug, bha a' ghrian àrd agus an tràigh làn dhaoine. Thug i greis mus do lorg i àite socair, sàmhach pìos air falbh bho chloinn ag èigheach 's a' cluich, fuaim nan stuadhan a' sloisrich 's a' luasgadh 's a' bristeadh mar cèol ciùin na cluasan. Mhair i deich mionaidean na sìneadh, a' ghrian ro làidir às aonais sgàilean. A' grunnachadh a-mach dhan mhuir, tonnan laidir a' togail a bodhaig gu furasta, thug i greis a' snàmh. An t-saothair a' socrachadh na h-ulla-thruis a bha dol na mionach 's na h-inntinn. A' tilleadh air ais a shuidhe air an tràigh, chùm i a ceann suas ag amharc fàire feuch am faiceadh i sgeul air Mìcheal am measg nan sreathan dhaoine a' coiseachd a-null 's a-nall air an tràigh.

Madainn thrang gu bhith aigesan a' cur air dòigh soidhne ùr a rachadh mu choinneamh doras a' bhàir. "Cuiridh sinn ainm an dithis againn ann, Mìcheal 's Nora. MINORA!"

Bha e a' dol ga coinneachadh aig meadhan latha, agus bha an dithis aca a' dol a ghabhail biadh còmhla agus an uair sin a' dol a ghabhail còir gu dòigheil air a' bhàr a ruitheadh iad còmhla. Rinn Nora gàire bheag rithe fhèin a' smaoineachadh air an ainm MINORA.

'S e mìos an ìre mhath sona a bha an dèidh a bhith aca. Biadh is deoch is cadal anmoch. An dithis aca a' dèanamh deagh oidhirp a bhith rèidh agus cuspairean doirbh a sheachnadh. Cho eòlach a bhith an ceann gnothaich a' toirt seachad òrdain, 's e suidheachadh mì-chofhurtail a bh' ann aig amannan do Nora, Mìcheal a bhith cho mòr aig an stiùir. Fileanta ann an Spàinntis, bha Mìcheal a' cumail rithe fad an t-siubhail fiù nuair nach fheumadh e, agus bha Nora an ìre mhath air a gearradh a-mach on bharganachadh. Barrachd 's aon turas bha a ceann a' dol tuathal agus plana Mhìcheil ag atharrachadh cho tric. Ceannach a' bhàir air a dhol gu ceannach aonta deich bliadhna air a' bhàr. Cumhnant neo-fhoirmeil an àite cumhnant laghail. Chionn lathaichean a seo bha e air a ciall a chur air a gualainn a' feuchainn ri cumail suas ris.

A' cur a làmhe air sporan beag uisge-dìonach ceangailte mu a meadhan dh'fhairich i cumadh an rola teann, fichead mìle euro, lastaig air a shuaineadh timcheall air. Muigh no mach cha robh i a' dol a dhealachadh ris gus am biodh iad le chèile gu seasgair air cùl a' bhàir, ga ruith dhaibh pèin, an soidhne MINORA os cionn an dorais. A' cluinntinn na fòn a' dèanamh gliong leum i thuice, teacsa bho Eamag a' faighneachd ciamar a bha am bàr ùr? Chumadh i gun fhreagairt gus an robh iad am broinn a' bhàir an-diugh fhathast.

Chaidh leth-uair eile seachad, Nora a' fàs mì-fhoighidneach. Carson a bha Mhìcheal daonnan anmoch! Càite an robh e? A' spìonadh na fòn a-mach às a baga, thòisich i a' bruthadh na h-àireimh aige. Thug i tiotan no dhà mus do thuig i gur ann am bonn a' bhaga aice fhèin a bha fuaim fòn a' gliongadaich a' tighinn. Le struth ghuidheachan chaidh i a sporghail am bonn a' bhaga a thogail fòn Mhìcheil. Liuthad turas a bha Mìcheal a' call na fòn no ga fàgail às a dhèidh. 'S e i fhèin a bha air an tè seo a cheannach dha, i sgìth ga fheitheamh gun fhios aice càite an robh e. Thòisich fallas a' cruinneachadh air mullach a cinn agus sruthadh sìos a h-aodann, i teannachadh a crògan nan dùirn leis a' chaoch.

"A Mhìcheil, a mhic fhireann cà' bheil thu!"

Choisich i air ais chun an taighe, an caoch air sìoladh sìos, ma dh'fhaoidte gum biodh Mìcheal ga feitheamh an sin, botal fion fuar aige, dìtheanan air an goid a-mach à gàradh, plìonas o chluais gu cluais. Aidh, sin a bhiodh ann, 's fheudar gun do thog Mìcheal am plana ceàrr. Cha do thuig e gur ann air an tràigh bha iad a' dol a choinneachadh. Leithid am broinn a' chinn aige na làithean seo. Rinn i cabhag

a' coiseachd sìos na sràidean dustach, gainmheach a' rùsgadh bonn a
casan. A' tionndadh na h-iuchair anns an doras, leth dhùil aice a-nist
gun robh e a-staigh roimpe, "Mhìcheil bheil thu sin? Bheil thu staigh?"
Bha an t-àite falamh, sàmhach, fionnar, dorcha. Na cùirtearan
dùinte a' cumail a-mach na grèine. Bhiodh i toilichte gluasad a-mach
às an taigh bheag seo, nach robh mòran nas motha na carabhan.
Chuir iad seachad a' chiad seachdain ann an taigh-òsta spaideil, biadh
dhen h-uile seòrsa agus deoch na thorran, nan laighe san fheasgar ri
taobh amar-snàimh. Mìcheal làn spòrs is gàireachdaich, bha iad mar
dithis òg air ùr phòsadh, leisgeul sam bith gus tilleadh dhan rùm agus
dhan leabaidh, ged aig amannan a bha Nora toilichte gu leòr a bhith
air a fàgail aig fois na sìneadh ri taobh an amair le leabhar 's dram.
    'S ann le Alonso a bha an t-àite-fuirich san robh iad a-nis. Duine
lachdainn, sleamhainn a' gàireachdaich 's a' sealltainn fhiaclan. Bhiodh
e a' coiseachd a-staigh nuair bu lugha a shaoileadh tu. Gu neo-
àbhaisteach 's e Mìcheal a bha ag iarraidh gluasad a-mach às an taigh-
òsta spaideil gus an t-airgead aca a chaomhnadh. Thug Alonso dhaibh
an t-àite beag robach seo, feumach air barrachd air deagh sgrìob
peant, an asgaidh. Bha àite-còmhnaidh os cionn a' bhàir a ghabhadh
dèanamh suas aon uair agus gun gluaiseadh iad a-steach an sin. Gu
dè an ceangal a bha eadar Mìcheal 's Alonso, bha e doirbh do Nora
obrachadh a-mach. E fhèin agus Mìcheal a' bruidhinn cho ealamh ann
an cànan nach tuigeadh ise.
    Leum Nora a-staigh fo uisge fuar an fhrasair, an t-aodach traghad
aice air a chaitheamh dhith, a' fàgail struth dubh gainmhich air an
ùrlar. Ghlac i a faileas anns an sgàthan agus i tiormachadh a fuilt.
Coltas fallain a' coimhead air ais oirre, sùilean a' deàrrsadh. Saoghal
ùr a' tòiseachadh roimpe. Oh nach math beatha dhiofraichte seach
a bhith ceangailte ri taigh-aoigheachd! 'S e grian 's blàths 's saorsa a
bhiodh anns a' bheatha ùr seo. Bha cabhag oirre gus tòiseachadh.
    Dìomhain fada gu leòir a-nist, bhiodh e math faighinn air cùl
a' bhàir, i fhèin agus Mìcheal ag obair còmhla a' toirt gu buil nam
planaichean air an robh iad a' bruidhinn fad na mìos on a thàinig iad
gu Mallorca.

A' taghadh dreasa fhada, fhuasgailte, orains, chuir i oirre beagan lipstick agus steall mhath scent. An uair a-nist a streap gu leth-uair an dèidh dhà, dh'fhairich Nora beagan acrais. Ghabhadh i beagan dhen t-sitheann circe a bha air fhàgail bho bhiadh na h-oidhche raoir. A' fosgladh na frids bha i falamh ach botal vodka is cnogan coke. Nach neònach, bha sitheann an siud sa mhadainn nuair a dh'fhàg an dithis aca an taigh. A' toirt a-mach am botal, lìon i letheach glainne le vodka, chuir i coke na cheann agus thug i deagh bhalgam às. Thug i an ùine ag òl an dram, i feuchainn ri ciall a dhèanamh dhen t-suidheachadh. An do thill Mìcheal air ais an seo ga feitheamh agus nuair nach tàinig i, dh'ith e an sitheann agus chùm e air chun a' bhàir, e ga feitheamh tighinn leis an airgead?

Oh Mhìcheil! Carson nach tug thu leat a' fòn? Bhiodh a h-uile rud cho furasta.

Dh'fheumadh seo stad aon uair agus gum biodh iad a' ruith a' ghnìomhachais còmhla. Leig i leis a thoil fhèin fada gu leòr a-nist, i cho tric a' cluinntinn na casaid bho a bheul gur ise a bhith cho bragail agus daonnan a' toirt seachad òrdain a dh'fhàg nach do dh'obraich am pòsadh aca. Bha i a' dèanamh oidhirp mhòr làmh na fèinne a leigeil leis. Gu leòr mhòr a siud dheth!

A' slaodadh leatha baga-làimhe, an rola airgid na bhroinn, dh'fhalbh Nora na leth ruith sìos taobh na traghad far an robh an streath bhàraichean. Mar gum bualadh dealanach i air cliathaich a cinn, thàinig e a-steach oirre nach fhaca i riamh taobh a-staigh a' bhàir. Chunnaic i dealbhan gu leòr, i fhèin 's Mìcheal gan coimhead gun stad. Chunnaic i taobh a-muigh a' bhàir pìos bhuaipe. Cha robh math do dhaoine an dithis aca fhaicinn timcheall gus an robh a h-uile sìon air a rèiteachadh. Nan tuigeadh daoine gun robh an t-àite ga reic, ma dh'fhaoidte gun tòisicheadh feadhainn eile air ùidh a ghabhail ann agus gun rachadh a' phrìs suas. Nan dèanadh i ceasnachadh sam bith air a seo, bha Mìcheal a' fàs cho crosta rithe. "Dùthaich eile a tha seo Nora, carson nach eil earbsa agad annam? Tha fhios agamsa air na daoine."

A' cluinntinn fuaim fòn a' gliongadaich, shlaod i a-mach às a' bhaga i. Bha i sàmhach, balbh, chan ann bhon fòn aicese a bha an ringeadh a' tighinn ach fòn Mhìcheil! Gu cabhagach bhrù i putan ga freagairt.

"Hallo...?"

"Miguel?"

Thòisich guth troid ri bruidhinn. Guth fireannaich. Mar bu motha a dh'fheuch Nora ri innse dha nach robh i a' tuigsinn, 's ann as fiadhaich a bha an guth a' dol. Bhrù Nora am putan a' cur stad air a' chòmhradh. Crith a' tighinn na làimh, i a' faireachdainn aotram, lag. Na faclan "dinero" agus "deuda" ag èigheach na ceann. Beag agus gun robh aice dhen chànan, bha fhios aice air na faclan airson "airgead" agus "fiachan."

Dè bha Mìcheal air a dhèanamh? Cà' robh e? Saoil an robh e air falach an àiteigin, an dòchas gu faigheadh ise lorg air airson a chuideachadh a-mach à staing? Càite an rachadh i a choimhead?

Paddy's Pint. Bha sin air an rathad gu MINORA, an dithis aca air dhol a sin grunnd thurais, Mìcheal eòlach air na daoine a bha ag òl a-staigh ann.

Bha an sèithrichean an taobh a-muigh Paddy's Pint falamh ach seann bhodach le cuilean. Air an taobh a-staigh 's e nighean bheag, òg a bha a' frithealadh. Dh'òrdaich Nora vodka 's coke, i a' suidhe aig a' bhòrd ga ghabhail. Bha e math a bhith a-staigh a' gabhail fasgadh bho teas na grèine, an dreasa aice fliuch ri a druim. Bha an t-ùrlar salach far an do dhòirt leann, cuileagan a' coiseachd air fheadh, mullach nam bòrd robach le luath cigarette, peant air falbh far nam ballachan. Bha an t-oisean seo dhen bhaile cho feumach air àite beag, glan, sgiobalta far am biodh boireannaich ag iarraidh tadhal airson glainne fìon no cocktail. Dathan soilleir, àirneis fasanta. Thòisich na planaichean airson MINORA a' ruith tro a ceann, an dram air uallach agus amhras a sguabadh a-mach às a h-inntinn. Dè bha ceàrr oirre? Carson nach robh barrachd earbsa aice ann am Mìcheal? I air a cur fhèin ann an snaidhm gun adhbhar sam bith. Carson a bha i na suidhe san àite bheag, robach, fhalamh seo, agus Mìcheal ga feitheamh, a' crochadh suas an soidhne MINORA, agus a' gabhail fadachd carson nach robh i nochdadh? Oh 's ann aige bhitheas an sunnd airson celebrations a-nochd.

Dh'èirich i na cabhaig, ceum suigeartach aice a-mach an doras. Dhubh an t-adhar os a cionn agus dh'fhosgail na neòil, an t-uisge a' taomadh a-nuas, i a' gàireachdaich agus bog fliuch na ruith sìos an rathad. An dìle bhàthte a' dalladh a fradharc, cha tug i an aire an toiseach gun robh i air a dhol seachad air MINORA. Uill, air an àite air am bitheadh an soidhne crochte, rud nach robh. Seidhrichean air an taobh a-muigh air an torradh còmhla, na bùird nan sìneadh ris a' bhalla, doras a' bhàir a-staigh dùinte. Cha robh i a' faicinn duine timcheall. Thòisich goil na mionach, "Mhìcheil a bheil thu sin?"

Dh'èigh i a-rithist, nas cruaidhe an turas seo. "MHÌCHEIL, BHEIL THU SIN!"

Dh'fhosgail an doras gu grad, boireannach a' leum a-mach le coltas gu math troimh-a-chèile. Falt fada dubh ma sgaoil air feadh a cinn, sùilean mòra, donn, cianail. "Miguel! Donde est a Miguel?"

Na làimh bha nèapraige aice, i ga suathadh ri a sùilean, struth dubh mascara a-nuas a h-aodann. Anns an làimh eile glainne bhriste. "Please Miguel's sister... He is gone... gone. Oh Miguel!"

Bha caoineadh a' bhoireannaich a' sìor fhàs cruaidh, a' dol a-nist gu rachdail. Phut Nora a-mach às an rathad i, a' coiseachd roimpe a-staigh an doras. Spealgan crèadha 's glainneachan briste air feadh an ùrlair. Coltas gun robh caoch ma sgaoil.

Dè cho luath 's a bheir e dhuinn suidheachadh ùr a thuigsinn? Na planaichean a chaidh a dhèanamh gu dòigheil, dùrachdach air falbh oirnn mar dust air feadh na gaoithe. A' toirt an rola airgid a-mach às a baga, gu socair dh'fhuasgail Nora dheth an lastaig, a' sgaoileadh a-mach aon nòta de dh'fhichead Euro, air a shuaineadh timcheall grunnd phìosan pàipeir falamh.

Caibideil 20

"Gug Gùg…"

Sheas Fiona, a làmh ri a cluais ag èisteachd. A' chuthag air tighinn, i gu math anmoch am-bliadhna. Binn 's gu bheil ceileireadh na h-uiseig 's smeòraich, 's e seinn na cuthaig a bheir aighear gud chridhe. Dhòirt i beagan uisge air na poitean fhlùraichean, dathan dearga is purpaidh, pinc is buidhe a' brùchdadh a-mach mullach na poite. Chan iarradh Fiona an còrr ach a bhith a-muigh anns a' ghàradh. Na laighe sa bhlàths, shìn Maoisidh a-mach a casan gu leisg, Fiona ri a taobh air a dà ghlùin a' glanadh a-mach nan ròsan. 'S ann a' sìor fhàs blàth a bha a' mhadainn, an t-adhar gun sgleò, grian mhòr, bhuidhe a' deàrrsadh. A cardigan ro bhlàth, sheas Fiona ga thoirt dhith, ach a' faireachdainn gun robh an t-shirt aice a-nist a' coimhead ro theann mu a meadhan, a brù ro chruinn. Thill i air ais oirre e. Tron uinneig chitheadh i Fearghas na shuidhe a' coimhead snooker air an teilidh. Bochd nach gabhadh Fearghas ùidh anns a' ghàradh. Nach e grian agus beagan coiseachd is eacarsaich a dhèanadh feum dha. A' cluinntinn càr a' seinn dùdach thionndaidh i ris an rathad mhòr, a' faicinn Sheòrais Rafartaidh a' smèideadh rithe, Eilidh na suidhe anns a' chàr còmhla ris.

"Tha soithichean agam an seo leat, Fiona."

A' sìneadh a-nall thuice na soithichean tro uinneag fhosgailte a' chàir, dh'fhairich i leum aoibhneis na cridhe, an dithis cho freagarrach air a chèile. Eilidh, a gruaidhean pinc, bha deàrrsadh nan sùilean aice ag innse cho moiteil 's a bha i gun robh i fhèin agus Seòras a' suirghe.

"Bha e cho còir dhut Fiona, a bhith a' dèanamh biadh do Sheòras. Feumaidh sinne biadh a dhèanadh dhut fhèin agus do Fhearghas oidhche air choireigin."

"Sin thu fhèin a Sheòrais, nach tu tha air do chasan fhaighinn a-staigh bhon bhòrd."

A' gàireachdaich dh'fhalbh an dithis, a' draibheadh sìos an rathad, Seòras a' caitheamh sealladh ealamh a-null gu Fiona anns an dol seachad.

Thòisich Maoisidh ri miathalaich, a spòg a' putadh truinnsear falamh a bha na laighe air an starsaich, teas na grèine air am pathadh a chur oirre. Shuidh Fiona air a' bheinge bheag an taobh a' bhalla, Maoisidh a' leum suas na h-uchd ga dèanamh fhèin cofhurtail, a' suathadh a cinn ri brù Fiona agus i durraghail.

"Oh Maoisidh, Maoisidh 's e cat glic a th' ann am Maoisidh. Saoil gu dè chanadh tu rium nan dèanadh tu bruidhinn." Dh'fhàs an durraghail beagan nas cruaidhe.

"Aidh Maoisidh, chuala mi thu. Bainne, tha thu ag iarraidh bainne."

"Nach dèan thu cupa tì fhad 's a tha thu aige," arsa Fearghas gun a shùilean a thogail air falbh bhon telebhisean.

"Rudeigin math leatha. Bheil sìon air fhàgail dhen chèic theoclaid?"

"Cuimhnich dè thuirt an dotair riut. Feumaidh tu gearradh sìos," arsa Fiona agus i a' cur caob math dhen chèic air an truinnsear.

A' fosgladh a-mach a bheòil, thug Fearghas grèim mòr às a' chèic.

"'S ann a tha thu fhèin a' fàs reamhar a chaillich. Deagh bhrù a sin ort." A cùlaibh ris, dh'fhàs aodann Fiona cho dearg ri partan, a làmh air chrith a' fosgladh cnogan a' chait.

"Ged as fheàrr sin seach an coltas aog a bh' ort mìos no dhà air ais. Chan eil dad cho mì-thlachdmhor ri boireannach caol le cumadh bior oirre."

Chuir Fiona seachad an còrr dhen mhadainn anns an lios, i a' feuchainn ri h-inntinn a chumail air falbh bho smuain sam bith ach flùraichean agus an sreath phoitean a bha mu a coinneamh ri lìonadh.

"Oh well, nach ann agadsa a bhitheas na dathan, ach tha thu air tè dhe na poitean fhàgail falamh!" Shuidh Màiri Thormoid i fhèin air a' bheinge, baga bog aice na h-uchd. Thug i a-mach biorain fighe agus ball snàith. Thug i pòile beag a' feuchainn ri lùban snàth fhaighinn air a' bhior fighe, e faileachadh oirre. "Bha mi gad choimhead tron a' phrosbaig. Thug mi 'n aire gun do dh'fhàg thu poit gun lìonadh. Tha i aig a' chùl an siud."

Bha Màiri Thormoid air prosbaig ùr a cheannach, tè chumhachdach, agus bha i aice air a suidheachadh air leth fhalach an cùl a' chùrtair ann an uinneag a' chidsin. Cha robh sian a bha a' tachairt timcheall a' bhaile a' dol seachad oirre. Chùm Fiona oirre a' glanadh nam poitean. Chitheadh i gun robh a nàbaidh agus aileag oirre airson naidheachd innse. I eòlach air dòighean Màiri Thormoid, agus air na rabhdan farsainn aice, shaoil i gum b' e an dòigh a b' fheàrr, leigeil leatha a h-ùine a ghabhail. Leis na bha i a' dèanamh de shuaineadh air a' bhall snàith bha a-uile coltas gun robh naidheachd a b' fheuch a' dol a thighinn. Fhios am biodh ceangal sam bith aig an naidheachd ri Ted?

Bha - amhras aice gun robh Ted a' fàs cannabis anns a' ghàradh lios.

Bha Ted air a dhol mun eanchainn aig Màiri Thormoid, i mionnaichte às nach robh ann ach an droch pheasan, e cho coltach ri fear dhe na caractaran a bhiodh a' nochdadh anns a' phrògram teilidh Columbo. Bha i a' leantail a h-uile ceum a ghabhadh e le droch amhras. Beachd ur mu seach aice air na cuilbheartan a bha e, gu cinnteach, an sàs ann.

"Dè fios a tha agad gur e cannabis a th' ann?"

"Weed Fiona!" Leag Màiri a guth gu cagair. "Weed. Siud a chanas iad ris. Robh thu idir a' coimhead a' film *Saving Grace* a-raoir? Tha Ted a' bruidhinn air weed daonnan."

"Dè fios a tha agad nach e feanntagan a tha e ciallachadh?" Cha robh Fiona a' cur mòran suim dhan chòmhradh.

Na pòcaid làimhsich Màiri Thormoid na duilleagan cannabis a bha i air a ghoid a-mach à garadh lios Ted, a ceann a' goil leis an smuain gun robh stuth mì-laghail aice na làimh. "Contraband!"

Thuit am facal a-mach às a beul gun fhiosta.

"Dè rud?" arsa Fiona gun i ag èisteachd.

"Fearghas? Ciamar a tha e?" dh' fhaighneachd Màiri, a' stiùireadh a' chòmhraidh gu port nas sàbhailte, i air an t-eagal a ghabhail gun robh i air cus innse do Fiona.

"Dè tha an dotair a' ràdh?"

Cha robh an dotair air a dhòigh le Fearghas. Bha e ro reamhar, a' cholainn a' cur strèan mhòr air a' chridhe. Bha e ro throm a-nist airson cus eacarsaich a dhèanamh. Bha Fiona air a sàrachadh aige, e daonnan cho gearainneach, greannach, mì-shunndach.

Bha i a' coimhead rud beag glas san aghaidh ceart gu leòr, shaoil Màiri. Mar gun cuireadh i feum air deagh chadal. Fhios gur e tha doirbh a bhith pòsta? Òrdain gun stad. Dè an tlachd a tha boireannach a' faighinn às? Taing do shealbh nach do smaoinich i fhèin riamh air leithid a rud. Siud Fiona thruagh agus gun sìon air a h-aire ach Fearghas a shlànachadh.

"Tha fhios agamsa dè nì thu," arsa Màiri Thormoid agus i a' suidhe suas, na faclan a' sruthadh a-mach. Am faca thu prògram air an teilidh o chionn cola-deug, *FatSo*?

"Fatso?"

"Chan e. *Fat! So*? Idea ùr a thàinig à Ameireaga. Tha tòrr psychology an lùib a' phlana. Tha iad a' cruinneachadh dhaoine reamhar, a' toirt orra seasamh rùisgte gan coimhead fhèin san sgàthan."

Tron uinneig chitheadh Màiri Thormoid Fearghas, e na shuidhe aig an teilidh. Thàinig dealbh dheth na sheasamh rùisgte mu choinneamh sgàthan gu a h-inntinn, i ga sgiùrsadh a-mach à sealladh cho luath 's a ghabhadh, 's a' fàsgadh a' channabis na pòcaid. "Tha iad an uair sin gan cur air an diet, ach, agus 's e seo an rud a tha cudromach, an oidhche mun tòisich an diet, tha iad a' gabhail biadh mòr dhen h-uile seòrsa, a h-uile rud is toigh leotha, ròic. Millseagan, deoch ma thogras iad. Chan eil sìon air a thoirmeasg. Làrna-mhàireach tha an diet a' tòiseachadh. Psychology Fiona. Agus tha e ag obrachadh."

"Dram? Faodaidh iad dram a ghabhail?"

"Chan eil sìon idir, idir a tha iad ag iarraidh ga chumail bhuaipe, no chan obraich an psychology."

Bha an snooker air tighinn gu crìoch. Chitheadh Màiri gun robh

Fearghas a-nist a' coimhead *Judge Judy*. Nan dèanadh i cabhag, ghlacadh i an darna pàirt aig an taigh. Agus rud eile, bha a làmhan feumach an nighe an dèidh a bhith a' fàsgadh contraband. Mun àm a thog Fiona a ceann, a' feuchainn ri cumadh a chur air ceist eile mun an diet, bha Màiri Thormoid na cabhaig a-null an rathad.

Caibideil 21

A' fàsgadh rud beag eile sùgh liomaid dhan t-siuga mhòr ghlainne rinn na cnapan deigh bragadaich agus Nora a' dòrtadh stuth pinc na cheann. Steall mhath Vodka, 's Cointreau, am fàileadh a' bualadh a sròine, thug Nora a-nuas dà thumalair bhon sgeilp, i a' suathadh rùsg na liomaid mu na h-oirean. A' ghrian a' teannadh ri dhol fodha, bha oiteagan beaga de ghaoth fhuar a' tighinn le faothachadh a-nuas bhon chladach. Beagan de ghainmheach air siabadh a-steach, thog Nora an sguab. Bu toigh leatha am bàr beag a chumail glan, sgiobalta, na bàraichean timcheall a' coimhead feòite, robach. Dath na h-àirneis air blianadh air falbh aig teas na grèine, gainmheach is dust mun ùrlar daonnan. Bha i a' faireachdainn gun robh an t-àite beag seo le chuid peant dathte is àirneis ùr na dheagh tharraing dhan luchd-turais. A' slaodadh fosgailte drathair na *till* chitheadh i gu robh e làn airgid. Latha soirbheachail agus malairt na h-oidhche fhathast roimpe.

"Carla!"

A' cluinntinn a h-ainm, dh'fhàg Carla bhuaipe na truinnsearan a bha i a' sgioblachadh bhon a' bhòrd, i a' tionndadh a dh'fhaicinn Nora a' smèideadh rithe i a thighinn a bhlasad air an deoch a bha i a' lìonadh dhan ghlainne.

"Wow Nora!" ars ise agus am blas a' còrdadh rithe. A' dòrtadh steall bheag eile Vodka dhan t-siuga, lìon Nora tumalair dhi fhèin, i ga bragadh ri deoch Carla le gàire.

"Salud!"

Blas searbh is milis, buaidh na deoch làidir a' caitheamh aotramas gu a cridhe. Cha robh e feumach air mòran, a cridhe agus a h-inntinn aotram gu leòr na lathaichean seo.

Na seasamh aig a' bhàr, thog i suas a siuga ris na daoine a bha a' dol seachad air an rathad air ais bhon tràigh. Bha sreathan dhaoine a' coiseachd a-null 's a-nall fad an latha, òigridh a' chuid as motha, nigheanan agus gillean gòrach a' cluich 's a' mire, èigheach is gàireachdaich gun stad. Fuaim a bha air dol troimpe mar sgithinn nuair a bha i fhèin agus Mìcheal air tighinn gu Mallorca an toiseach. Cha robh fuaim a' cur dragh sam bith air Nora an-diugh, e mar cèol ri a cluasan.

"Cosmopolitan!"

Stad dithis nighean a bha a' coiseachd seachad, iad a' faicinn Nora leis an t-siuga phionc. A' gàireachdaich 's a' smèideadh, a-nall a ghabh iad nan ruith a dh'òrdachadh deoch. Daonnan a' gluasad nan dròbhaichean, cha b' fhada gu robh gràisg òigridh air cruinneachadh aig a' bhàr ag iarraidh deoch. Dà shiuga mhòr eile gan lìonadh le Cosmopolitan.

Èigheach 's bruidhinn a' dùsgadh suas am feasgar leisg, na bàraichean timcheall a' teannadh air fàs trang le daoine a' tilleadh air ais às dèidh latha anns a' ghrèin. Thionndaidh Nora suas an rèidio, a' dèanamh gàire rithe fhèin a' cluinntinn an òrain Walking on Sunshine.

An robh àm riamh na beatha coltach ri seo? Stad i tiotan, i a' togail deilbh leis a' fòn, gan cur gu Eamag. Sealladh dhen bhàr, deochannan ann an streath. Sealladh dhen mhuir ghorm an taobh shìos dhiubh, na bùird le tubhailtean orains is geal, Carla gan sgioblachadh agus i a' gàireachdaich. Ma thug Eamag an aire nach robh guth aig àm sam bith ga thoirt air a h-athair anns na teacsaichean cha do rinn i ceasnachadh sam bith air a' chùis. Cha robh Nora deiseil fhathast airson innse dhi mar a thachair eatarra. Mìcheal le chuid bhreugan air òinseach a dhèanamh dhi, e air teicheadh le airgead ceannaich a' bhàir, dà chridhe briste, brùite fhàgail às a dhèidh.

B' e obair is caoch is deoch a lìon na lathaichean às dèidh do Mhìcheal car mu chnoc a dhèanamh. Latha às dèidh latha a' snàmh tro cheò. Thug an ceò ùine fhèin mus do thog e, e a' fuasgladh a-mach 's a' leigeil le grian bhlàth deàrrsadh a-steach. Oh Mhìcheil, a Mhìcheil, na breugan 's am beul brèagha!

'S e an nàire gun tug Mìcheal an car aiste aon uair eile a bu mhotha a bha a' ruighinn Nora, cridhe Carla gun a bhith eòlach air cealgaireachd dhen t-seòrsa air a phronnadh cus nas miosa. Na deòir aicese a' sruthadh gun tiormachadh, cha robh foighidinn aig Nora a bhith ag èisteachd rithe. Barrachd is aon turas ghlac i a teanga gun tionndadh air a' bhoireannach òg le gruaim.

"Oh sguir a bhurralaich. Tiormaich a spliug far do shròin. Dè an caoineadh a th' ort airson mac na galla. Rud cac esan!"

Ach bha truas a' gabhail àite frionais, i a' faicinn a failis fhèin anns na sùilean dòrainneach, i òg a-rithist agus neochiontach, cridhe bog a' bualadh na h-uchd, Mìcheal air a bhristeadh airson a' chiad uair.

A rèir an t-seann-fhacail, feumaidh a h-uile breug deich breugan eile ga dìon.

Na breugan air a dhol tuathal air, chaidh an fhìrinn na shrainnsear air Mìcheal, agus 's e teicheadh a-mach às an dùthaich an dòigh bu shàbhailte. Chùm Alonso a' lùigearachd timcheall, a' coimhead air a shon, gus an do thuig e mu dheireadh thall gun robh mo laochan air tarraing. Dè cho domhainn 's a bha an staing anns an robh Mìcheal, cha robh e furasta do Nora obrachadh a-mach. Cion a' chànain na cnap starra, agus a bharrachd air a sin, bha pìos dhith nach robh airson fios a bhith aice. Dhùin i doras air an earrann bheag, luideach seo dhe a beatha còmhla ri Mìcheal, agus dhùin i teann e. Geòpadh sam bith a choimhead air cùl an dorais sin a' toirt oirre a bhith a' faireachdainn tinn. Boireannach a h-aois, ciamar a leig i le breugadair air fhiaradh 's oir, brath a ghabhail oirre? Carson nach do dhèist i ri a cuid tùir 's tonaisg? Gun fhreagairt sam bith a' tighinn dhan a' cheist, a bha a' toirt balbhadh dhan stoirm a bha na h-anam, thuig i gur e an dòigh a b' fheàrr gun a bhith idir a' faighneachd na ceist. An dùbhlan mu a coinneamh, i fhèin fhaighinn a-mach às an dìg dhorcha seo às aonais ceann-sìos mu choinneamh dhaoine?

An aon rud a ghreimich i air, agus a ghreimich i air luath, 's e am fiosrachadh gur ann le Carla a bha am bàr. Le bhith a' cuideachadh Carla, òinseach fiù nas motha na bha i fhèin, chaidh a cuid fèin-neart is moit a thilleadh thuice. Ann an ceann ùine ghoirid dhìrich a druim, thiormaich na deòir, dh'fhalbh an nàire.

Rinn e feum do Charla gun do gabh Nora ceann air an t-suidheachadh sgriosail anns an d' fhuair an dithis iad fhèin, i cho taingeil gun robh cuideigin ann a thoireadh seachad òrdain agus a dh'innseadh dhi dè dhèanadh i. Aon uair agus gun do leig i leatha fhèin cnuasachadh air, rud nach do rinn i tric, bha e na iongnadh do Nora cho luath 's a fhuair i seachad air cuilbheart Mhìcheil. Cha robh a gruaidh fliuch le deòir, cha robh a h-inntinn trom fo ghruaimean. Agus an e briste-cridhe a bha ga cumail o chadal? No an e caoch?

'S e Nora a rinn am plana gun ruitheadh an dithis am bàr còmhla. Far an robh an cànan aig Carla agus eòlas air an àite, bha sgilean gnìomhachais aig Nora agus a dh'aindeoin na ghoid Mìcheal dhen airgead, bha gu leòr fhathast aice anns a' bhanc airson sgeadachadh a dhèanamh agus deoch a cheannach airson cùl a' bhàir.

Bàr fasanta, glan a thàlaidheadh a-steach daoine òga, gleansach le airgead. Orains, geal, agus aotram uaine na dathan a chaidh a thaghadh airson an t-àite a sgeadachadh. Ùrlar uaine, ballachan geala, tubhailtean orains air na bùird. Glainneachan dathte. Flùraichean mòra air feadh an àite. Coltas ùr, glan, soilleir a' dèanamh an àite tarraingeach, fasanta. Cho eòlach a bhith às aonais fireannach mun taigh, cha robh obair ann nach cuireadh Nora a làmh ris, eadar peantadh, saorsainneachd is plumaireachd. Mas e obair chruaidh an dòigh as fheàrr air leigheas a dhèanamh air an inntinn, 's e deoch làidir an dòigh as fheàrr air caoch a thoirt am bàrr. Thug an dithis bhoireannach an àite fhèin dhan dà chuid.

Chaidh am menu a chumail lom. Cofaidh, tì, diofar seòrsa sailead agus deagh thaghadh de dheoch làidir. Gu math luath, choisinn iad cliù airson nan siugannan deoch làidir, ag ùisneachadh diofar reasabaidh. Far an robh Carla sgileil a thaobh a bhith a' cruthachadh saileadan blasta le glasraich is ùbhlan, avocado, sliseagan uinnean is cnothan, 's e na deochanan a bha a' toirt sgil Nora am bàrr. Bha e na shùileachan dhi fhèin gun robh leithid a thàlant aice, ach cho luath 's a thuig i gun robh, cha robh i fada a' dèanamh deagh fheum dheth. Ann an ùine nach robh fada bha daoine a' coiseachd a-nall an tràighe, a' coimhead a-mach airson an t-soidhne shuas am bàrr an dorais, BAR NORLA.

Mar as tric 's ann air a' bhoireannach eile, a tha air i fhèin a shnìomh gu sleamhainn a-staigh dhan phòsadh, a tha a' bhean-trèigsinn a' tionndadh a caoch, seo a' leigeil leatha gleus neochiontais a chaitheadh mar cuibhrige tarsainn a' chulprit fhèin. Tha seo cuideachd a' leigeil leatha doras fhàgail fosgailte agus an seachranach a thoirt air ais thuice fhèin a-rithist. Uimhir a chaoch ann an cridhe Nora an aghaidh Mhìcheil, cha robh dad air fhàgail airson tionndadh air Carla. Cha robh ach truas aice dhìse agus fearg gun do ghoirtich esan cho mòr i.

"*Walking on sunshine.....it's time to feel good...*" Nora a' seinn agus i a' cur air dòigh òrdan airson trì Vodka Martini.

Ged nach robh i buileach deiseil airson aideachadh rithe fhèin fhathast, 's e an fhìrinn gun robh i ann an dòigh toilichte gu leòr a bhith clìoras Mhìcheil, gu leòr mhòr a siud dhe na breugan 's a' chuid amaideas. I an dèidh a bhith mar chù le cas-bheag fada gu leòir. Oh toilichte a bhith ceann gnothaich a-rithist!

Bha a bhith daonnan a' gèilleadh ri cuideigin eile a' dol an aghaidh a gnè, e cho doirbh a bhith a' cumail a beul dùinte agus ag èisteachd ri bruidhinn gun dòigh. Bha mùchadh a beachd a' toirt leithid a dh'oidhirp gun robh e aig amannan a' toirt losgadh-bràghad oirre. Dhaibhsan anns a bheil nàdar a' choilich feumaidh saorsa a bhith aca airson spaidsearachd agus toirt seachad òrdain, cearcan a bhith daonnan a' gàgail timcheall.

Deàrrsadh na grèine a' togail fiamhan purpaidh far a falt fhada, ghleansach, dhubh a' laighe na dhualan sgaoilte sìos a druim, thionndaidh Carla a h-aghaidh bho gath na grèine. A broilleach trom leth rùisgte bhon t-shirt theann dhubh, a tòin chruinn a' gluasad cho aotram ri cat, bha Carla a' gàgail ri cupall a bha air suidhe aig bòrd. A' cluinntinn na seinn aig Nora, thog i a dà shùil bhlàth, dhonn rithe agus ann an diog bha Nora air a caitheamh air ais gu tìm eile, i sia bliadhn' deug a-rithist agus i ann an trom ghaol ri Betty NicEachairn.

Caibideil 22

Na seasamh taobh a-muigh bùth a' bhùidseir chaidh Fiona tron an liost a-rithist. Bha. Bha h-uile rud a bha dhìth oirre air a cheannach ach an fheòil. Dè a gheibheadh i? Stèic no ròst? Ròst, air a bhruich air a shocair san àmhainn, 's e sin a chòrdadh ri Fearghas. Sliosan tiugha air an truinnsear, grèibhidh, buntàta agus gu leòr dheth.

An robh Fearghas air gabhail ris gun robh e feumach a dhol air diet, no an e menu airson a' bhiadh mhòir a bha Fiona a' dol a dhèanamh a bha air ùidh a thogail? Rinn e èisteachd rithe nuair a bha i ag innse dha plana na diet aig Màiri Thormoid. Mar as trice bha e a' toirt a chreidsinn air fhèin gun robh e gu math faiceallach a thaobh biadh bhon a ghabh e grèim-cridhe, agus a dh'aindeoin a chuid oidhirp, cha robh e call unnsa. Math dh'fhaoidte gun robh an t-àm coimhead air seo ann an dòigh ùr. 'S ann a dhèanadh e feum dha suidhe aig bòrd làn deagh bhiadh dhen h-uile seòrsa rud a chòrdadh ris. Ròic 's buntàta, traidhfeal teoclaid, bonnaich 's tì agus an rud a b' fheàrr buileach, a h-uile grèim dheth ga ithe gun chiont. Chan eil fhios cò an latha a rinn e sin mu dheireadh. Fiona a' bìogail na chluasan stad, gun robh e ag ithe cus. Dè math a bha sin a' dèanamh ach a' toirt air barrachd ithe, agus an rud bu mhiosa, ga ithe an aghaidh a thoil! Cha robh i idir a' cuideachadh, cha mhòr nach fhaodadh tu ràdh gur e ise bu choireach gun robh e air uimhir a chuideam a chur air.

Math dh'fhaoidte gun gabhadh e glainne no dhà fìon dearg, dram uisge-beatha fiù 's? Cha robh sìon gu bhith air a thoirmeasg airson aon oidhche. Nach ann mar sin a bha am plana ag obrachadh? Làrna-mhàireach, an inntinn deiseil airson oidhirp mhòr, do chuid spionnaidh a-nist air ùrachadh? Chitheadh e gun robh saidhg-eòlas an cùl a' phlana seo.

Sheas Fiona tiotan, i a' faireachdainn caran fann, na bagannan a' fàs trom, iad loma làn. Na leum fad na madainn, cha robh ùine aice ach balgam tì a ghabhail mus do dh'fhàg i an taigh. Mionach falamh agus lùths an acrais air a bualadh, thug i a-mach pìos teoclaid às a pòca, a' dol ga ithe mun rachadh i a-staigh dhan a' Cho-op. Thug am fàileadh òrrais oirre, i ga thilgeil dhan bhucaid sgudail is a' falbh na cabhaig a-staigh dhan bhùth, miann làidir aice airson uinnean ann am picil.

Cha robh dhìth oirre ri fhaighinn fhathast ach fìon agus uisge-beatha. Taingeil gun robh a' bhùth caran falamh, stad Fiona aig an fhìon, a' togail botal bhon an sgeilp àrd far an robh an stuth daor. A' cluinntinn rachdail leanaibh, thionndaidh i a' faicinn Raonaid thall aig an *till*. A' slaodadh a còta dùinte, sheas Fiona a-mach à sealladh. Cha robh i ag iarraidh bruidhinn ri Raonaid an-diugh. Bha i air brath a chur thuice tadhal airson cofaidh barrachd agus aon turas o chionn ghoirid ach cha robh Fiona ann an sunnd airson a dhol a-null a thadhal oirre. Rachdail an fhir bhig a' tionndadh gu gàireachdaich, chitheadh Fiona Raonaid ga thogail na h-uchd. Oh ach cho gaolach 's a bha e air fàs!

Thall aig cùl na bùtha, i air pacaid rissoles reòite a thogail a-mach às a' chiste, chitheadh Màiri Thormoid Raonaid aig an *till* agus Fiona aig an sgeilp fìona, e follaiseach gun robh i ga cumail fhèin a-mach à sealladh. Sheas i air cùl an arain a' dèanamh glè chinnteach nach fhaiceadh an dithis eile i. Raonaid agus Fiona cho rèidh, carson nach robh Fiona thall a' bruidhinn rithe? Fhios an robh an dithis aca air a dhol far a chèile? Nach e Fiona a bha a' coimhead geal san aghaidh? Thàinig cuimhne gu inntinn Màiri air litir a chunnaic i an taigh Fiona, scan aig an ospadal, an e ainm Fhearghais a bha air an litir no... ainm Fiona!

"Ah rissoles, Mary Norman. What a great idea!"

Sguab còta fada, clò Ted seachad oirre, e a' feuchainn a-null chun a' freezer a choimhead airson feadhainn dha fhèin. A' leigeil às a' phacaid reothte air mullach baguette, a-mach às a' bhùth ghabh Màiri Thormoid cho luath ri rocaid. Cha tug e fada mun do thòisich fàileadh brèagha air tighinn às an àmhainn. An fheòil a' ròstadh gu socair na suidhe air leabaidh uinneanan. Chuireadh i a-steach am buntàta airson ròstadh nas anmoiche. Gheibh cuid a dhaoine faothachadh 's tlachd o bhith a' gearradh uinneanan, sliseadh churrain, rùsgadh buntàta, a' leantail recipe bho leabhar còcaireachd. Gach nì nad bheatha air a dhùnadh a-mach, gun sìon air d' aire ach an obair mud choinneimh. Faodaidh an saoghal a bhith a' tuiteam mud chluasan, ach tha cumhachd aig còcaireachd, cearcall beag, sàbhailte, tèarainte a chruthachadh timcheall ort.

Bhrist Fiona cèic ann am bonn bobhla mhòir, ghlainne fhad 's a bha uigheagan a' bruich gu socair air cùl na stòbha. Dhòirt i braon beag vanilla nan lùib agus dà spàin mhòr shiùcair. A' togail botal liqueur uisge-bheatha, chuir i steall bheag dheth dhan cèic.

"Fiona!"

A' cluinntinn a ghuth, dhòirt i dà dheagh steall eile dheth dhan traidhfeal.

"Fiona! Càite bheil thu a bhoireannaich?"

Chùm i oirre a' gearradh suas sùbhagan-làir agus gan sìneadh air mullach na cèic anns a' bhobhla. E cho tric ag èigheach oirre, bha e a' fàs nas fhasa agus nas fhasa a ghuth a dhùnadh a-mach. Anns an uinneig bha ceòl ìosal a' tighinn bhon rèidio, *"Burgers and fries and cherry pies..."*

"FIOONAAA!"

Anns an rùm shuas, bha Fearghas na shuidhe anns an t-seidhir àbhaisteach an taobh an teine. "Seall am prògram seo air an teilidh, iad a' dèanamh opairèisean cridhe. Siud a-nist mar a rinn iad ormsa. Seall iad a' gearradh tro chnàimh...! Oh uill, uill, nach mi a dh'fhuiling. Ciamar a tha duine sam bith a' dol a dh'fhaighinn seachad air siud?" Drèin air aodann Fhearghais.

"Nach suidh thu Fiona. Bhiodh e feumail dhutsa seo fhaicinn."

A' toirt feairt, shuidh Fiona, a sùilean air an teilidh agus a h-inntinn air an ròst 's am biadh a bha i ag ullachadh.

"Tha an t-àm agam pilichean a ghabhail Fiona. Saoil an toir thu thugam glainne uisge?" Cha do thog Fearghas aire far na teilidh, Fiona a' sìneadh dha a' ghlainne uisge, a dhà shùil, bheag, bhìdeach air a dhol air falach san aodann mhòr thaoiseach, gheal.

"An rud beag eile Fiona, tha ìghnean mo chasan feumach an gearradh. Cha dèan mi an gnothach air cromadh, ma dh'fhaoidte às dèidh na dìnnearach..."

Cha tug e an aire do ghnùis Fiona a' tionndadh uaine, i a-mach às an rùm na cabhaig. Cha mhotha sin a chuala e fuaim gòmadaich agus i cur a-mach ruisg a mionaich.

* * *

Na suidhe a' tioramachadh a fuilt, ga coimhead fhèin san sgàthan, a gruaidhean pinc às dèidh an uisge theth, bha cridhe Fiona a' bualadh luath. Faireachdainn mar millean dealain-dè a' gluasad na broinn. Chuir i làmh air a brù, snodha-gàire a' toirt deàrrsadh gu a sùilean. Thog i botal scent, ach a' cuimhneachadh cho coma 's a bha Fearghas do fhàileadh scent, leig i às e. Tharraing i a-staigh a h-anail agus sheas i suas, a' fosgladh a-mach dà phutan dhen bhlobhs agus a' putadh suas a' broilleach. Ach mun àm a chaidh i a-mach tron doras bha i air na putain a dhùnadh.

Tha obair an lùib biadh ullachadh. Bha Fiona riaraichte leis na bha i air a dhèanamh. Creachan le càise airson a' chiad chùrsa, an fheòil 's buntàta air an ròstadh an dàrna cùrsa, an treas cùrsa, traidhfeal àrd le bàrr milis 's tiugh leis an teoclaid a chaidh a chrathadh air uachdar. Ged a bha an cidsin anns an rù-rà mhì-sgiobalta àbhaisteach, bha am bòrd fhèin air a sgeadachadh le tubhailt ghlan agus truinnsearan dhen aon dath.

Lìon i suas a' ghlainne fìona aig Fearghas, e air deagh bhalgam a thoirt aiste cheana. Cha robh Fiona a' gabhail fìon idir, Fearghas riamh dhen bheachd nach robh còir aig boireannaich a bhith ag òl.

"Rud beag a bharrachd càise anns an t-sabhs, beagan creamh agus bhiodh na creachain math fhèin," ars esan agus e a' suathadh an truinnseir glan le pìos arain. Am fìon gu math làidir agus ùine mhath on a bhlais e air deoch, bha i air teòdhadh air gu math luath. 'S e an aon chuspair còmhraidh àbhaisteach a bha a' dol mun bhòrd. 'S fhada on a sguir Fiona a dh'fheuchainn ris a' bhruidhinn a stiùireadh gu rudan eile. Bha fhios aice co-dhiù bhiodh i bruidhinn air Frank Sinatra, a' Bhanrigh no am Pàpa, gun gluaiseadh esan an còmhradh air co-dhiù an do dh'fhuiling duine acasan a-riamh le grèim-cridhe.

Bha am fìon 's am biadh a' còrdadh math ri Fearghas agus ged a bha an fheòil ro thioram, am buntàta ro chruaidh agus na currain ro fhuar, bha e air an darna truinnsear dheth. Am botal fìon còrr 's leathach, bha iad a-nist anns an operating tèatar, b' e seo daonnan am pìos a b' fhaide dhen sgeul. Fearghas a' fàs liutach leis an fhìon, bha an opairèisean fada buileach a-nochd. Fhios am feumadh i botal eile fhosgladh mus rachadh na stitches a chur ann 's a thilleadh air ais dhan ward?

A' toirt na traidhfeal chun a' bhùird, dh'fhosgail Fiona a-nuas putain no dhà dhe a blobhs, agus a' toirt a-nall dram mhòr dhen uisge-bheatha gu Fearghas, thug i dha pòg air mullach a chinn. Shuidh i thall nas fhaisge air, e nist a' fàs caran truasail air a shon fhèin, a' bruidhinn air mar a mhill an grèim-cridhe a bheatha agus cho doirbh 's a bha an saoghal dhàsan. Gu dùrachdach ag èisteachd ri briathran a bha i air a chluinntinn iomadach uair eile, chuir Fiona a làmh air a ghlùin, ga suathadh suas is sìos taobh a-staigh a shliasaid ga chofhurtachadh. Chan e deoch làidir an aon rud a bha toirmisgte bho Fhearghas bhon a ghabh e grèim-cridhe, ach bhiodh e fìor a ràdh gun robh e ag ionndrainn aon rud barrachd 's a bha e ag ionndrainn an rud eile. Cha bhi cion a' chleachdaidh fada a' cur an dìochuimhne tlachdan beaga an t-saoghail. Bha cuimhne Fhearghais a' faighinn a phiobrachadh a-nochd. Agus ged a bha e a-nist gu math follaiseach gun robh a shunnd air èirigh, rinn e glè chinnteach an darna truinnsear traidhfeal ithe mas do dh'fhalbh e air làimh le Fiona dhan leabaidh.

Na sìneadh san dorchadas, a làmh air uchd Fhearghais, dh'fhairicheadh i a chridhe a' bualadh cruaidh agus luath às dèidh na h-oidhirp. Cridhe nach d' fhuair uimhir a dh'eacarsaich o chionn ùine mhòr. Chluinneadh i pìochan anail ghoirid. An ceann tiotan no dhà thàinig srann. Bha e na chadal.

Dh'fhuirich i na sìneadh ri thaobh airson ùine mus do gluais i gu socair a-mach às an leabaidh, i a' tilleadh dhan chidsin a sgioblachadh nan soithichean. Na suidhe aig a' bhòrd gun solas ach solas na gealaich, bha i mar taibhse anns an dubharaich. Thog i glainne, beagan uisgebheatha fhathast innte. Shùgh i steach an fhàileadh, e toirt a cuimhne air ais gu oidhche eile. Pògan aotram 's gàirdean fèitheach, teann timcheall oirre, uchd dìonach tana, cho diofraichte bhon bhlonaig bhog a bha laighe air a muin na bu tràithe.

Ghluais i a-null chun a' chomputair. Oh na h-oidhcheannan a chuir i seachad na suidhe aige, a' leughadh mu dheidhinn leanabhan, agus gu dè ghabhas dèanamh do dhaoine aig bheil duilgheadais. Leugh i liaparan fiosrachaidh air a' chuspair, i a' strì ri cuid dheth thuigsinn, cuid eile furasta gu leòr. Aithreachas nach fhada a rinn i an rannsachadh seo, èibhleag bheag a' glacadh 's a' gabhail, a' lasadh suas a dòchais. An latha a thàinig an ovulation kit sa phost, deuchainn a bha ag innse cuin a bha e na bu dualtaich boireannaich tuiteam trom, chuir i air falach air Fearghas e.

Thill a cuimhne chun na h-oidhche a chuir i paidh sitheann circ ann am basgaid, 's botal fìon. Cho socair, cinnteach, ciùin 's a bha a h-inntinn. Dhòl i drama mòr uisge-bheatha, e a' losgadh cùl a h-amhaich. Air a suaineadh an lùib ceò bog na dibhe dh'fhalbh i a-null gu taigh Sheòrais Rafartaigh. Dh'fhàs a h-aodann blàth a' smaoineachadh air. 'S fhada on a thuig i gun robh nòisean beag aig Seòras dhi. Rinn sin an cleas a bha roimpe furasta gu leòr.

Diùid, òg agus mì-chinnteach dheth fhèin, thuig Seòras le mòr thoileachadh an oidhche sin gun robh nàdar a' leum a-staigh gu cuideachdail dhan ghnìomh, a' dèanamh an rud a bha e cho iomagaineach mu dheidhinn cho fada, cus nas fhasa na bha e riamh an dùil. Mar snàig air geata, a bha glaiste teann, ga chaitheadh gu furasta fosgailte na leum gu saoghal ùr.

Cha do dh'fhairich Fiona ciont sam bith a' dol dhachaigh an oidhche sin, i na sìneadh an taobh Fhearghais san leabaidh. Esan na shuain chadail, ise agus a ceann a' goil le diagraman mar a chunnaic i air a' chomputair. A' tuiteam na cadal dh'aisling i air ceudan de dh'earbaill a' snàmh na broinn, mar bhradan a' treòrachadh tron abhainn, gu dìleas a' siubhal ceann-uidhe.

Chaidh i dà oidhche eile a-null gu Seòras le biadh 's fìon. Dìreach airson a bhith cinnteach.

Caibideil 23

Shlaod Sìle sìos an ad mu a ceann, a' cumail na grèine far a h-aodainn. Bha i a' tighinn suas gu ceithir uairean, a' ghrian teth agus na sràidean trang. Sràidean gun sàmhchair aig àm sam bith, èigheach, gleadhraich, ceòl is trod. "Nach iongantach cho luath 's a dh'fhàsas tu sgìth dhen teas. Nach mi a dhèanadh toileachadh le deagh oiteag gaoithe." Cha tuirt Flòraidh guth, i trang leis a' fòn, an dithis air greis dhen fheasgar a chur seachad còmhla a' coiseachd shràidean 's a' sealltainn ri taisbeanadh ealain. Deilbh air am peantadh as motha a bha san taisbeanadh, cuspair anns an robh barrachd ùidh aig Flòraidh na bha aig a màthair. Far am faiceadh Flòraidh tàlant, chitheadh a màthair butarrais de dhath. An aon dealbh a chòrd rithe, a chòrd rithe cho mòr agus gun robh miann aice a ceannach, duilleagan ròsan a' siabadh sa ghaoith. Shìolaidh a miann air falbh cho luath 's a chunnaic i cho robach agus fàileach 's a bha an neach-ealain a rinn i.

Nan suidhe an taobh a-muigh chafaidh a' gabhail cofaidh, iad a' feitheamh air Seumas, bha Sìle mì-fhoighidneach. Cha robh i a' faireachdainn cofhurtail leis a' chafaidh a thagh Flòraidh. Na bùird robach, boireannaich le pàistean crochte riutha, iad a' gàireachdaich 's a' caoineadh mu seach. Fir òga a' smocadh, fàileadh làidir tombaca a' bualadh a sròin. Seachad oirre a' coiseachd chaidh boireannach òg, a falt air a dhath orains, broilleach mòr, trom leth rùisgte a' turraban air thoiseach oirre. Goirid air a sàil agus doirbh a dhèanamh a-mach co-dhiù an ann boireann no fireann a bha gnè an neach, sgiort fada, teann, purpaidh sìos gu na sàilean agus blobhs frilleagach, buidhe, eilbheagan mòra, cruinn air oir nan cluasan, ceann gun ruisgean fuilt, aghaidh tiugh le peant is pùdair.

"Ach na seòrsachan. Tha an t-àite seo sgreataidh! Carson nach tig d' athair aig an uair a chaidh a chur air dòigh. An cuir thu thuige teacs a Fhlòraidh?"

Cha robh Flòraidh ag èisteachd, i fhèin a' coimhead an-fhoiseil, i sìor choimhead air a' fòn. Phut Sìle bhuaipe a cupa cofaidh, ro làidir agus a-nist ro fhuar. A' gluasad an truinnseir leis a' bhonnach bheag, mhilis air falbh, thog Flòraidh e gun choimhead air, i ga chur na beul slàn. Cha tug Sìle an aire. Dust na sràide air a dhol air feadh a casan agus a brògan, bha i ag òrdachadh gun robh i air clobhd fliuch a thoirt leatha na baga los gun toireadh i suathadh glanaidh orra.

'S e glè bheag de chòmhradh a bha dol eadar an dithis aca. Gun iad cho eòlach sin air tòrr ùine a chur seachad còmhla, 's ann a bha an dithis ann an dòigh air fàs sgìth de chuideachd a chèile.

"An còrdadh an dreasa uaine a chunnaic sinn riut? Dh'fhaodadh sinn coimhead airson brògan an-diugh fhathast?"

Cha do fhreagair Flòraidh. Cofhurtail leis na jeans agus an t-shirt, bha i a' diùltadh gach oidhirp a bha a màthair a' dèanamh a thaobh ceannach aodach ùr.

Bheil tlachd eile ann cho math ri bhith a' ceannach aodach ur! Dè bha ceàrr air Flòraidh?

An dreasa ùr, gheal a bh' orra fhèin ga fàgail làn misneachd, goirid os cionn na glùin, sìoda garbh, le beagan ghrìogagan mun amhaich. Bha e daor agus bha an coltas air. Saoil an rachadh i cuairt dha na bùthan às dèidh coinneachadh ri Seumas? Chunnaic i baga agus brògan an latha eile, i a' feuchainn ri cuimhneachadh cò an t-sràid.

Cha bhiodh aig Seumas ach de dh'ùine airson balgam luath de chofaidh no leann agus bhiodh e na chabhaig air ais dhan oifis. Anns an dà mhìos o thàinig i a-nall gu Brazil, ma chuir i seachad deich mionaid ann an còmhradh ris, gun ann ach an dithis aca, rinn i math. Stad càr air an rathad air an taobh thall dhi, an uinneag fosgailte, chluinneadh i fuaim òrain agus i ag aithneachadh an fhuinn. *"Who will bring me flowers when it's over..."* An cèol a' toirt a h-inntinn a' seòladh air falbh. Éamonn. Cuimhneachadh searbh agus milis aig an aon àm, leig i leotha suidhe aig cùl a sùilean, fiamh a' ghàire mu a beul agus i ag èisteachd nam faclan, *"You disappear with all your good intentions..."* "Oh Joe!"

Choimhead Sìle oirre, greis nach cuala i Flòraidh a' toirt guth air Joe. Bha i an dòchas gun robh an t-suirghe eatarra seachad. "Siud fear dhe na h-òrain againn, *Thriving Ivory*, 'Flowers for a ghost.'" Leig Flòraidh osna throm. "Bha e air gealltainn gun tigeadh e a-nall gu Brazil, ach a-nist chan eil e cinnteach..."

Ghlac Sìle a teanga a' cur stad air na faclan biorach a theab tighinn a-mach. Bha e doirbh dhi a beachd air Joe a chumail air falach. Duine mòr, eireachdail, smiorail mar a h-athair, 's e sin a bha i an dòchas a thaghadh Flòraidh. Chan e glaom mar Joe gun chòmhradh aige ach poilitigs agus caomhnadh airgid.

Cò bhiodh ag iarraidh ùine a chur seachad còmhla ri cuideigin a bha a' smaointinn gur e seòrsa de searaidh a bha ann am Bollinger! Barrachd agus aon turas o thàinig iad gu Brazil bha i air iarraidh air Seumas cothrom a chruthachadh far an coinnicheadh Flòraidh ri fir òga, adhartach a bhiodh nas freagraiche oirre. Tha fhios gun robh duine no dithis anns an oifis còmhla ris a ghabhadh nòisean dhi. Cha tug Seumas mòran feairt. Cha robh esan a' faicinn sìon ceàrr air Joe.

A' coimhead air an nighean aice, thàinig an smuain a-rithist gum biodh i a' coimhead gu math nas bòidhche nam biodh a sròin nas lugha. Ach gu dè an dòigh a b' fheàrr air beachd beag a chaitheamh dhan chòmhradh mu dheidhinn opairèisein airson sròin ùr? Tè bheag, sgiobalta. Bhiodh a h-aodann gu lèir a' coimhead gu math nas fheàrr. Math dh'fhaoidte gur e an t-sròin mhòr a bha ga cumail air ais? Le sròin ùr agus, fhad 's a bhiodh iad aige, beagan obair air na pocannan beaga fo a sùilean, 's i bhitheadh a' coimhead math. Bhiodh i mar nighean ùr, chailleadh i cuideam agus ghabhadh i ùidh ann an aodach brèagha.

Thogadh dàimh nas làidire eadar an dithis aca. Thòisich plana a' cur nan caran an ceann Sìle air dè an dòigh an iomairt a thoirt air adhart. Dh'fheumadh i bhith bragail, 's ann airson math na nighinn a bha i ga dhèanamh. Bhruidhneadh i a-nochd air. Bheireadh i suas am plana às dèidh biadh.

Cha robh for aig Flòraidh dè bha a' ruith an ceann a màthar, i beagan dubhach nach robh Joe a' tighinn a Bhrazil mar a gheall e. Fhios an e cion airgid a bha ga chumail? An iarradh i iasad air a màthair? Dè an dòigh a b' fheàrr a dhol timcheall oirre? Dh'aontaicheadh i dhol dha na bùithtean còmhla rithe, a' gabhail a comhairle a thaobh aodach ur! Le fiù 's a bhith a' smaointinn oirre fhèin 's a màthair a' falbh aon uair eile air feadh nam bùthan a choimhead aodach, gun luaidh air a bhith gan ceannach, thàinig croit air druim Fhlòraidh agus stuic air a gnùis. A màthair a' slaodadh far rèileachan agus ga putadh a-staigh a dh'fheuchainn oirre pìosan aodaich nas oillteil na chèile. Och cha b' urrainn dhi cur suas ris. Chaith i am plana gu grad a-mach às a ceann. Bhiodh e gu math nas fhasa a dhol gu a h-athair airson iasad airgid.

"Oh seall, siud Petra. Bidh fios aicese càite bheil Dad."

Thog Sìle a ceann a' faicinn boireannach an taobh thall na sràid. An robh i ga h-aithneachadh? B' e siud am boireannach bha a' toirt nam pàipearan do Sheumas an oidhche a bha iad san restaurant Rubiyat. An tè a bha a' miodalaich 's a' gàireachdaich ris na fir. Ri Seumas. Dh'fhairich Sìle goiriseachadh mì-chofhurtail a' ruith tro a bodhaig. Ag òrdachadh gun cumadh am boireannach oirre a' coiseachd, thionndaidh Sìle a ceann air falbh ged a bha i fhathast ga coimhead air fiaradh. Nach i bha mì-sgiobalta. Gruag fhada ma sgaoil, blobhs farsaing, pinc agus cardigan dearg, briogais dhubh, brògan grànda, dùinte, donn. Ciamar a tha duine tighinn a-mach às an taigh a' coimhead mar siud? Cà' bheil na sgàthain aca? Dh'fhàgadh e ise tinn a bhith anns an aon rùm ris a' chardigan sgreamhail ud! Gun tighinn e bhith air a druim.

"Petra?"

Dh'fhosgail Sìle a baga-làimhe a' toirt a-mach sgàthan beag agus a' coimhead oirre fhèin. Chuireadh i feum air rud beag eile dath liop agus suathadh rouge.

"An e sin an t-ainm aice, Petra?" Dealbh a' tighinn gu a h-inntinn air cù a bha air a' phrògram cloinne *Blue Peter* o chionn fada. "Bheil thusa eòlach oirre?"

"Tha i ag obair an oifis Dad. Och tha o chionn ùine mhòr."

"Oh."

Cha robh cuimhne sam bith aice air a h-ainm a chluinntinn aig Seumas, ged nach robh sin na iongnadh. Cha robh e na chleachdadh dhi a bhith a' gabhail mòran ùidh anns an luchd-obrach. "Bheil i pòsta?"

"Posta? Petra...chan eil."

"Chan eil sin na iongnadh...i a' coimhead mar siud. Tha i ro reamhar. Am bi aodach grànda mar siud oirre ag obair anns an oifis? Seall fhèin a cardigan. Dè tha ceàrr air cuid a dhaoine? Dè tha cho doirbh mu dheidhinn a bhith sgiobalta, fasanta? Agus tha i ag obair an oifis Dad tha thu ràdh? Dè tha i a' dèanamh – a' glanadh?"

"Mam!" thionndadh Flòraidh gu bras ri a màthair.

Dh'fhairich Sìle caran leamh ri Flòraidh a bhith a' togail a làimhe a smèideadh ris a' bhoireannach. Cha robh ise ann an sunnd bruidhinn ris an t-strainnsear a bha a-nist trang a' sealltainn ri fòn-làimhe. Chùm Sìle a sùil oirre, an ann a' leigeil oirre nach fhaca i iad a bha i? I a' dol a chumail seachad, air a nàireachadh gun deach a glacadh ann an aodach cho robach ma dh'fhaoidte?

"Petra!"

Stad i, a' smèideadh riutha agus a' coiseachd a-nall.

Craiceann tioram, buaidh na grèine air milleadh a thoirt air, shaoil Sìle, agus i ga amharc tro a speuclairean dubha. Cha do rinn Sìle cus oidhirp ri còmhradh a dhèanamh, a bharrachd air faighneachd dè bha a' cur dàil air Seumas gun tighinn gu cofaidh. Cha robh fhios aig Petra. Càite an robh e an dràsta? Cha robh fhios aice a bharrachd. Chaidh aire Shìle a thoirt gu fuaim fòn a' gliongadaich am broinn a baga. Àireamh nach b' aithne dhi. Stad an gliongadaich mus do dh'amais i freagairt.

"Dè tha a' tachairt le Joe?" chuala i Petra a' faighneachd.

Robh Petra 's Flòraidh cho eòlach air a chèile agus gum bruidhneadh iad mu dheidhinn Joe? An dòigh a bha an còmhradh a' dol bha e follaiseach gun robh i air coinneachadh ri Joe. Cuin a bhiodh sin air tachairt? Bha e follaiseach cuideachd gun robh blàths eadar an dà bhoireannach. Ciamar a dhèanadh Flòraidh an gnothach a bhith cho briathrach ri daoine? Caraid no coigreach, cha robh e gu diofar leatha, thigeadh còmhradh gu furasta. 'S ann bho a h-athair a thug i sin gu cinnteach. Cha robh beul brèagha riamh gann aigesan. Dè bha ga chumail gun nochdadh? Dh'fhònadh i thuige.

"An ann san oifis a tha e?" Cha do fhreagair a h-aon seach a h-aon aca i, iad trang a' bleadraich. Mhothaich i gun robh Petra a' cumail a h-aire air Flòraidh, a h-aghaidh air a thionndadh air falbh bhuaipese.

A' togail a làimh a sguabadh a gruaige a-mach bho a h-aodann, ghlac a' ghrian fàinne dheàlradh air a meòir. Clach mhòr liath-ghorm air a cuairteachadh le daoimein. Dh'fhairich Sìle cuairt a' tighinn oirre agus a ceann a' fàs goirt. Sgrìobhadh air invoice a' dannsa mu a sùilean: *Marquis cut Kashmiri sapphire and diamond ring... Marquis cut Kashmiri sapphire and diamond ring...*

Thòisich caolain a mionaich air teannachadh. Sgleò dhorcha a' tuiteam a-nuas oirre, faireachdainn nach robh ùr dhi.

Is iomadh suidheachadh a ghabhas cur suas ris fhad 's nach fhaic thu adhbhar d' eudaich mu choinneamh do dhà shùil. Gabhaidh gleus a chur air suidheachadh, a' dùnadh a-mach às do shealladh am pìos dheth nach binn leat. Ach feumaidh e bhith às do shealladh, gun tighinn aig àm sam bith nad ghaoith. Nuair a thig sgàilean teann dhen t-seòrsa sin a reubadh tha e doirbh a chàradh gun sgàineadh mòr fhàgail às a dhèidh.

Rinn Sìle oidhirp air bruidhinn chiallach a dhèanamh, ach 's ann air èiginn. A beul cho tioram gun robh faclan a' goirteachadh a muineil leis cho teann 's a bha e. Cha robh coltas mì-chofhurtachd sam bith a' tighinn bhon bhoireannach eile, i a' còmhradh gu furasta air seallaidhean is cànan na dùthcha. A' chuid as motha dhen bhruidhinn a' dol eadar Petra agus Flòraidh, bha Sìle ga faireachdainn fhèin air a putadh a-mach às a' chòmhradh. A' dèanamh leisgeul ceann goirt dh'èirich i, a' fàgail an dithis eile aig a' chafe. Shuidh Petra gu luath san t-seidhir a dh'fhàg i falamh.

An do choisich i gu mall no an do ruith i air ais chun an àrois, cha robh fhios aice. Cha robh for aice ach gun robh i aon mhionaid na suidhe mu choinneamh boireannach grànda le fàinne mhòr ga deàlradh mu chlàr a h-aodainn agus an ath mhionaid bha i anns an àros a' lìonadh glainne mhòr le deigh agus vodka, crith na làmhan leis a' chabhaig ga lìonadh. Am b' e seo a' chiad ghlainne aice air a ghabhail no an dàrna tè?

Smuaintean a' leum mar gathan a-null 's a-nall na ceann, agus i a' coiseachd o rùm gu rùm. Dè dhèanadh i? Thoireadh i an aghaidh air Seumas! Cha sheasadh i ris a seo! Dè a' chasaid? Seadh, dè a' chasaid? Gun do cheannaich e fàinne do bhoireannach a tha ag obair dha!

Dh'òl i balgam mòr às a' ghlainne. Dè an dearbhadh gur e esan a cheannaich an fhàinne dhi? Turchairt? Thòisich an goil na ceann air sìoladh sìos, shocraich na gathan a bha a' leum na h-eanchainn. An e buaidh na vodka no cumhachd neart a h-inntinn? Sheas i aig an uinneig, sràid shìos fada gu h-ìosal a' goil le daoine. Ise mar prìosanach glaiste am broinn spiris àrd a' coimhead sìos. Air balcanaidh an taobh thall dhi, bha dithis òg a' gàireachdaich agus a' cluich gleadhraich ceòl àrd. Brag àirc ga chaitheamh far botal champagne agus an deoch ga dhòrtadh gu rù-rà am broinn ghlainneachadh caola, an treas cuid dheth a' dòrtadh na chop air feadh a' bhùird. À àiteigin dùinte chruinnich àmhghar, a' leum a-mach na dhà shruth dheòir a' sileadh sìos a gruaidhean. Toileachas 's aighear an dithis a' toirt am follais cianalas a beatha. A' toirt crathadh oirre fhèin, ghluais i gu h-ealamh air falbh bhon uinneig.

Bha i a' faireachdainn teth, faileasach, a h-aodach dustach. A rùsgadh dhith an dreasa ghoirid, shìoda-garbh, gheal, rinn i ball cruinn dheth ga chaitheamh dhan sgudal, faireachdainn grod na madainn air a shnìomh fhèin an lùib gach snàithlean dheth. Chan fhairicheadh i misneachail, brèagha gu sìorraidh tuilleadh agus e oirre. Gisreagach riamh a thaobh aodach, nach iomadh dreasa a chaidh a chaitheamh dhan sgudal. Is fhada o chaidh trusgan na bainnse a chur air mhullach an teine, ribeanan geala a' losgadh na shreangan dubha, slatan de shìoda tana a' crupadh 's a' seargadh san teas, a' tionndadh gu luath ghlas.

177

Uisge fuar an fhrasair na fhaothachadh, dh'fhuirich i a-staigh fodha deagh ùine, a craiceann dearg agus crith innte leis an fhuachd mun àm a thàinig i a-mach. San sgàthan, rinn i gàire ri a faileas mar gu robh i a' gairm suas neart toil-inntinn a dhubhadh a-mach lionn-dubh. Thagh i dreasa sìmplidh cotan buidhe, e fada gu a sàil, a' sguabadh an ùrlair. A falt sgaoilte buidhe mu a gualain. An rùm fionnar, sàmhach, las i coinneal Neroli, fàileadh cùbhraidh orains is mil a' falbh air feadh an t-seòmair. 'S ann à Tunisia a thàinig a' choinneal. Bha i daor, a' bhileag na cois ag innse a' chumhachd a bh' ann an lùib ola duilleig no flùir. Duilleagan nach deach a bhuan air latha fliuch no a bhuan air latha dorcha ach a bhuan ann an òg-mhadainn thràth na bliadhna nuair a tha grian bhuidhe bhlàth a' deàrrsadh. 'S e seo a dh'fhàg cumhachd san ola air mulad is bròn a shèideadh air falbh mar siaban na fairge.

Dh'fhairich i sìth a' drùidheadh troimpe, an teannachadh an cùl a h-amhaich agus na druim a' fuasgladh. Bha ola na coinneil ag obrachadh agus i air a cuartachadh le sìth is sàmhchair. Thòisich an t-amhras grod a bha ag ithe a-staigh na h-eanchainn air togail air falbh. Thagh i glainne bhrèagha criostail le cas chaol àrd, i ga lìonadh gu mullach le fìon fuar, geal, fuaim an t-sruth a' dòrtadh a' dèanamh a cheòl fhèin ri cliathaich na glainne. Thionndaidh i air ceòl socair clàrsaich, i na suidhe ann an seidhir cofhurtail, a sùilean dùinte. Na thachair feasgar air a sguabadh a-mach às a cuimhne.

Rinn a' fòn gliong, teacs bho Fhlòraidh, a' ràdh gun robh i fhèin agus a h-athair air bòrd fhaighinn airson biadh aig *Rodizio Rico*, an robh i a' tighinn a-mach gan coinneachadh? 'S e taigh-bidhe trang a bha ann an *Rodizio Rico*, èigheach is gleadhraich, chan fhuilingeadh i a-nochd e. Dè an leisgeul a dhèanadh i? Thòisich na smuaintean grod, goirt air sileadh 's sruthadh a-steach nas làidire na bha iad cheana.

Petra, dè bha a' dol eadar Petra agus Seumas? Dè bha an fhàinne a' ciallachadh? Theann i ri a corragan a bhrogadh ri cliathaich a cinn, mar gun robh cumhachd aig an ruitheam aca na smuaintean a sgiùrsadh. Dhòl i suas na bha anns a' ghlainne. Chuala i fuaim teacs eile a' tighinn troimhe. Cha do choimhead i air. Phut i air falbh bhuaipe a' fon. Leigeadh i oirre nach fhaca i e. Bhiodh sin nas fhasa, Flòraidh cho fada na ceann fhèin, chan e a h-uile leisgeul a dh'èisteadh i ris. Thòisich an teannachadh anns na caolain a-rithist, a ceann a-nist a' bragadaich. Bha a mionach falamh. Saoil an dèanadh grèim beag ri ithe feum? Chuir i slios feòil fhuar agus càise air truinnsear, i a' gearradh suas tomato na bhìdeagan beaga, a' crathadh dortadh beag ola chroinn-ola air uachdar. Chuir i an truinnsear air a' bhòrd, nèapraige phinc paisgte ri thaobh. Ghabh i aon ghrèim agus leig às an fhorc 's an sgian, am biadh a' diùltadh a dhol sìos a slugan. Lìon i glainne eile fìon, i ga òl gu luath ach bha an stuth air cumhachd a socrachadh a chall. Shèid i às a' choinneal agus thug i a-mach dà phile às a baga-làimhe gan òl sìos leis an fhìon. Thuit an ceò socair timcheall oirre, cho bog agus nach robh i fiù a' faireachdainn an ùrlair fo a casan, e mar gum biodh i a' coiseachd air sgòthan na h-iarmailt. Ring a fòn. Fuaim cruaidh a' gairm tron togalach. Leig i leatha, cha robh i ag iarraidh bruidhinn ri Flòraidh an dràsta. Cha robh leisgeul dòigheil aice deiseil air a teangaidh. Chuir i a làmhan mu a cluasan a' feuchainn ri fuaim na fòn a bhàthadh a-mach. Mar gur ann bho saoghal eile, thàinig guth, guth biorach, cruaidh, bragail a' bruidhinn gu luath.

"Sìle! Nora a seo. Tha sinn an dèidh bhith feuchainn air grèim fhaighinn ort. Droch naidheachd. Tha do phiuthar na banntraich. Fearghas marbh. FÒN AIR AIS!"

Caibideil 24

"Oh Fhearghais, Fhearghais!"

Na suidhe sa phlèana, a sùilean dùinte, rinn Nora oidhirp cadal. Ri a taobh bha dithis chailleachan, coltas peathraichean orra, tè dhiubh a' gearan cràdh na mionach, taingeil gun d' fhuair iad suidhe caran faisg air an toileat, an tèile a' gearan losgadh-bràghad, a' sporghail na baga airson pile. Beagan agus leth-uair an dèidh dhan phlèana èirigh suas bhon raon-laighe a sheòladh tro dhorchadas na h-oidhche, bha an dithis aca nan cadal.

"Dòchas gu fuirich iad mar sin gus an ruig sinn Glaschu."

Tàmailteach gun robh daoine suidhe ri a taobh agus tàmailteach buileach a bhith ri taobh dithis chailleachan a' gearan an caolain, cha robh foighidinn Nora ach gann.

"Nach e bhiodh math a bhith siubhal First Class mar Sìle." Choimhead Nora air an uaireadair. Leth-uair an dèidh meadhan-oidhche, bhiodh Sìle leathach slighe mun àm seo, turas gu math nas fhaide aicese ri dhèanamh. Thill a h-aire air ais chun an t-suidheachaidh dhuilich a bha ga feitheamh. Fiona? Ciamar a bha Fiona, agus i cho faoin, a' dol a sheasamh ris an dùbhlan dhòrainneach seo? Fearghas marbh! Cha ghabhadh e chreidsinn!

Thug i cuimhneachain làithean òige Fhearghais a-nuas gu beulaibh a h-inntinn. I fhèin agus e fhèin, piuthar 's bràthair, iad nan cnapaich a' falbh dhan sgoil, a' coiseachd a-null an rathad, a' leum sna lòin. Iad ag èigheach agus a' cluich "mireag na cruaich" còmhla rin caraidean

Matilda 's Dennis. Fearghas ga cuideachadh le leasan na sgoile gun fhiosta dhan tidsear. Lathaichean geala sa bhun-sgoil còmhla. Marbh! Fearghas marbh! Thòisich an sgìos air drùidheadh oirre, a ceann a' seòladh leis a' chadal agus i a' socrachadh sìos na leth shìneadh anns an t-seidhir. Thuit i luath na h-aotram-chadal, bruidhinn is daoine a' snàmh mu a sùilean gun stad, i a' feuchainn rin dùnadh a-mach às a h-inntinn, Fearghas anns a h-uile sealladh. Gu h-ealamh chaidh Fearghas beag na sgoile na Fhearghas mòr na shuidhe ri taobh an teine a' gearain, a bhrù mhòr na suidhe air a ghlùinean, an t-aodann taoiseach, geal a' cnapladh bhonnaich. Dh'fhosgail a sùilean, an sealladh a' toirt bhuaipe cadal a bha i cho feumach air.

A' cluinntinn troilidh na deoch a' tighinn a-nuas trannsa na plèana, shuidh i suas. 'S e fireannach òg, tana a bha leatha, falt tiugh, sleamhainn, dubh air a shlìobadh a-null taobh a chinn, sgoiltean na sgrìob dìreach sìos cliathaich a' chlaiginn. Coltas fear a chur seachad tòrr ùine ga choimhead fhèin san sgàthan. Fiaclan geala, aodann donn grèine. Dh'òrdaich i Gin 's Tonic, tè mhòr. Lìon am fireannach òg an dram, an deigh 's an liomaid gan cur dhan tumalair phlastaig, a làmhan a' gluasad luath mar làmhan robot. Gàire mu bheul agus e a' sìneadh thuice an deoch, a shùilean marbh gun deàrrsadh a' coimhead troimpe. Spìon e bhuaipe am pàigheadh gun taing, e falbh gu bragail suas an trannsa. "Oh pròis na h-òige," shaoil Nora. "Fhir a tha nad sheasamh bheir an aire nach tuit thu!"

Bha am plèana an ìre mhath làn. Teaghlaichean a bha an dèidh bhith air saor-làithean. Dàil air an t-siubhal, cha robh dùil ri laighe an Glaschu gu còig uairean sa mhadainn. Guthan frionasach phàrant is cloinne ri chluinntinn air gach dà cheann dhen phlèana. A' ghleadhraich ga ruighinn cho mòr, na faclan "Nach fhuirich sibh sàmhach!" ag èigheach na ceann. Dh'òl i sìos an dram, i an dòchas gun stadadh e an snaim a bha a' teannachadh na mionach.

"Oh Fhearghais! Carson an dràsta? Carson? Aig àm cho dòigheil nam bheatha."

Thill a h-aire gu Carla. Mar a b' fheudar dhi a fàgail ann an cabhaig nuair a thàinig an droch naidheachd. Deòir Charla a' sruthadh le uallach nach tilleadh Nora air ais thuice gu Mallorca.

Eamag? Dh'fheumadh i èisteachd ri ceistean Eamag mu dheidhinn a h-athar. Dè b' fheàrr innse, breug no an fhìrinn? Gun guth innse. Leigeil leatha a chreidsinn gun robh e fhathast còmhla rithe ann am Mallorca. Dè bhiodh roimpe a thaobh Fiona? I na suidhe na ploc a' burralaich 's a' caoineadh, no san leabaidh a' diùltadh èirigh? Dh'fheumadh i bhith cruaidh 's bragail rithe! Dè feum a bha caoidh 's caoineadh a' dol a dhèanamh? Leig i osna sgrath a' smaoineachadh air Fiona agus an staid anns am bitheadh i.

A' cluinntinn sgiamh is ùpraid an taobh shuas dhi, thog Nora a ceann ann an deagh àm airson nighean bheag fhaicinn a' spùtadh ruisg a mionaich air feadh lèine fireannach òg na troilidh, measgachadh teoclaid 's turkey twizzlers air an leth chnàmh a' dòrtadh nan cnapan sìos com na lèine ghil. Las aodann Nora suas le braoisg de ghàire le coltas an fhireannaich bhrèagha, fàileadh searbh a' chur-a-mach a' toirt dath uaine air aghaidh, a' fuasgladh an snaim na mionach nas èifeachdaich na dram sam bith.

Sgìos a' tuiteam timcheall oirre, dh'fhalbh an cadal leatha. Fearghas na h-aisling, an dithis aca òg a-rithist. Ise a' gàireachdaich air, iad le chèile a' falbh chun an disco, esan le pullover, coilear is tàidh. Thàinig aodann a màthar a' snàmh a-nall thuice, a coltas biorach, fuar a' seasamh mu a coinneamh ga càineadh.

"Fearghas! Dè rinn thu air Fearghas?"

An ath rud pliutag tarsainn a beòil. Chùm am bruadar a' dol. Nora na sìneadh na suain chadail gun gluasad, a h-eanchainn a' goil leis a' bhreisleach.

"Ghoid Nora na bonnaich a Mhamaidh! Mhamaidh Seall Nora!"

Fearghas ag innsearachd oirre gu robh i ag òl ruma dubh còmhla ri Dennis 's Matilda, Fearghas ag innseareachd oirre gu robh i fhèin agus Dennis a' dol a theicheadh còmhla. Guth a màthar a' sgìreachdail, "Carson nach robh thu modhail coltach ri Fearghas?"

Dhùisg fuaim cunnartach a' tighinn à mionach na caillich ri a taobh, i sin a' slaodadh mun chrios-tarsainn gu cabhagach agus i na leum a-null chun an toileat. A' chailleach eile ag èigheach às a dèidh an robh i feumach tuilleadh nèapraigean. Tron uinneig bhig chitheadh i fàire a' bristeadh, beul an latha a' fosgladh, grian mhòr, bhuidhe a' gealltainn deagh mhadainn. Thug i tiotan beag mun tàinig i thuice fhèin gur ann air plèana a bha i, agus gur ann a' dol dhachaigh a bha i, gu tòrradh a bràthar.

Ciamar a tha ùine a' gluasad aig astar cho diofraichte ann am beatha dhaoine? An latha a thèid seachad mar dheich mionaidean do chuid a' maireachdainn cola-deug do chuid eile.

* * *

Na suidhe am broinn tuba làn uisge copach, teth, a ceann na laighe tacsa cluasag phlastaig aig oir an tuba agus a sùilean dùinte teann, bha an ùine bhon dh'fhàg Nora saoghal sìtheil Mallorca gus an deach i seachad leac an dorais aice fhèin air a bhith cho fada dhi ri bliadhna. Taingeil gun robh an taigh falamh nuair a choisich i a-staigh, cha do rinn i ach feuchainn sìos dhan rùm aice fhèin, baga ga shradadh a-null ri taobh a' bhalla, an tuba ga lìonadh san en-suite, miann làidir aice dust agus sgìos an turais a nighe dhith. Caoch a' cruinneachadh an cùl a muineil, a' fàgail teannachadh goirt na h-amhaich, "Diabhal ort, Fhearghais. Nach tu bha feumach air seo a dhèanamh orm an dràsta?"

Dè an ùine a bha i na suidhe san tuba, bha e doirbh a ràdh. Thug e ùine mus do rinn i an gnothach air a ceann fhalamhachadh gun smuain sam bith, i a' coimhead nan leacan crèadha air a' bhalla agus i dhan cunntais air a socair. Dè cho fada 's a b' urrainn dhi an suidheachadh truagh nach robh a-nist ach trì mìle air falbh bhuaipe a dhùnadh a-mach às a cridhe? Fhios an robh Sìle air ruighinn? Bhiodh e na b' fhasa Fiona fhaicinn agus a piuthar fhèin còmhla rithe. Dh'fhaodadh i an cuideam sin fhàgail aice, gu leòr dhìse call bràthar fhulang gun a bhith ag èisteachd burralaich banntraich. A' leigeil às an t-uisge teth, thionndaidh i air an tap fhuar, ga slaighdeadh fhèin sìos, a ceann a' dol a-staigh bhon uisge, i cumail grèim air a h-anail.

Na seasamh aig an àmhainn a' toirt a-mach treidhe de bhonnaich bheaga, iad air ùr bhruich, i gan cur nan laighe nan torran buidhe air truinnsear, chuala Eamag a màthair a' coiseachd a-staigh dhan chidsin. "Tha mi air poit cofaidh a chur air, an gabh thu cupa?"

Sguab a sùilean seachad air coltas a màthar agus i a' sìneadh dhi cupa teth, a craiceann dorcha donn leis a' ghrèin, a falt air a ghearradh goirid lom ri a ceann, lèine gheal agus paidhir jeans fhasanta. Cha robh guth air Ciamar a tha thu, no Nach truagh mu Fearghas bochd. Cha mhotha sin a bha Nora a' coimhead airson briathran dhen leithid, i eòlach air nàdar fuar a nighinn.

"Bheil thu dol sìos còmhla rium gu taigh..." Ghlac am facal "Fearghas" ann am muineal Nora, e caran doirbh dhi an t-ainm a ràdh, gun Fearghas ann tuilleadh.

"Chan eil, Mam. Thig mi chun an tòrraidh a-màireach ged-thà. Gu fortanach tha an t-seirbheis aig aon uair deug. Mar sin nì mi an gnothach air. Bidh a' bhracaist seachad agam. Tha còignear a-staigh, triùir eile a' tighinn a-nochd fhathast."

Thug e diog bheag mun do dhrùidh e air a màthair gun robh Eamag a' cumail an taigh-aoigheachd fosgailte. Nach do bhuail e riamh ann an ceann a nighinn an t-àite a dhùnadh mar mhodh gun robh bàs anns an teaghlach. Thòisich Nora air fàs an-fhoiseil na seasamh anns a' chidsin, rudeigin a' cur dragh oirre, ach cha b' urrainn dhi glacadh dòigheil air dè rud a bh' ann.

"Seadh Mam," ars Eamag, i a' feitheamh gus an tuiteadh an sgreang far aodann a màthar agus gun tuigeadh i gun robh na seann dhealbhan grànda a bha bliadhnachan crochte air a' bhalla air an toirt dheth, pàipear ùr air a chur suas, bòrd air a ghluasad bhon uinneig, a' bheinge bheag air a cur an cùl an dorais.

"Am faca thu an rùm-suidhe? Sòfa ur agus ùrlar fiodha!"

A' cluinntinn na h-àmhainn a' dèanamh ping, thug i a-mach soitheach, ga shuidhe air mullach na stòbh. A' toirt dheth an lud bha fàileadh cùbhraidh cnap feòla air a ròstadh a' falbh air feadh a' chidsin, air a bruich cho fada aig teas ìosal, i a' tuiteam às a chèile mar ìm air aran blàth. Thòisich rùchdail am mionach Nora, i gun bhiadh ithe o chionn deagh ghreis. Thionndaidh i chun a' phreasa a làmh a-mach a dh'fhaighinn truinnsearan, nuair a ghlac guth Eamag i, "Seall a Mham, gheibh mi còig dìnnearan às a seo. Lìonaidh mi suas na truinnsearan le buntàta 's càise collaidh."

Gun for fon ghrèin air acras, sgìos no dòrainn a màthar, thug i a-mach poit agus thòisich i a' cunntais a-mach buntàta, an uair sin ga lìonadh le uisge goileach.

"Na veggies a Mham, sin an fheadhainn a tha math. Dithis a' tighinn a-màireach. Gheibh thu tòrr prothaid asta sin, pasta agus cous cous cho saor."

Fhios a bheil diomb ann cho searbh ris a' bhristeadh dùil san tàmailt a bheir do chlann fhèin gud dhoras? Nach tric a thig na ceistean, an e sinne as coireach? Cà' an deach sinn ceàrr? Leanabh ùr a' tighinn chun an t-saoghail agus na pàrantan a' guidhe, "Sùgh mo chridhe, tog a' chuid as fhèarr bhon dithis againn." 'S fheudar gu deach ùrnaigh Nora 's Mhìcheil ceàrr am badeigin agus an àite a' chuid as fhèarr gun deach a' chuid as miosa dhen dithis dhan reasabaidh gun fhiosta.

Dh'fhalbh Nora a-mach a sheasamh greis aig an doras cùil, bragadaich nam panaichean agus fuaim sgluideireachd Eamag anns a' chidsin a' dol troimpe. Chaidh i a shuidhe air beinge bheag ri taobh an dorais a-muigh, meallan uisge mìn a' dòrtadh a' toirt ceò air feadh a' bhaile.

An taigh-aoigheachd air a shuidheachadh air àite còmhnard, raon fada rèidh fosgailte sìos chun a' chladaich, fhuair a h-inntinn beagan faothachaidh le bhith ag amharc air. Torghan bog an uisge mhìn a' dòrtadh a-nuas a' bualadh dhuilleagan agus air muin starsaich gun stad, an talamh ga shùghadh a-staigh, a' toirt fàs air feur agus flùr. Ceò an uisge mar an ceò a bha fabhradh an inntinn Nora, i airson diog bheag a' miannaich gun robh Mìcheal an seo còmhla rithe airson cobhair a thoirt dhi, a' miann a' tionndadh gu grad gu cuideigin eile a bhith cuide rithe... Carla.

A' sliosadh càise, ga chur air uachdar na collaig, chnuasaich Eamag air dè an t-àm a b' fheàrr fhaighneachd ga màthair dè cho fada 's a bhiodh i aig an taigh, agus innseadh dhi mun phlana an rùm aice a leigeil a-mach dhan luchd-turais...?

Caibideil 25

Thug Màiri Thormoid a-mach a' bhreacag arain às an àmhainn, ga fàgail na seasamh an tacsa a' wireless a' fuarachadh. Aran trèigeil, fàileadh brèagha cinnamon aiste. A' toirt cnogan silidh às a' phreasa, ghlan i dust far na lud le clobhd fliuch, chuir i sìos taobh an arain e. Bhiodh e cheart cho math a dhol a-null an rathad an dràsta fhèin, a' bhreacag agus an cnogan silidh a thoirt leatha, fhios am bhiodh sin gu leòr? Math dh'fhaoidte pacaid bhriosgaid. An cùl a' phreasa fhuair i lorg air pacaid custard creams agus pacaid fig rolls. Fig rolls, bu lagha oirre fig rolls, bheireadh i leatha iad sin. Thill i na custard creams dhan phreasa.

Tha fhios nach robh duine thall an rathad an dràsta. Tron phrosbaig chitheadh i Fiona na suidhe sa chidsin, an cat na suidhe na h-uchd. An ann a' caoineadh a bha i? Bhiodh e ro dhoirbh a dhol a-null ma bha i a' caoineadh? Dè chanadh i rithe?

Bha an latha an-dè doirbh gu leòr. Chaidh i a-null cho luath 's a chuala i an naidheachd agus i faicinn gun robh Fiona air tilleadh bhon ospadal. A beul tioram a' smaoineachadh gu dè idir a chanadh i. Dè na faclan a bheireadh cofhurtachd? Thòisich i a' leigeil le faclan cruinneachadh air a teangaidh, "Nach duilich mar a dhèirich do Fhearghas còir." Saoil an canadh i am facal "còir"?

Leis an fhìrinn cha b' urrainn dhi a ràdh gun d' fhuair i riamh Fearghas còir. Air a shon cha b' urrainn dhi a ràdh nas motha gun robh i cho duilich sin gun robh e marbh!

'S ann sa mhadainn tràth a ghabh Fearghas an grèim-cridhe. Marbh mus do ràinig an ambaileans an t-ospadal. Ann an truim cho math an oidhche roimhe sin bha e coltach. Ghabh e deagh bhiadh agus dram, e na bu shunndaiche na bha e an dèidh a bhith fad mhìosan.

Bha Fiona na suidhe fhathast na còta nuair a nochd Màiri Thormoid a-null, e dùinte suas gu a h-amhaich, gun i a' ràdh guth. Shuidh Màiri Thormoid air an t-sòfa an taobh thall dhi gun i fhèin a' ràdh guth. Cha b' urrainn dhi smaointinn air dad a bhiodh freagarrach. Leum an cat na h-uchd agus thug i greis ga sliobadh, a' tarraing a h-anail agus a' ràdh an fhacail "Aidh" an dràsta 's a-rithist. An dithis nan suidhe nan tost, an sàmhchair a' laighe cho tiugh ri brochan.

"Gu dè tha mi a' dol a dhèanamh a-nist?"

Dh'fhan a' cheist, i a' feitheamh freagairt grunnd mhionaid, gus an do cho-dhùin Màiri Thormoid gur e an dòigh a b' fheàrr a caitheamh air ais an taobh a tàinig i.

"Gu dè tha thu dol a dhèanamh a-nist?"

"Nora, feumaidh mi fònadh gu Nora."

"Aidh feumaidh tu fònadh gu Nora."

"Agus Sìle."

"Agus Sìle."

Thòisich Màiri Thormoid air fàs nas saoirsneil. Bha seo nas fhasa na suidhe sàmhach.

"Tòrradh a chur air dòigh."

"Aidh, tòrradh a chur air dòigh."

Gun choltas gun robh i ann an cabhaig sam bith airson dad dhe na bha sin a dhèanamh, thionndaidh Fiona air an telebhisean, i dol gu prògraman cloinne.

"Ah seall Pingu."

"Ah Pingu."

Shuidh an dithis a' coimhead air Pingu agus Pinga a' bìogail air an t.bh. Casan pliathach a' plubadaich a-null 's a-nall an ùrlar. Còmhradh às aonais fhacail, iad a' cainnt às aonais bhriathran, an dà phenguin a' dèanamh a' chùis taghta math. Nach math dhaibhsan, shaoil Màiri Thormoid. Fhios am biodh e nas fhasa dhuinne a bhith às aonais fhacail? Bha i ga faicinn fhèin a' tighinn a-nall a chaoidh Fhearghais còmhla ri Fiona, fuaimean 's bìogail agus crathadh spògan a' cur tarsainn a truais ris a' banntraich ùir. Chan fheumte taghadh a dhèanamh air briathran freagarrach, cha mhotha sin a bhiodh eagal ort gur e an rud ceàrr a thigeadh a-mach. Chaidh gach smuain dhe sin a-mach às a h-inntinn agus i gu math luath glacte a-staigh ann an saoghal Pingu.

Am faigheadh Pinga air a' chèic mhòr a thoirt a-mach às an àmhainn agus chun a' bhùird gu sàbhailte? Aaaaagh! Thuit e na phronnaisg air an ùrlar!

"Noot noot!" arsa Màiri Thormoid gun fhiosta dhi fhèin agus i a' dèanamh lasgan gàire. Thug e grunnd mhionaidean mus do thuig i gur ann na suidhe a' gàireachdaich air Pingu leatha fhèin a bha i, Fiona air èirigh agus air a dhol suas dhan rùm, i na sìneadh san leapa a' slaodadh an duvet suas teann tarsainn a cinn.

A' cur na breacaig arain ann am basgaid còmhla ris a' chnocan silidh agus a' phacaid bhriosgaid, thog Màiri a còta a' dol ga chur oirre. Choimhead i a-null leis a' phrosbaig. Chitheadh i Fiona na suidhe, an cat fhathast na h-uchd. Fhios am biodh e na b' fheàrr a dhol a-null nuair a bha i cinnteach gun robh cuideigin eile thall roimpe? Dhèanadh sin an gnothach nas fhasa. Tha fhios nach biodh Nora fada gun nochdadh? Agus Sìle. Chuala i gun robh an dithis air ais anns an dùthaich. A-nall cliathaich an taighe thug i an aire do chòta fada, clò glas, miotagan dubha... Ted! Dè bha esan a' dèanamh a' tadhal air Fiona? 'S fheudar gu robh e air cluinntinn mu bhàs Fhearghais.

A' leigeil às a còta, chuir i air an coire, i a' faireachdainn feum air balgam teth tì. Cha robh i a-nist ag amas air dad fhaicinn tron phrosbaig, Fiona air gluasad air falbh bhon t-seidhir a' fàgail a' chait na cadal ann. Ach gu dè bha fon sgithinn aig Ted? Carson a rachadh e a thadhal air Fiona? Cha robh esan eòlach air Fearghas. Bha i air sgian a thoirt a-mach, ceathramh a ghearradh dhen bhreacaig, ìm is silidh, agus caob math dhith ithe mu do thuig i dè bha i air a dhèanamh. A' suathadh rop silidh bho a smig thàinig stad innte, a beul fosgailte agus i bualadh a bois air a' bhòrd.

"Siud e dìreach! Fiona na banntraich, siud a chuir e a thadhal oirre! Dh'fhaillich mise air, mi ro chleibhear air a shon. Tha e a-nist a' tionndadh aire gu Fiona."

Bha i a' tràghadh an darna cupa mun àm a nochd Ted a-mach, e a' slaodadh air na miotagan, a cheann crom agus e a' coimhead air fhiaraidh 's oir mus do chùm e air na chabhaig a' coiseachd a-mach an rathad. Cho luath 's a bha i cinnteach gun robh e a-mach à sealladh, shlaod Màiri Thormoid oirre a còta agus, a' toirt leatha na bha air fhàgail dhen bhreacaig, dhùin i an lud gu teann air a' chnocan silidh a' toirt a chreids gu robh i riamh gun fhosgladh. Chuir i dhan bhasgaid iad còmhla ris na fig rolls.

"Bheil thu sin Fiona? 'S e mi fhèin a th' ann..."

Choisich Màiri Thormoid a-staigh gu socair air a corra-biod.

"Fiona?"

Gun i a' faicinn sgeul air Fiona anns a' chidsin agus gun i cluinntinn freagairt a' tighinn, ghabh i balgam a' chlisgidh, a sùilean air falbh air feadh an rùim. Dè rinn Ted? Pocain phlastaig dhubha làn nan suidhe air feadh a' chidsin.

"Air an coire a Mhàiri, tha mi gus tèachdadh leis a' phathadh."

Thàinig a guth a-mach bho chùl doras preasa. Fiona an sin air a dà ghlùin a' slaodadh a-mach stuth agus ga thilgeil dha na pocain phlastaig. Cha robh i a' dèanamh taghadh sam bith air stuth a bha dol dhan phoca dhubh. Pacaidean pasta 's siùcar riamh gun fhosgladh an lùib cnocain silidh 's clòimh liath orra.

"Ach coltas an àite. Mi air mo chois bho cheithir uairean sa mhadainn, tha an cidsin seo làn frachd is smodail gun dòigh."

Bha gach uachdar bùird-obrach falamh, leabhraichean, cnocain, pàipearan air an sguabadh air falbh agus air an caitheamh dha na pocain dhubha, grunnd dhe na preasachan crochte ris a' bhalla falamh le dorsan sraointe fosgailte. Coltas a' chidsin a' coimhead cho aocoltach ris an àbhaist gun tug e mionaid no dhà do Mhàiri Thormoid mus do lorg i coire.

"Tha bonnaich sa frids, a Mhàiri."

Dhèirich Fiona bhon ùrlar, a' suathadh cràdh a droma, agus a' tuiteam na suidhe dhan t-seidhir leis an sgìos, a briogais dhubh salach mu na glùinean, geansaidh mòr farsaing clòimhe agus aparan gleansach le deilbh phiseagan air a feadh. Bha a h-aodann glas agus a falt gun nighe 's gun chìreadh.

"Tha mi a' creidsinn gum bu chòir dhomh mi fhìn a sgioblachadh mus nochd Sìle 's Nora. Bidh iad a seo an ceann uair-a-thìde no mar sin."

"Gabh siud an toiseach," arsa Màiri Thormoid agus i a' sìneadh dhi cupa tì agus slios dhen chèic mhilis theoclaid a fhuair i anns a' frids. "Oh uill nach mi an òinseach. 'S ann a theab mi faighneachd an gabhadh Fearghas tì agus pìos dhen chèic. Dhèanadh e latha math air a' chèic bhlasta seo. Tha e cho doirbh a chreidsinn nach eil e na shuidhe san rùm shuas aig an teilidh."

Thàinig coltas air aodann Fiona, agus thuig Màiri Thormoid gun robh i a' seòladh am measg chreagan cunnartach. Thug i deagh ghrèim eile às a' chèic agus i a' feuchainn ri smaointinn air cuspair sàbhailte air am bruidhneadh iad, "Tuilleadh tì Fiona?"

Cha robh Fiona ag èisteachd, a sùilean a' fàs trom. "Tha daoine an dèidh bhith cho coibhneil a Mhàiri, tha do briosgaidean agus do bhonnach an siud. Daoine a' tadhal. Ted, thadhail Ted."

Shuidh Màiri Thormoid suas, i deiseil airson Fiona a chur na faireachadh.

"Thug e thugam cèic a rinn e fhèin. Nì seo feum dhut thuirt e. Nach robh sin laghach?"

Dh'fhàs beul Màiri Thormoid tioram, i air am pìos mu dheireadh dhen chèic a shlugadh sìos agus a corragan a dheothail. Bha i air cèic Ted ithe!

"Nì seo feum dhut," thuirt i gu h-ìosal fo a h' anail, agus an gnothach a' drùidheadh oirre. HASH BROWNIES! Cannabis! 'S e sin a bha an lùib na cèic. Cannabis na mionach!

Choimhead i a-null air Fiona. Dè a' bhuaidh a bha e air a thoirt oirrese? Bha i na cadal. Bidh sin a' tachairt do chuid. 'S ann a' gàireachdaich a bha Brenda Blethyn anns a' film Saving Grace. Dè bha dol a thachairt dhìse? Thog i pìos beag cèic a bha air stùice ri taobh a' chupa agus chuir i na beul e. Thòisich fallas air sruthadh sìos a bathais. An cidsin cho blàth, cho blàth. Robh an rùm air fàs soilleir? Shaoil i gun robh fuaim a' bhoinne a bha a' tuiteam on tap air a dhol na chèol, diddly dee dee... Nach neònach na piseagan air aparan Fiona. An ann a' dannsa a bha iad? 'S ann! Iad a leum a-mach agus a' ruith air feadh an ùrlair, "Gu sealladh Dia orm, tha mi air trip!"

Dh'fheuch i ri èirigh bhon t-seidhir ach bha na casan aice air fàs fada, flat, orains mar casan Pingu. Thòisich braoisgeil a' goil na mionach, i a' dèanamh a dìchill fhùchdadh sìos, e a' tighinn a-mach na lasgan gàire ge b' oil leatha. Gàire nach gabhadh stad agus i a-nist a' bragadh a casan fada, flat, orains air an ùrlar ag èigheach, "Noot Noot!"

"Dè tha ceàrr ort a Mhàiri?"

"Noot Noot, Fiona. Bheil thu idir ga fhaireachdainn?"I nist agus grèim teann aice air a stamag leis a' ghàireachdaich. "Hash Brownies! A' chèic aig Ted. Hash Brownies. Pot na lùib, fhios agad, cannabis! Tha mi fhìn agus tu fhèin air cannabis ithe."

"Chan e a' chèic aig Ted a bha sin agad idir, a Mhàiri. Victoria sponge thug esan dhomh."

A' toirt a' bhalgam mu dheireadh às a' chupa tì, dh'èirich Màiri Thormoid a chur a cupa a-null air a' bhòrd, a casan fhathast a' faireachdainn fada, neònach, e a' toirt tiotan no dhà mas do thill iad gu cumadh dòigheil.

"Oh siud càr a-nuas chun an taighe. Sìle agus fireannach còmhla rithe."

Sheas Màiri Thormoid nas fhaisge air an uinneig a' coimhead. "Oh chan e fireannach. Nora a th' ann. Och Fiona, cha d' fhuair thu ùine thu fhèin a sgioblachadh."

Thug i an aire gun robh an dath air falbh bho aodann Fiona, ga fàgail a' coimhead cho glas ri pàipear. Ag èirigh bhon t-seidhir chaidh bacag bheag dhi.

"Oh a Mhàiri! Chan eil mi gu math. Cion a' chadail a' drùidheadh orm. Feumaidh mi dhol dhan leabaidh. Can ri Sìle 's Nora nach fhuiling mi duine fhaicinn chun a-màireach." Lethach suas an staidhre dh'èigh i sìos ri a nàbaidh. "Dèan fhèin tì dhaibh. Can ri Sìle gu bheil an rùm shìos air a chur air dòigh dhi ma tha i ag iarraidh fuireach an seo."

Rinn doras rùm Fiona brag leis a' chabhaig a bh' oirre a bhith a-mach à sealladh.

Sheas Màiri Thormoid gu an-fhoiseil air a fàgail na seasamh leatha fhèin anns a' chidsin. Bha Nora a' tighinn a-mach às a' chàr, a coltas cho diofraichte leis an fhalt ghoirid, seacaid leathair fhasanta, a ceum bragail a-nall chun an taighe. Air a sàil a-staigh an doras, Sìle, tana, meanbh le còta aotram geal agus baga-làimhe pinc.

"Dè dh'fhàg anns an leabaidh an dràsta i? Chan eil sin a' dol a dhèanamh feum sam bith. Thalla Sìle agus thoir oirre èirigh." Na seasamh agus a dà làimh air a cruachain, bha lasadh an sùilean Nora ag innse gun robh i a' gabhail ceann air an t-suidheachadh.

"Uill, ma dh'fhaoidte gum bu chòir fois a leigeil leatha...?" Cha robh iarraidh sam bith aig Sìle toirt air a piuthar èirigh. Nan gabhadh an coinneachadh mì-thlachdmhor cur dheth greis, 's ann as fheàrr leatha.

"Aidh bha i coimhead gu math, math sgìth," arsa Màiri Thormoid. "Dhèanadh cadal feum dhi. Feumaidh i a bhith làidir airson an latha màireach."

Dh'fhosgail Nora a beul a' dol a thòiseachadh ri trod gu feumadh Fiona èirigh. Ann an tiotan dh'atharraich i beachd agus chùm i sàmhach. Bha latha trom a' feitheamh air a piuthar chèile agus ma dh'fhaoidte gun robh e na b' fheàrr leigeil leatha fois fhaighinn. "Mo bheannachd ort a Mhàiri Thormoid, nach tu tha air an t-àite a sgioblachadh. Ma bha taigh riamh feumach air, gu dearbh fhèin, bha am fear seo."

Thòisich i air cruinneachadh nam pocan dubha airson falbh leotha a-mach às an taigh. Dh'fhosgail Màiri Thormoid a beul a' dol a dh'innse nach robh gnothach aice ris a' ghlanadh, ach cha tàinig bìog a-mach.

"Oh, chuir thu air dòigh rùm-cadail do Shìle? Oh well nach tu fhèin an deagh nàbaidh." A gruaidhean a' dol beagan pinc le nàire, ghabh Màiri Thormoid am moladh, a' gluasad a' chòmhraidh air falbh gu sgileil.

"Tì? An gabh sibh tì? Tha... Victoria Sponge an seo."

Caibideil 26

A' togail a' chloc bhon bhòrd ri taobh na leapa, na spògan ag innse gun robh an uair a' streap ri uair sa mhadainn, dhèirich Sìle a-mach às an leabaidh agus chuir i air an coire, i an dèidh a bhith na laighe na dùisg a chionn uair a thìde, e fàilneachdainn oirre cadal fhaighinn. Bha a h-inntinn a' cur nan caran a' smaoineachadh air a piuthar. Ciamar a bha Fiona a' dol a sheasamh nan làithean cruaidh a bha roimpe? A beatha às aonais Fhearghais? Fiona na banntraich aig aois cho òg! 'S ann air a piuthar a bha a smuaintean agus a truas a' dol. Cha deach mòran mhionaidean seachad bhon a fhuair Sìle an naidheachd dhuilich, air a bhith caoidh Fhearghais. Cha robh càirdeas no blàths mòr sam bith riamh eadar i fhèin agus e fhèin. Còmhradh cha deach nas fhaide na bhith a' beannachadh an latha no càineadh na sìde. Dh'fhalbh a cuimhne gu latha a' phòsaidh aca. Banais bheag, Fearghas agus a mhàthair a' toirt seachad òrdain, bean bainnse òg, dhiùid a' toirt feairt.

Leudaich a' bheàrn ann am beatha nam peathraichean às dèidh an latha sin. Bliadhnachan de chòmhraidhean ainneamh, tioram air a' fòn gun gach tè aca a' dèanamh mòran oidhirp caitheamh-beatha a chèile a thuigsinn. Beatha Shìle dripeil gu leòr aig an àm agus Flòraidh na nighean bheag, Seumas an lùib saoghal deàlrach an airgid. Gun teagamh sam bith thàinig blàthachadh beag eadar an dithis nuair a thàinig Sìle a dh'fhuireach ann an Rowan Avenue, còmhraidhean fòn a' tachairt nas trice. Theannaich an dàimh beagan eile às dèidh grèim-cridhe Fhearghais agus Fiona tighinn a dh'fhuireach an taigh a peathar.

Ciamar a chumas cuid a theaghlaichean suas ceangail làidir fad am beatha? Cuid eile le gràin an uilc aca air càch a chèile nach sìolaidh sìos gu bràch. Bheil an ceangal 's am blàths eadar càirdean fala nas duilghe a chumail suas na càirdeas eile? Tha, gus an tig an latha a thuigeas iad nach eil an aon fhuil, an aon togail, an aon eòlas a bhith aca air òg mhadainn thràth na beatha, nuair a tha am pearsa fhathast a' dol na chruth, a' ciallachadh gu bheil eòlas dòigheil aig cloinn air a' chèile. Feumar suim is ùine is oidhirp a dhèanamh clann coinneachadh agus eòlas fhaighinn air a chèile as ùr, nan daoine. Mun àm a thachras sin chan e a h-uile teaghlach aig bheil an ùidh air fhàgail.

A' sgoladh cupa fon uisge theth, bha Sìle ag òrdachadh gun robh i ann an àite sam bith ach a bhith seo. Carson a phòs Fiona bumailear mar Fearghas? I a-nist air a fàgail na banntraich gun eòlas air saoghal no eile, Fearghas le chuid òrdain agus nàdar seann fhasanta, smachdail air an suim a thoirt aiste. Seall fhèin mar a rinn i an-diugh, a' falbh na ruith dhan rùm a' diùltadh Nora agus i fhèin fhaicinn! Dè feum a bha sin a' dol a dhèanamh? 'S ann aig Dia mòr a bha brath gu dè an t-ullachadh a chaidh a dhèanamh airson an tòrraidh?

An rùm cho blàth, dh'fheuch Sìle ris an uinneag fhosgladh, an snàig cho teann cha gluaiseadh e. Dhragh i fosgailte na cùirtearan, troma, uaine. Tron uinneig chitheadh i a' ghealach, i slàn ach sgealb. Gun fhiosta dhi fhèin leum a h-inntinn gu Brazil, agus an suidheachadh a dh'fhàg i às a dèidh. An naidheachd dhuilich air Fearghas a' tighinn na fhaothachadh, a' toirt dhi leisgeul teicheadh. Thairg Seumas tighinn cuide rithe ach cha robh i ga iarraidh. A' ghealach mhòr, shocair a' coimhead a-nuas oirre gu truasail, dh'fhairich i na deòir a' cruinneachadh.

Dhùin i a-mach an smuain gu grad, i a' tilleadh a h-aire chun a' choire, 's an tì agus Fiona.

Am bu chòir dhi tairgsinn fuireach còmhla rithe airson dhà no trì mhìosan, a' cuideachadh tron àm dhubhach seo? Sheas i a' feitheamh ris a' choire goil, an cupa fhathast a' coimhead salach, thug i deagh sgoladh air fon tap. Chuir i pocan tì dhan chupa, lìon i suas an t-uisge goileach a' fàisgeadh a' phoc leis an spàin. Chaidh am fàisgeadh gu pronnadh, am poca tì a' stràcadh. Dhòirt i sìos an t-sinc an tì dhuilleagach, i tòiseachadh le cupa as ùr.

Fuireach ann an taigh Fiona? Bha smuain a' toirt goiriseachadh oirre. Rinn i beagan sporghail anns an treidhe far an robh an coire 's na cupannan, a' coimhead an robh briosgaidean ann. Cha robh. Leig i leis an smuain, ise a' tairgsinn ùine a chur seachad còmhla ri Fiona, fuireach am beulaibh a h-inntinn. Ise bhith a' cadal anns an rùm bheag, ghrànda, dhustach ud le fàileadh làidir na fuarachd, seann phàipear balla pinc le flùraichean beaga, geala. Dreasair fiodha buidhe, bhàrnais air falbh dheth. Chuimhnich i mar a sheas i na bu tràithe feasgar, a' coimhead timcheall agus i an àite a deuchainn. Chitheadh i cuileagan beaga marbh ann an sil na h-uinneig. Fo a casan am brat ùrlair ruadh le cearcaill bhuidhe air fheadh a' toirt na cuimhne sgeith cait. Dust a' cruinneachadh ann an cùl a h-amhaich a' toirt casadaich oirre. Ciamar a bha a piuthar beò san taigh seo? A h-uile rud a' coimhead ruadh, sean is robach, cho dorcha. Gun dad idir gleansach, brèagha, ùr ri fhaicinn? Dà cheum sìos an rathad chitheadh i taigh-òsta a' bhaile.

Mus do sheall i thuice fhèin bha i na seasamh aig an deasg a' faighneachd an robh rùm aca, i na leth ruith a-steach ann le mòr-fhaothachadh. Lom ach glan, dhèanadh rùm an taigh-òsta a' chùis. Thilleadh i a-null gu taigh Fiona tràth sa mhadainn. Cha bhiodh for aig Fiona nach do chuir i seachad an oidhche ann. Thàinig biorg beag ciont, a piuthar a bhith air a fàgail leatha fhèin aig àm cho dòrainneach, ach phut i a-null an ciont a-mach à sealladh. Cha robh cothrom aicese air. Cha iarraidh duine sam bith le tùr oirre fuireach anns an rùm a bha siud.

Thug i crathadh air bann a dreasa crochte anns a' phreas-aodaich feuch an tuiteadh an creimeasg bheag a-mach. Dreasa tana, dubh agus còta dhen aon dath. Brògan 's baga nan suidhe air ùrlair a' phreasa. Thill Sìle air ais dhan leabaidh, a' toirt leatha an cupa tì. Tionndadh i air an telebhisean is ghluais i bho stèisean gu stèisean, e fàilneachadh oirre sìon fhaighinn a bha a' glacadh a h-aire. A' cur crìoch air an tì, a sùilean a' fàs trom mu dheireadh thall, dhragh i suas an cuibhrig is thuit i na cadal.

Cha bheag an adhradh a bha aodann mòr, còir na gealaich a' faighinn a-nochd. Na suidhe aig casan na leapa, bha Fiona an dèidh a bhith coimhead oirre fad ùine. Sgòthan beaga a' seòladh tarsainn an dràsta 's a-rithist. Sgòthan mòra ga dùnadh a-mach à sealladh ach gu socair iad a' sèideadh air falbh agus i a' tilleadh air ais a choimhead a-nuas air Fiona. An rùm dorcha ach soillse na gealaich, a' bhanntrach ùr na suidhe na h-aodach, tuilleadh 's beag suim airson an toirt dhith agus na paideàmas a chur oire. Bha an t-àite mar gu fàgadh a' mhuir làn e, leabhraichean Fhearghais, aodach Fhearghais, brògan Fhearghais far an do dh'fhàg e iad. Ri taobh na leapa bha poca mòr, dubh agus e leathach làn stuth. Thog i brògan Fhearghais agus chaith i am broinn a' phoca dhubh iad. Rinn iad brag a' bualadh am broinn a' phoca, mac-talla an fhuaim a' falbh tron taigh shàmhach.

Dh'fhairich i taingeil gun robh an taigh falamh agus nach do dh'fhuirich Nora cho fada sin. Na cabhaig suas an staidhre na bu tràithe shuidh i aig oisean na leapa agus i ag ùrnaigh nach nochdadh duine aca suas an staidhre. Chluinneadh i fuaim sgioblachaidh, dorsan preasa gam bragadh dùinte, washing machine ga chur air agus às dèidh greis bheag guthan Nora agus Màiri Thormoid a-mach an doras. Leig i osna faothachaidh. 'S ann taingeil buileach a bha i nuair a chuala i an doras a-muigh ga dhùnadh air a shocair agus i a' faicinn Sìle a' coiseachd gu cabhagach a-null chun an taigh-òsta.

Dè an ùine a bha i na suidhe a' coimhead na gealaich? Uair? Dà uair? Na suidhe a' suaineadh na fàinne tana òir timcheall a meòir, i feuchainn ri cuimhneachadh dè bha dol tro a h-inntinn an latha ud. An latha a phòs i fhèin agus Fearghas, e cur a' bhann mu a meòir agus a' toirt seachad na bòidean. Cha robh sìon a' tighinn thuice. Cha robh cuimhne aice air dad dheth. Rinn i oidhirp na seallaidhean a thathaich a-nuas bho cùl a cuimhne. An trusgan bainnse, aimsir an latha, blas biadh na bainnse, a' chiad oidhche aca pòsta nan laighe a-staigh bhon aon chuibhrig. Cha robh cuimhne aice air dad dheth. Nach neònach.

Dè bha a' dol tro a h-inntinn an dràsta? Bròn? Caoidh? Eagal? Cha robh i a' faireachdainn sìon dheth sin. Gu dè bu chòir dhi a bhith a' faireachdainn? Los nach robh i a-riamh na banntraich ciamar a bha fios dol a bhith aice? Rud eile a bha a' dèanamh dragh dhi 's e ciamar a bu chòir dhi i fhèin a ghiùlain. 'S e sin a thug oirre teicheadh suas dhan rùm nuair a thàinig Nora is Sìle chun an taighe. Bha i ann an dòigh fhathast gun cruth na banntraich fhaighinn dhi fhèin. Dè seòrsa banntraich i? Bha i a' coimhead prògram dràma air telebhisean o cionn ghoirid air duine òg a dh'eug aithghearr agus nuair a fhuair a leannan an naidheachd rinn i sgiamh shàmhach, a beul fosgailte cho fad 's a ghabhadh. Bha na fèithean a' brùchdadh a-mach cliathaich a h-amhaich leis an oidhirp ach fhathast cha robh bìog a' tighinn a-mach à a muineil. Leig i an uair sin sìos i fhèin ri taobh a' bhalla a' tuiteam na ball cruinn mun doras, coltas an uabhais air na daoine a bha timcheall. Cha robh Fiona a' smaointinn gum biodh ise a' faireachdainn cofhurtail a' dèanamh sin.

Tric gu leòr bha i air dràma fhaicinn air an teilidh far an robh bàs aithghearr san sgeulachd. Bhiodh boireannach a' sgiamhail le bròn is reachd gus an toireadh cuideigin dhi pliutag airson stad a chur oirre. An e sin an dòigh as fheàrr? Shaoil Fiona gum biodh sin ro chunnartach. Cha mhòr nach fhaireachadh i an cràdh agus Nora a' toirt dhi deagh bhuille mun bhus.

Cumail sàmhach gun mòran bruidhnidh, ma dh'fhaoidte gur e sin an dòigh a b' fheàrr? Cha b' urrainn dhi smaoineachadh air a-nochd. Oidhcheannan gun cadal dòigheil air a ceann fhàgail aotram, neònach. I a' tilleadh a-rithist agus a-rithist chun an dotair òig a' cur a làimh air a gualain, a guth cho socair, "I'm so sorry Fiona, but he's gone."

"Gone? Gone where?"

'S e sin a' cheist. Cà' an deach e?

Chaidh i chun a' phreasa bhig a bha aig taobh Fhearghais dhen leapa, i a' toirt a-mach bogsa mòr, dubh. Nach tric a chunnaic i Fearghas a' dol tro na liaparan phàipear glèidhte na bhroinn, cunntais-banca, ionmhasan is eile. Nach tric a chuala i Fearghas a' gearan air cus airgid ga smàdadh agus mar bu chòir do Fiona a bhith nas fhèarr air caomhnadh. A' cur a làimhe air uachdar a' bhogsa, leig i anail. Fad bhliadhnachan a' phòsaidh aca cha do choimhead i riamh am broinn a' bhogsa. Cha do bhuail e riamh na ceann. Thuig i tràth sa phòsadh aca gun robh pàipearan Fhearghais ri sheachnadh. Air a' chiad Dihaoine dhen h-uile mìos, nuair a rachadh iad suas dhan leabaidh, bha am bogsa a' tighinn a-mach.

Fearghas an sin a' brunndail 's a' trod fo anail agus e a' cunntais 's a' sgrìobhadh ann an leabhar beag, gorm. Cha bhiodh Fiona ach a' tuiteam na cadal, a' leigeil oirre nach robh i a' cluinntinn guth. Thug i tiotan beag mus do dh'fhosgail i a-mach am bogsa. Bha e làn gu mhullach le pàipearan air an cur am broinn a' bhogsa gu rianail. Chitheadh i sgrìobhadh cinnteach, dìreach Fhearghais air feadh nan duilleagan. Air a socair shìn i a-mach leabhraichean agus bileagan mu seach air uachdar a' chuibhrige.

Gu math luath dh'inns cuid a' bhogsa a sgeulachd fhèin air cho mionaideach 's a bha Fearghas a thaobh nan cunntasan. Gach sgillinn a bha dol a-mach, gach sgillinn a bha a' tighinn a-staigh, bha e air a chlàradh aige anns an leabhar bheag, gorm. Na deitichean a' dol air ais bliadhnachan. Rinn i gàire bheag a' faicinn liost de chosgaisean na bainnse aca, e a' tighinn mar naidheachd dhi gun d' fhuair e an trusgan aicese an asgaidh bho chàirdean taobh a mhàthar. Cha robh an fhàinne phòsta ùr a bharrachd.

Airson a' chiad uair chunnaic Fiona dè an tuarastal a bha e a' faighinn tro na bliadhnachan. Cha tàinig e riamh a-staigh oirre faighneachd dha dè na bha de dh'airgead aca sa bhanca, bha fhios aice nach fhaigheadh i freagairt dhòigheil.

"Gu leòr a chumas beò sinn," thuirt i ann an guth ìosal, ag atharrais guth Fhearghais.

Chan e cuspair a bh' ann a bha a' cur mòran dragh oirre. 'S e feallsanachd Fhearghais an dachaigh a bhith blàth, biadh gu leòr sa phreasa, telebhisean mhòr, mhath agus coimpiutar. Cha robh feum air a' chòrr. Cha robh e a' creidsinn ann an saor-làithean no aodach ùr no dèanamh suas taigh.

Thug i greis a' togail phàipearan agus bileagan banca mus do thuig Fiona na bh' ann de dh'airgead. Bha Fearghas an dèidh a bhith a' sàbhaladh agus a' cur mu seach airgead fada mus do choinnich ise ris. Bhon chiad phàigheadh a fhuair e, nuair a thòisich e na cunntasair sa gharaids, bha e air deagh iomaill dheth a shàbhaladh sa bhanca. Lean e ris a' chleachdadh sin fad a bheatha. Ann am bonn a' bhogsa thàinig i tarsainn air na pinn. Dearg, uaine, dubh is gorm, iad ceangailte ri chèile le bann lastaig. Ann am beachd Fhearghais bha dath na pinn dhan chunntasair cho deatamach ri sgèinean dhan lannsair. Rinn i gàire a' cuimhneachadh an liuthad uair a shìn i dha an dath ceàrr nuair a dh'iarradh e oirre peann a thoirt a-nall thuige.

Thill i na pàipearan air ais far an d' fhuair i iad, i dol a chur a' bhogsa air ais dhan phreasa, a ceann a' dol tuathal, e teannadh ri bragadaich. Rachadh i a dhèanamh cupa tì dhi fhèin, bhiodh sin na chuideachadh. Stad i, a' tionndadh a h-aire air ais chun a' bhogsa dhuibh, ga fhosgladh a-mach agus ga chrathadh falamh air feadh na leapa.

Nach iongantach gu bheil sinn a' leigeil le droch naidheachd drùidheadh a-staigh nar claigeann agus a thuigsinn is gabhail ris, ach tha an deagh naidheachd ri cheasnachadh a-rithist 's a-rithist, sinn a' diùltadh a ghabhail mar fhìrinn. Bhuail spòg a' chloc dà uair sa mhadainn mun do thuig Fiona dè bha cuid a' bhogsa dhuibh ag innse dhi. Bha a cupa tì air fuarachadh na làimh leis an ùine bha i na suidhe a' leughadh nam bileagan pàipeir, i mu dheireadh thall a' tuigsinn nach robh sìon de chion airgid gu bhith air a' bhanntraich ùir seo. Na suidhe aig ìochdair na leapa air a cuairteachadh le pàipear, shuidh i air ais na leth sìneadh, sgìos a' drùidheadh oirre. Gu grad leig i boc aiste, a cupa a' tuiteam a-mach às a làimh, a' dòrtadh na tì air feadh an ùrlair. A làmh air a mionach, dh'fhairich i rithist dealain-dè na beatha ùire a' plapartaich na brù, aoibhneas gun tomhas a' lìonadh a cridhe.

Caibideil 27

Nach e brat-ùrlar trannsa na h-eaglais a tha robach, shaoil Màiri Thormoid agus i a' coimhead a-null air. Nach neònach nach tug cuideigin ruith air fheadh leis an hoover mus do thòisich an t-seirbhis. Dè na motan beaga a bha siud? Coltach ri giobagan bian coin? Tha fhios nach robh Father Telek a' leigeil leis a' chù a bhith a' tighinn a-staigh dhan eaglais? An cù mòr, robach, geal a bha uimhir ri gamhainn. Bha Father Telek e fhèin a' coimhead caran robach. Bun feusaig agus falt dubh gun chìreadh.

Eadar blas làidir na Pòlainn air a' chainnte agus am fasan a bh' aige a bhith a' bruidhinn a-staigh na gheansaidh, bha e gu math doirbh a leantail. Doirbh buileach a-nist agus am miocrofon air sgur a dh'obrachadh dòigheil, a ghuth a' bristeadh 's a' tighinn. Fhios dè an aois a bha e? Beagan agus dà fhichead? Mìos bhon a thàinig e dhan sgìre, bha Màiri Thormoid air fhaicinn tric gu leòr a' coiseachd sìos an rathad, baga air a dhruim, slat-iasgaich a' stopadh a-mach às. An cù mòr, giobach, geal ri shàil. Cha robh fad sam bith bhon a thug i leth latha ga choimhead leis a' phrosbaig, e na shuidhe an taobh an locha ag iasgach. Deagh latha iasgaich ann an-diugh, dorcha le smugraich uisge. Saoil an ann air a sin a bha e a' smaointinn agus e a' coimhead a-null air an uinneig? Bidh e na chabhaig an t-seirbhis fhaighinn seachad. Fhios dè na faclan coibhneil a chanas e mu dheidhinn Fhearghais? Shlaod i a-mach nèapraige às a pòca air eagal 's gun tigeadh deòir.

Gu tàmailteach bha i air suidhe ro fhaisg air cùl na h-eaglaise airson sealladh dòigheil fhaicinn air an dreiste aghaidh. Le suidhe suas dhèanadh i a-mach na cinn aig Fiona, agus Nora ri a taobh, Eamag agus an uair sin Sìle. Ceithir boireannaich nan suidhe ann an èideadh dubh. Nach e bha a' coimhead nochdte nach tàinig Mìcheal no Seumas no fiù Flòraidh. Nach e daoine a dhèanadh a' bhruidhinn. Dh'fhosgail i a-mach an nèapraige ga sliobadh air a glùin, anairt mhin, ròsan beaga, pinc air am fuaigheil air an oir. Prèasant a gheibheadh tu uaireigin cho tric, trì nèapraigean ann am bogsa, le cnot beag liath no pinc air a stopadh na mhullach le prìne. Saoil cò às a thàinig an nèapraige seo? Bho a màthair? Bho mhac-talla nam bliadhnachan thàinig guth nach cuala i o chionn iomadh bliadhna ag èirigh a-nuas o chùl a cuimhne, "Dèan cinnteach gu bheil nèapraige ghlan agad."

Gu dè an diofar a bha nèapraige a bhith glan no salach a' dol a dhèanamh ann an suidheachadh sam bith anns am faigheadh i i fhèin, bha e a' faileachadh oirre a thuigsinn. Phaisg i suas an square anairt agus guth a màthar air fàs biorach, "A Mhàiri, cà 'il do nèapraige?"

Leum an guth gu luath gu bhith na ghuth Rhett Butler, "Oh Scarlett never in any crisis have I known you to have a handkerchief!" *Gone with the Wind*.

Greis nach do choimhead i air a' film sin. Ma dh'fhaoidte gum biodh e na dheagh fhaothachadh dhi coimhead air an DVD a-nochd fhathast, às dèidh tàir 's bròn an latha an-diugh dhèanadh e deagh thogail inntinn. Oh Scarlet O' Hara, agus Mamaidh air dreasa bhrèagha a dhèanamh dhi leis na cùirtearan meilbheid, uaine. Ciamar a bha ceòl a' film a' dol? Thòisich an ceòl a' seinn na ceann, e a' falbh leatha gu Tara. Rhett Butler a-nist air Scarlett a sguabadh suas na uchd agus e le roid a' falbh leatha suas na staidhre, ga caitheamh air an leabaidh, nuair a thàinig fuaim cruaidh leanaibh a' sgreuchail a-steach dhan an t-sealladh.

Am fear beag aig Raonaid 's Calum, nach e bha air fàs. Raonaid mar pìobaire, e aice air a gualain ga thulgadh agus e a' sgiamhail àrd a chlaiginn. Calum ri a taobh a' feuchainn rud mu seach eadar botal, dummy, dòtaman beag, teadaidh, cha gabhadh am fear beag gin dhiubh. Aodann Raonaid a' dol nas deirge 's nas deirge, i a' dèanamh a dìchill an leanabh a shocrachadh. Father Telek air stad a dh'ùrnaigh, a' feitheamh beagan sàmhchair.

Choimhead Fiona an taobh a bha an rachdail a' tighinn, fiamh beag gàire air a h-aghaidh. An caoineadh a' fàs nas cruaidhe, dh'èirich Raonaid, i a' falbh na cabhaig a-mach às an eaglais, an leanabh a' lùbarnaich an taobh ud agus an taobh ud eile mar botaig làidir air a gualain. Dh'fhuirich Calum tiotan beag air an dreiste ach, nuair nach do stad an caoineadh, dh'fhalbh e na chabhaig, a' coiseachd air chorra-biod a-mach chun a' phoirdse. Chaidh an eaglais sàmhach ach fuaim guth Father Telek ag ùrnaigh a' tighinn 's a' falbh tron mhicrofon bhriste.

Chùm Màiri Thormoid a' coimhead a-null air a' bhanntraich ùir. Am faca i riamh Fiona a' coimhead cho bòidheach? A gruaidhean pionc a sùilean ciùin, a gnùis cho sèimh. Rudeigin diofraichte mu deidhinn. Dh'fhalbh an dath glas. An taca rithe, bha piuthar Sìle a' coimhead sgìth agus seargte. An còta dubh air an dath a thoirt bho a h-aodann, ga fàgail a' coimhead sean.

Bha deagh thorr a dhaoine air tighinn a-mach dhan eaglais. Muinntir na garaids, fàileadh ola 's peatroil air tighinn còmhla riutha. Luchd-obrach bhon sgoil, Seòras Rafartaidh a' coimhead cho sgiobalta seach mar a cleachd e bhith, Eilidh ri thaobh, grèim teann aice air làimh air. Neataidh na suidhe aig a' chùl, a sùilean a' sgiatan air feadh na h-eaglais mar uiseag air geug. Còta aotram uaine! An e nach robh còta dubh aice? Cha chòrd siud ri daoine. Nach i tha a' dèanamh a' choimhead a-null air Nora.

Fhios an tigeadh mòran chun na falairidh? Tì agus dram air a chur air dòigh aig an taigh-òsta às dèidh làimh. Sheasadh i a-staigh ann, balgam tì luath, fhad 's a chitheadh Fiona ann i, tha fhios gu faodadh i falbh dhachaigh. Fhios an tigeadh Father Telek? Thigeadh a dh'ithe làn a bhroinn!

Shuidh Màiri Thormoid air ais anns an dreiste a' leigeil le a druim tacsa a ghabhail. Anail throm agus fàileadh clò agus leathair a' siabadh a-nall fo a sròin. Ted! 'S fheudar gun robh Ted na shuidhe air a chùlaibh agus gun i air for a thoirt. Thòisich a cridhe a' dol aig astar, boinne fallais a' tuiteam a-nuas taobh a cinn. A' dèanamh oidhirp gach smuain sam bith air Ted a dhùnadh a-mach bho a h-inntinn, thionndaidh i a h-aire chun na seirbhis. Bha Father Telek air coiseachd a-nall mu choinneamh na ciste-laighe. Nach e rothan na troilidh a bha air na lorgan domhainn a dhèanamh air a' bhrat-ùrlair, a' chiste-laighe cho trom! Gu dearbh dh'fheumte deagh ruith a thoirt air a siud le hoover mus togadh an caitein suas air ais.

Thàinig sealladh gu a h-inntinn air Father Telek le hoover, an smuain a' toirt fiamh ghàire gu a beul. Chaidh fuaim a' hoover gu bhith na fhuaim toirm chasan ag èirigh nan seasamh agus a' gluasad a-mach trannsa na h-eaglais. An t-seirbhis seachad!

Thug Màiri Thormoid a-mach a nèapraige às a pòca gus suathadh beag a thoirt air a sùilean mun doras a-muigh.

* * *

"'S lugha orm fhèin uighean." Thionndaidh Neataidh suas a sròin ris an truinnsear phìosan na shuidhe air a' bhòrd.

"Tha feadhainn a seo le feòil fhuar." Thog Nora suas truinnsear ga thairgsinn do Neataidh.

"Och cha ghabh, chan eil sannt sam bith agam fhìn ann am feòil fhuar."

Tha cuid de dhaoine, co-dhiù a tha iad aig banais, baisteadh no tiodhlacadh, a gheibh an t-uabhas tlachd o a bhith a' càineadh a' bhìdh. Ged a bhiodh am feist a b' àille air a shìneadh a-mach air a' bhòrd chan eil e a' dol a chòrdadh riutha. Bha Neataidh a' coimhead 's a' putadh a-null truinnsear ma seach dhe na ceapairean beaga, drèin air a h-aodann ris na truinnsearan bhonnach 's cèic. A' dol timcheall nam bòrd, bha luchd-frithealaidh an taighe-òsta a' tairgsinn brot.

"Dè an taghadh?" dh'fhaighneachd Neataidh dhan nighean òg mu a coinneamh leis a' phoit.

"Gabh e no fàg e," arsa Nora ann an guth biorach. "Sin an taghadh."

'S e Nora a bha air a' phìos seo dhen latha a phàigheadh 's a chur air dòigh, i dhen bheachd gun robh truinnsear brot, cupa tì, ceapairean,

bonnach agus dram, fialaidh agus còir. Mothachail dhan bhior fuar
na guth, ghabh Neataidh tairgse a' bhrot.

Bha grunnd dhaoine air tighinn chun an taighe-òsta airson balgam
tì, dram agus grèim ri ithe às dèidh fuachd a' chlaidh. Nora 's Neataidh
agus Màiri Thormoid còmhla aig bòrd, Sìle air a dhol pìos air falbh
bhuaipe còmhla ri dithis bhoireannach a bha ag obair còmhla ri Fiona
san sgoil. Cha do rinn i oidhirp air còmhradh a chaidh nas fhaide na
tairgsinn an t-siùcair 's bainne. Thuit sàmhchair mì-chofhurtail, fuaim
ghuthan ìosal a' falbh air feadh an rùim, daoine ann an cabhag am pìos
seo dhen fheasgar fhaighinn seachad.

Bha Ted a' dèanamh latha math air a' bhiadh, ladar eile dhen bhrot
ga lìonadh dha agus e a' gabhail na tairgse air an darna dram. Na suidhe
aig bòrd an taobh thall dheth bha Màiri Thormoid a' cumail sùil air,
ged a bha a h-aire barrachd air còmhradh Nora 's Neataidh.

"Nach brèagha brògan dubha Sìle, na buinn aca dearg, nach
annasach."

A' toirt grèim à bonnach beag, e a' còrdadh rithe ge b' oil leatha,
thog Neataidh a cupa tì ri a beul, a' toirt deagh bhalgam aiste. "An tug
thu an aire dhaibh Nora?'" Bha i ga fhaighinn caran leamh nach robh
Nora a' toirt seachad a beachd.

"Nach ann rium a chòrdadh baga-làimhe mar siud. Dè chanadh tu
a chosg e?"

Cha do leig Nora oirre gun cuala i.

Na suidhe thall ann an seidhir ìosal leatha fhèin, i air diùltadh
suidhe aig a' bhòrd a ghabhail grèim ri ithe, bha Fiona air an tì a thug
Sìle a-nall thuice fhàgail a' fuarachadh ri a taobh. Chitheadh Màiri
Thormoid na brògan gleansach, dubha le buinn dhearga, e a' cur
mòr-iongnadh oirre ciamar a bha Sìle a' dèanamh a' ghnothaich air
seasamh cothromach air sàilean cho biorach àrd. Sheas i diog no dhà
a' bruidhinn ri a piuthar, agus an uair sin thill i chun a' bhùird, na
sàilean a' bragadaich air an ùrlair. Bha an cupa tì aice fhèin a-nist na
laighe a' fuarachadh agus i a' tionndadh a thoirt barrachd aire dhan dram.

Ciamar a bha a' dol do Fiona, i na suidhe leatha fhèin, air falbh
bho chàch. A còta dubh dùinte suas chun a h-amhaich ged a bha an

rùm gu math blàth. A' suidhe cho sàmhach, a ceann crom, cha robh mòran dhaoine a' beantainn rithe a bharrachd air làmh a chur air a gualain anns an dol seachad, e follaiseach gun robh a cruth a' ràdh, "na bruidhinn rium, seachain mi."

"Nach eil e nàr nach tàinig Seumas a-nall airson an tòrraidh?" Nora leathach sìos glainne an dram, i air an cupa tì a-nist a phutadh air falbh.

"Oh uill tha," arsa Neataidh, toilichte gun robh rud eile ann ri chàineadh seach na ceapairean 's na bonnaich, agus gun robh an cuspair seo nas cinntich air cagnadh a thoirt dhan dithis aca. "Dè seòrsa fear a th' ann co-dhiù? Cò a chunnaic riamh e? Thu cinnteach gu bheil iad còmhla? Agus an nighean, Flòraidh nach e? Cà' bheil a' ghobag sin?"

A' fàgail an dithis a' càineadh, dh'èirich Màiri Thormoid bhon bhòrd, a' falbh a-null chun an toileit ach a' gabhail air a socair a' coiseachd seachad air Fiona, Seòras Rafartaidh agus Eilidh air stad ri a taobh a bhruidhinn rithe. Ghlac i na faclan gealadh-pòsaidh, imprig agus obair ùr an Canada. Ghlac i cuideachd blàths anns a' choltas a thug Fiona air Seòras agus grèim teann aice air làimh air.

An àm tighinn a-mach às an toileat, chitheadh i Fiona agus nèapraige aice ri a sùilean, i a' faireachdainn mar Sherlock Holmes a' coiseachd seachad agus e toirt a bheachd do Watson. "Mm chan e deòir na tùirse a tha a' sruthadh an siud ach deòir an toileachaidh."

A' tilleadh air ais na suidhe aig a' bhòrd bha e caran na iongnadh gun robh Neataidh agus Nora fhathast càirdeil gu leòr, Nora a' caoidh a bràthar, Neataidh ag èisteachd le truas. Dh'fheuch i fhèin ri facal no dhà mu dheidhinn Fearghas a chaitheamh an lùib a' chòmhraidh, ach cha robh dad le brìgh sam bith a' tighinn thuice.

"Mallorca, ciamar a bha Mallorca a' còrdadh riut fhèin agus Mìcheal?"

Las sùilean Nora, i a' blàthachadh ris a' chuspair, Màiri Thormoid air leth-chluais ag èisteachd. Nora ag innse cho math 's a bha a' dol dhan bhàr, cho math 's a bha an obair a' còrdadh rithe agus mar a bha i a' togail a' chànain beag air bheag.

A' tighinn a-staigh an doras chitheadh i Father Telek, nach e tha fada gun nochdadh! Shuidh e thall ri taobh Ted. Nach ann air a bha a' chabhag ag òl a' bhrot! Bruidhinn gu leòr eatarra. Dè dh'fhàgadh an dithis cho rèidh? Bha leithid a' dol timcheall oirre nach robh i buileach a' tuigsinn, bha Màiri Thormoid a' faireachdainn gu feumadh i meòrachadh dòigheil a dhèanamh nuair a gheibheadh i air ais gu an taigh aice fhèin. Cheangail i cnot na nèapraige airson gach rud a chumail na cuimhne. Shuidh i suas feuch an glacadh i facal no dhà a bharrachd den chòmhradh aig Nora 's Neataidh ach bha na guthan a' dol às an rathad oirre. Carla? Cò bh' ann an Carla? Nach e Nora a tha a' toirt teacs tric oirre.

A' faireachdainn a casan ag at am broinn a brògan, bheachdaich i co-dhiù an toireadh i dhith iad a-staigh fon bhòrd agus gu fuiricheadh i pòile beag eile no an rachadh i dhachaigh. Beag air bheag bha feadhainn a' falbh, nan èireadh i an dràsta gheibheadh i a-mach an doras gun duine a' toirt an aire. Oh seall thusa siud, Father Telek a' cruinneachadh làn a chròige de na ceapairean agus gan cur na bhaga!

Bha an rùm a' teannadh ri falamhachadh, daoine a' dol a-null a dh'fhàgail beannachd aig Fiona agus a' falbh. Father Telek e fhèin a-mach an doras, cha mhòr gum b' fheuch dha tighinn! Uill a rèir coltais làn a bhaga, b' fheuch. Siud Ted a' falbh a-mach an doras còmhla ris. Nach iadsan a tha rèidh? Mm... cùm a-staigh air an t-sagart gun fhios cuin bhios feum agad air... Alibi! Creididh poileas pearsa-eaglaise daonnan. An e cànan na Pòlainn a bha Ted a' bruidhinn an siud? Spy a tha ann an Ted. Father Telek an controller. Carson nach do thuig i seo nas tràithe!

"Cò ghabhas dram?" Thall aig cunntair a' bhàir bha Nora na seasamh, an sporan aice fosgailte. "Dram mar chuimhneachan air mo bràthair bhochd Fearghas, fois is sìth dha anam."

Cha robh air fhàgail dhen chruinneachadh ach Sìle, Fiona, Neataidh agus Màiri Thormoid, iad uile air gluasad a shuidhe faisg air a' chunntair, a' leigeil le luchd-frithealaidh an taighe-òsta na bùird agus na soithichean a sgioblachadh air falbh.

Bha Sìle a' coimhead oirre fhèin ann an sgàthan beag a thug i às a baga-làimhe, i a' cur oirre tuilleadh lipstick 's a' suathadh a gruaidh pinc le pùdair air bruis. Thug i a-mach fòn is thòisich i air coimhead oirre mas fhìor a' leughadh teachdaireachd a bha air tighinn a-staigh thuice. Dè bha daoine a' dèanamh ro àm na fòn-làimhe? Ciamar a bha iad gan dùnadh fhèin a-mach à suidheachadh doirbh? A druim goirt leis an sgìos agus cion a' chadail, bha Sìle air an latha seo fhaireachdainn cho fada ri fada. An robh i air cobhair no tacsa sam bith a thoirt do a piuthar? Bha fhios aice nach robh. Cha robh i air fiù fuireach còmhla rithe anns an aon taigh. Ma bha Fiona air sin a ghabhail dona, gu dearbh cha robh i ga shealltainn. Na suidhe gu socair, chitheadh tu na sùilean gun robh a h-inntinn an àite eile, i fhathast air falach am broinn a còta. Math dh'fhaoidte gun robh a còta mar chòmhdach dhi, i sàbhailte a-staigh na bhroinn. Nach bochd nach robh còmhdach aicese a rachadh o bhàrr a cinn gu bonn a brògan, smaointich Sìle.

Carson nach tug i leatha Flòraidh a-nall? Cha bhiodh sìon a chion bruidhnidh oirrese ge brith dè cho doirbh 's a bhiodh an suidheachadh. Flòraidh agus Seumas. Bha i air an dùnadh a-mach o a h-inntinn o chionn lathaichean. Dè tha iad a' dèanamh an dràsta? Chluinneadh i guth Sheumais a' gàireachdaich. Cò bha a' gàireachdaich còmhla ris?

"Uisge-beatha, Sìle, tè mhòr."

A' faicinn Sìle a' togail a làimh gus diùltadh, chrath Nora làmh ga sàmhachadh.

"Oh dùin e! Fhios againn uile gu bheil do bheul a-mach airson tè! Trì dramaichean mòra agus tè bheag dhutsa a Mhàiri."

Chitheadh Màiri Thormoid gun robh Nora ann an sunnd nach robh a' dol a leigeil le duine an dram aice a dhiùltadh.

Thog Sìle a glainne ri a beul, a' toirt deagh bhalgam aiste, an stuth lasanta a' caitheamh a theas na chabhaig tro a cuislean, a gruaidhean a' dol dearg-phionc nas luaithe na chuir a' bhruis phùdair iad. Cha tug i an aire dha a piuthar a' togail na glainne ri a beul, a' sùghadh a-steach an fhàilidh gun blasadh agus ga leigeil air ais air a' bhòrd ri a taobh, ann an dòigh nach fhaiceadh càch i.

"Bha e tàmailteach nach do rinn Seumas an gnothach air tighinn chun an tòrraidh," ars Màiri Thormoid, a' feuchainn air dòigh fhaighinn airson Sìle a thoirt a-staigh dhan chòmhradh. "Agus an nighean agaibh... Flòraidh an e?"

"Aidh, bha," arsa Sìle, gun an còrr eile aice a chuireadh i ris an fhreagairt. Sùilean nan triùir a' laighe oirre, iad a' feitheamh leisgeul. Bha gruaidhean Neataidh iad fhèin air fàs dearg agus an dram a' teòdhadh oirre.

"Agus Mìcheal agus Eamag," ars ise. "Tàmailteach buileach nach tàinig iadsan nach eil? Bràthair-chèile! Chuala mi duine no dhà a' faighneachd càite an robh iad?"

A' faicinn an deàrrsaidh a' ruith gu grad tarsainn sùilean Nora, dh'fhairich Màiri Thormoid a casan ag at a-rithist, i a' toirt dhith a brògan a-staigh fon bhòrd.

"An ann dall a tha thu Neataidh? Cà' bheil do fhradharc? Nad thòin? Am faca thu idir Eamag rim thaobh san eaglais?" Chaith Nora an dram sìos a h-amhaich a' tràghadh na glainne. "Airson Mìcheal. Mac fhireann! Cò bha ga iarraidh a' tighinn chun an tòrraidh!"

"Oh uill, Nora!" ars Neataidh, a beul fosgailte, a' feitheamh barrachd.

A' toirt drùdhag bheag às an dram, smaointich Màiri Thormoid rithe fhèin air co-dhiù an robh i riamh air tòrradh far an deach cho beag guth a thoirt air neach-adhbhair a' chruinneachaidh?

"Tha cheart cho math dhomh innse dhuibh," arsa Nora, ag èirigh na seasamh is a' falbh a-null chun a' bhàir. "Tha mi fhèin agus Mìcheal air dealachadh a-rithist. Bhreab mi mach e, mac an diabhail!"

A' toirt an aire do choltas aodann Neataidh rinn Nora gàire. "Oh Neataidh, dùin do bheul. Tha thu mar clab chuileag an sin! Dè cho tric 's a thuirt thu gun do rinn mi òinseach dhìom fhìn a' gabhail Mhìcheil air ais. Bha thu ceart! Fhios agaibh air a seo, chan eil feum sam bith agamsa air fear. Tha mi fhìn agus Carla toilichte gu leòr còmhla a' ruith a' bhàir."

"Carla?" Thuirt Màiri Thormoid an t-ainm ìosal fo a h-anail agus i a' coimhead a-null air Nora. Ciamar nach tug i a-riamh an aire cho fireann 's a bha i a' coimhead dhi fhèin. Co-dhiù leis an fhalt ghoirid. Cheangail i snaim beag eile san nèapraige.

"Ud, nì sinn uile an gnothach glè mhath às aonais fear, gheibh thusa sin a-mach Fiona!"

Choimhead Sìle le uabhas gun rachadh rud cho borb a ràdh ri a piuthar air latha cho goirt.

"Dè an coimhead a tha agadsa orm Sìle? Nach eil thu fhèin air an aon chleas?" arsa Nora. "Às aonais fear, no tha a cheart cho math dhut a bhith. Càite a bheil Seumas? Tha Neataidh ag amhras gu bheil sibh dealaichte agus gur e nàire a tha a' toirt ort a bha ga chleith!"

A' cur sìos an dram air a' bhòrd le brag ri taobh Shìle, dram eile air ri taobh Neataidh, bha Nora aotram innte fhèin agus i air naidheachd Mhìcheil a leigeil ma sgaoil. Gun sìon de thuigse aice air buaidh a beòil bhioraich – Sìle air a gonadh, a druim a' teannachadh le caoch, Neataidh air a nàireachadh, a h-aodann na bhraoisg dhearg.

"Fiona! Dè an cumail a sin agad air an dram?" Bha Nora air an aire a thoirt gun robh dram riamh gun deur air a thoirt às ri a taobh air a' bhòrd. "Ma tha duine a-staigh an seo feumach air dram, dearbh Dhia, 's e thusa. Òl sin sìos!"

Shuidh Fiona suas agus tharraing i a-staigh a h-anail, a' greimeachadh oir a liopa le a fiaclan. Coltas na sùilean a thug air Màiri Thormoid a h-aire a dhraghadh air falbh bhon triùir eile, seaghail gun robh naidheachd dha-rìreabh dol a thighinn bho bheul bu lagha dùil.

"Uill chan fhaod mise dram a ghabhail," ars ise, a' fosgladh a-mach a còta agus a' cur a làimh tarsainn brù bheag chruinn mar dhòigh air a' chòrr dhen naidheachd innse.

"Oh uill a dhiabhal mise, tha thu trom!"

Leig Nora lasgan gàire, a' toirt brag le a bois air a sliasaid leis an toileachadh.

"Sin thu fhèin, Fhearghais, mo bheannachd ort! Ah leabhra, bidh leanabh beag ruadh a' cluich mu na cnuic sa bhaile seo."

"Bidh," fhreagair Fiona gu toilichte, ga faicinn fhèin a' ruith às dèidh gille beag dearg-ruadh, casan searraich air. An naidheachd a bu dùraigeadh i èigheach air feadh nam beann 's nan gleann, ma sgaoil mu dheireadh thall, bha Fiona air iteig le toileachas. A còta air a chaitheadh gu aon taobh, bha i gu moiteil a' sealltainn a cumaidh chruinn.

Bha an còrr dhen fheasgar làn le bruidhinn chruaidh nan dramaichean.

"Oh uill nach tu chùm agad fhèin seo," a' tighinn a-mach à barrachd agus aon bheul. Sìle na suidhe ri taobh a peathar ag òl a dram le mòr fhaothachadh agus gàire aoibhneach, Fiona ag innse dhi fhèin agus do Nora nach robh a' bhanntrach ùr seo a' sireadh tacsa sam bith bhuaipesan. Cha robh i riamh cho làidir.

A nèapraige na pòca air a dhol na cnap leis na bha innte de cnotan, bha Màiri Thormoid air cliathaich an taigh-òsta a ruighinn mun do thuig i gun robh i air a brògan fhàgail às a dèidh a-staigh fon bhòrd.

Caibideil 28

Sheas Sìle air cùl an dorais agus leig i osna. A' fosgladh a làimh leig i leis a' bhaga tuiteam le brag chun an ùrlair ri a taobh. Bha i air lathaichean fada agus lathaichean troma a chur seachad, a h-aigne aig amannan ann an àite dorcha, a h-inntinn mar gum biodh stoirm a' gabhail dhi. A bheil faothachadh ann coltach ri faighinn air ais a-staigh fo shàbhailteachd shèimh do chabair fhèin? Do dhoras ga dhùnadh air an t-saoghal a-muigh. Teàrainteachd an taighe agus ùine nad aonar a' leigeil cothrom dhut thu fhèin ùrachadh.

Às dèidh rùm beag, robach, dustach an taighe-òsta bha an taigh mòr, glan, fosgailte seo mar àite teàrmann gràdhach ga feitheamh le ghàirdeanan sgaoilte, a' cur fàilte oirre agus ga draghadh a-steach an lùib siabainn chùbhraidh, searbhadairean glana agus uisge teth. Dust nan lathaichean a nighe air falbh a' chiad rud a bha air a h-aire agus i na leth ruith suas an staidhre. An tuba ga lìonadh agus i sracadh dhith a h-aodach, i a' dòrtadh a' chuid mu dheireadh dhe na bha anns a' bhotal bheag ola Fleur de Ros, am fàileadh cùbhraidh a' lìonadh an t-seòmair. Coinneal bheag ga lasadh, agus ceòl socair, na solais gan tionndadh sìos ìosal.

Le fuaim cruaidh fòn an taighe a' bristeadh tron t-sàmhachd, shlaod i searbhadair mu a timcheall a' dol ga freagairt. A' cluinntinn guth Sheumais, dhùin i an doras a bhàthadh a-mach an fhuaim. Na sìneadh san tuba, an t-uisge suas gu a h-amhaich ga còmhdach na bhlàths, dh'fhairich i gach gruaim is frionas a' drùidheadh air falbh agus sgìos

211

a' gabhail an àite. Bha e math a bhith air ais na taigh fhèin. Chuir i ùine seachad na sìneadh san uisge bhlàth, a h-inntinn falamh, an ceòl socair a' siabadh timcheall oirre.

Na sìneadh san leabaidh thàinig an cadal luath. As dèidh grunnd oidhcheannan a' bruadar 's a' dùsgadh, thàinig tàmh trom, ga fàgail gun ghluasad gu madainn.

Soillse na grèine a' deàrrsadh air dust mìn air feadh uachdar bhòrd is sgàthan, thog Sìle clobhd bog agus i a' dol a thoirt suathadh timcheall. Thug fead a' choire oirre sgur tiotan, an clobhd ga leigeil às. Bha miann làidir aice air deagh chupa cofaidh làidir. 'S e bha na beachd èirigh tràth agus deagh ruith a thoirt air an taigh. Falamh grunnd sheachdain, bha e feumach air dustadh is glanadh ach bha a' mhadainn leathach seachad mus do dhùisg i is thàinig i às an leabaidh greannach. Bha i teann, teann dhi fhèin, a fèithean goirt leis. Dhèanadh cofaidh feum. Nach e a' phoit cofaidh seo a bha grànda? Dè a thug oirre sin a cheannach? An robh an cidsin seo feumach air ùrachadh? Cus geal! Bha e feumach air barrachd dath. Dh'òl i balgam às a' chupa cofaidh. Bha e searbh. Dhòirt i sìos an sinc e. Thug i glainne a-mach às a' phreasa, a' dol a lìonadh deoch orains, thug i an aire gun robh sgàineadh beag air oir na glainne. Spìon i suas bhon bhòrd i a' falbh leatha le roid agus ga caitheamh le neart dhan t-sinc, brag cruaidh na glainne a' bristeadh na mìle pige. Dh'fhairich i fèithean teann a' fuasgladh. Miann làidir aice barrachd a bhristeadh. Ghreimich i teann air cliathaich an t-sinc, a' gabhail a h-anail. Dè bha ceàrr oirre? Shìn i a-mach a làmhan. Bha crith annta.

Lìon i cupa eile dhen cofaidh agus shuidh i ga òl. Chitheadh i a nàbaidh an ath dhoras, Sindy, anns a' ghrianan-ghlainne, briogais mhòr, bhog, phurpaidh oirre agus geansaidh dhen aon dath, i na suidhe a' leughadh leabhar, a' caitheamh a cinn air ais an dràsta 's a-rithist a' dèanamh lasgan gàire. Cuin i rinn ise, Sìle, gàire mar siud? Gàire a tha a' tighinn o bhonn do mhionaich, a' dìreadh suas do bhodhaig le faram, a' sruthadh a-mach na dheòir àghmhor. Mar a chuala i Fiona a' dèanamh. Cò às a tha e a' tighinn? An guth beag, leamh na laighe aig cùl do chinn. Balbh mura faigh e èisteachd, ach a' fàs dàna, bragail gu math luath mas e agus gu faigh e leis e.

"Tha i toilichte, do phiuthar. Air a saoradh bho Fhearghas, e air a fàgail air an neo-ar-thaing le airgead gu leòr. Miann a cridhe a' fàs na broinn. Leanabh ùr. Cha robh i riamh, riamh cho aoibhneach."

Dh'èirich Sìle, a' dol a lìonadh cupa eile cofaidh, i a' feuchainn ris a' ghuth a bhàthadh a-mach,

"Chuala thu mi? Cha robh i riamh cho toilichte, tha fhios gu bheil thu air do dhòigh mu dheidhinn sin? Chan eil thu farmadach tha fhios? Agus Nora! Tha i sin air a làmh chairtean a shadail suas dhan adhar, dol a ghabhail a teansa air dè thuiteas a-nuas. Beatha ùr! Beatha ùr gu bhith aig an dithis aca. Iad le chèile nas toilichte na thusa!"

Thòisich Sìle air sgioblachadh suas na pigeachan a bha nan laighe san t-sinc. Ghlac sgeilb bheag a corrag a' toirt air fuil sruthadh. Thionndaidh i air tap an uisge fhuair gus a stad. Chitheadh i Sindy a-nist a' glacadh a h-uchd a' gàireachdaich,

"Tha fiù Sindy nas toilichte na tha thusa! Seall oirre. Dè tha agadsa, le do thaigh mhòr, bhrèagha, dheàrrsach, ghleansach, thu leat fhèin na bhroinn? Càite bheil Seumas?"

*　*　*

Shuidh i air beinge bheag, fallas a' sruthadh leis na rinn i de choiseachd. Às aonais uaireadair cha robh i cinnteach dè an uair a bha e, no dè cho fada 's a bha i an dèidh a bhith coiseachd. Gaoth bhog, bhlàth a' leigeil teas na grèine gu a h-aodann. B' e seo a' chiad turas aice cuairt coiseachd a ghabhail dhan choille an taobh shuas an taighe aice. Fàileadh uaine, glan an fheòir a' lìonadh a sròine. Ceileireadh cruaidh, ceòlmhor nan eun anns na craobhan an taobh thall dhith.

An latha cho brèagha, bha grunnd a-muigh. Nighean òg agus gille, iad a' suirghe, esan a' stad an dràsta 's a-rithist a' togail flùr is ga shìneadh dhi. Thàinig cuilean beag giobach a-nuas na ruith, e stad a' feuchainn ri a brògan imlich, a mhaighstir a' tighinn a-nuas às a dhèidh a' caitheamh bioran maide, an cuilean a' falbh às a dhèidh na chabhaig. A-nuas a' putadh cailleach ann an seidhir-cuibhle, thàinig boireannach caol le aodann biorach, dearg. A' fàgail an t-seidhir ri

taobh na beinge dh'fhalbh i fhèin na ruith às dèidh an fhireannaich
's an cù.

Choimhead Sìle air fiaradh air an t-seann bhoireannach. Na crògan
crùbach nan laighe na h-uchd, i a' tionndadh fàinne air a meòir, smàrag
uaine air bann tiugh, òir. Bha a h-aodann tana, glas, rocach, ach bha
cumadh a gruaidhean ag innse gun robh i uaireigin na boireannach
brèagha, a druim gu math dìreach na suidhe san t-seidhir. Chunnaic
Sìle deur mòr a' tuiteam a-nuas bho cliathaich a sùla, a' sruthadh sìos a
gruaidh, a' glacadh an lùib nan rocan.

"Bheil sibh ceart gu leòr?" A' cheist a' tighinn a-mach à beul Sìle gun
for aice gun robh i air faighneachd a-mach cruaidh.

"Seall an dithis òg a siud," ars a' chailleach agus i a' coimhead a-null
air na h-ògain a-nist a' gàireachdaich nan laighe san fheur. "Siud mise
an-dè."

Stad i tiotan agus thog i làmh ri a h-uchd, "Seo mise an-diugh. Siud
cho luath 's a chaidh e seachad." Thug i a-mach nèapraige a' tiormachadh
cliathaich a sùilean. "Droch fhasan a bhith a' caoidh d' òige."

Chaidh diog no dhà seachad sàmhach. Cha robh fhios aig Sìle dè an
fhreagairt a bheireadh i seachad. Cha mhotha sin an robh dad ciallach
eile a' tighinn thuice a bhith nam faclan còir dhan t-seann chaillich.
A' faicinn a' bhoireannaich bhioraich a' tilleadh, an cù a' ruith mu a
sàil, dh'èirich i is dh'fhalbh i na cabhaig sìos an leathad. A' ruighinn an
taighe, bha e na mhòr-iongnadh dhi fhaicinn gun robh an uair a' streap
ri còig uairean. 'S fheudar gun robh i air tòrr coiseachd a dhèanamh.

Thog i a-mach an dòrlach litrichean a bha nan laighe anns a' bhogsa-
puist air cùl an dorais. Cha robh i ann an sunnd coimhead tromhpa
nuair i thill i a-raoir. Cha robh i an sunnd coimhead an dràsta a
bharrachd, gan caitheamh gu crosta air a' bhòrd. Bha fhios aice gu
fònadh Seumas agus bhiodh fios mionaideach a dhìth air a h-uile litir
a bha a dhìth air.

Thòisich i air togail às an sgudal bho na litrichean dòigheil, i a' tighinn
tarsainn air pacaid, aon ainm "Sìle" sgrìobhte air. Bha a' phacaid às
aonais stamp. Ga shracadh fosgailte thug i mach CD. A cridhe a' bualadh
cruaidh agus luath agus am facal SPREE a' leum a-mach bhon chèis.

Dealbh a' chomhlain air àrd-ùrlair, dealbh Éamoinn. Cuin a chuir e seo tron doras? Cha robh dòigh sam bith air innse. Feumaidh gun tàinig Éamonn chun an taighe leis. Dh'fhosgail i a-mach an clàr, a' coimhead tron leabhar bheag fiosrachaidh ag innse liost nan òran a bha na chois. Ghlac a h-aire air an òran *Flowers from a Ghost*, sgrìobhte os a clionn bha *"Dha Sìle."*

Sheas i ùine a' coimhead air a' chlàr, a' coimhead aodann Éamoinn, a' ràdh nam faclan "Dha Sìle" ìosal fo a h-anail.

Tha fhios gur e faireachdainn gun phrìs fios tighinn thugad gu bheil ùidh aig cuideigin annad, aire ga ghabhail dhut, spèis. Annsachd? Gu h-àraid a' tighinn bho dhuine cho tlachdmhor ri Éamonn. Dh'fhuasgail an snaim ann am mionach Sìle agus dh'fhairich i aotram innte fhèin. Le dannsa na ceum chaidh i a-null gu preasa nan glainneachan, a' toirt ùine a' taghadh tè gu math foidhne le cas àrd, chaol. Chaidh i dhan frids, a-rithist a' toirt ùine mus tug i a-mach botal fìon fuar, geal. A' cur air a' chlàr, lìon i glainne le fìon agus shuidh i ag èisteachd ri guth Éamoinn, *"You disappear with all your good intentions, and all I am is all I could not mention, who will bring me flowers..."*

Thòisich deòir a' sruthadh sìos a gruaidh, i gan suathadh air falbh gu grad agus a' toirt crathadh oirre fhèin, an guth an cùl a cinn air tilleadh a mhagadh oirre.

"Bean d'aoise agus tu pòsta? Cò air a tha thu a' smaointinn?"

Chaidh i a choimhead air a' chèis às an tàinig an CD. Bha bileag pàipeir fhathast na bhroinn. Fiosrachadh air cuirmean SPREE. Nirribhidh, a' Ghearmailt, Ameireagaidh, turas gu math fada. A' coimhead air na deitichean chitheadh i gun robh iad ann an Nirribhidh air an t-seachdain seo. A' dol a lìonadh beagan eile fìona thug i an aire gun robh deit eile sgrìobhte air cùl na bileig le peansail, *An Sabhal Buidhe 15mh 6.00.*

Cuirm bheag mus falbhadh iad air a' chuairt mhòir aca. An Sabhal Buidhe, far am faca i iad roimhe. An còigeamh latha deug? A-nochd! An e a-nochd? Choimhead i air a' fòn. 'S e a-nochd. Aig Sia! Mar gum biodh na casan aice stuigte ris an ùrlar, sheas i gun ghluasad. Guth Éamoinn a' seinn, *"Who will bring me comfort?"*

Mar nighean òg air cead fhaighinn falbh chun a' chiad dannsa, dh'fhalbh i na leth ruith suas an staidhre. A' dol a leum a-staigh fon fhrasair, stad i. An robh ùine aice? Dhèanadh boiseag air a h-aodann, maise-gnùis is aodach glan an gnothach. Bha e leth-uair an dèidh còig, bha an ùine teann. Airson diog bheag chaidh i leis a' bheachd bu ghlice ma bha i an dùil faighinn chun na cuirme ann an àm. Gu math luath chaith i sin gu aon taobh agus leum i a-staigh fon uisge theth, a làmhan air chrith leis a' chabhaig a' slaodadh oirre na jeans agus blobhs tana, geal, flùraichean beaga uaine air fheadh. Cha robh ùine ann airson an cleachdadh àbhaisteach, maise-gnùis gu mionaideach ga pheantadh air a h-aodann, a falt ga chìreadh an taobh agus an taobh ud eile, aodach mu seach ga shlaodadh oirre 's dhith. Air cur uime na cabhaig, a gruag ga ceangail an cùl a cinn, suathadh luath de mhaise-gnùis agus an dèidh sin cha robh fhios cò mheud bliadhna on a sheas i aig sgàthan 's a' chunnaic i fallas boireannaich cho brèagha a' coimhead air ais oirre. 'S ann bhon aigne a tha àilleachd a' tighinn, a' deàrrsadh a-mach tro na sùilean, a dh'aindeoin nam mìltean nòta a bheir luchd-malairt oirnn a bhith a' smàdadh air peant is pùdar.

A' slaodadh leatha a baga-làimhe agus a' falbh na cabhaig sìos an staidhre thionndaidh i air a sàil a' dol a-null chun na drathair bhig ri taobh na leapa. Dh'fhosgail i a-mach bogsa beag, dearg agus thog i a-mach a fàinne, smàrag uaine, ga cur air a corraig. An uaine a' togail bho flùraichean beaga, uaine a blobhs. Fuaim tagsaidh a' seinn na dùdaich, dh'fhalbh i na leum, a' toirt deagh ghlumag às glainne fiona air an rathad a-mach.

Bha an Sabhal Buidhe a' coimhead trang. A' tighinn suas chun an dorais dh'fhairich Sìle lùths a' falbh às a casan. Dh'fheumadh i coiseachd a-steach ann leatha fhèin! Nancy? Am biodh ise ann? Cha robh i ag iarraidh Nancy fhaicinn. Oh carson a thàinig i a-mach idir. Òinseach na galla ise!

"Sìle?"

Thionndaidh i a choimhead cò às a thàinig an guth, i a' faicinn anarag grànda, glas a nuas thuice. Beathag Heddle agus nighean òg, chruinn còmhla rithe. "Bheil thu dol gu Spree? Oh tha iad math. Tha

Tina às a ciall mun deidhinn, nach eil Tina?"

Cha tuirt Tina guth, i na seasamh gu diùid ri taobh a màthar, a' toirt slaodadh air iomall a geansaidh mhòir, robaich, dhuinn.

"Tha sinn caran anmoch. Bidh iad air tòiseachadh. Bha Tina ag iarraidh burgair." Thug Sìle an aire dhan t-sruth sabhs tomàto air broilleach a geansaidh.

"Thugainn."

Lean Sìle an dithis, iad a' dol a shuidhe aig an aon bhòrd a bha falamh. Bha an t-àite làn, deagh chuid nan seasamh thall aig a' bhàr. Bha an t-àrd-ùrlar falamh, innealan ciùil nan laighe.

"Oh, bidh iad aig half time. Thàinig sinn a-staigh ann an deagh àm. Dè ghabhas tu Tina a m' eudail?" Ro thrang leis a' fòn aice airson a ceann a thogail, rinn Tina fuaim nach do ghlac Sìle.

"Coke an e? Gabhaidh agus mise. Pathadh orm às dèidh a' bhurgair. An gabh thusa Coke, Sìle?" arsa Beathag na leth seasamh a' dèanamh brùchd. "Oops hello a-rithist," ars ise a' dèanamh gàire. "Am burgair a' tilleadh orm"

"Fuirich. Gheibh mise iad," arsa Sìle, a' dol chun a' bhàir ga giùlain fhèin nas bragail na bha i a' faireachdainn. Ag òrdachadh trì glainneachan coke le deagh dhram vodka anns an tè aice fhèin, ghabh i an cothrom coimhead timcheall feuch am faiceadh i sgeul air Éamonn. Bha an drumair air tighinn a-mach, e na shuidhe a' giofalais leis a' mhiocrofon. Grunnd a-nist nan seasamh faisg air an stèidse, bha e doirbh deagh shealladh fhaicinn air cò eile dhen chòmhlan bha air tighinn a-mach.

A' putadh seachad air daoine, thill Sìle chun a' bhùird leis na deochannan, i a' toirt deagh bhalgam às an dram agus i a' cluinntinn a' chiùil a' tòiseachadh.

"Oh cluinn iad Tina.!" Cha robh coltas air Tina gu robh ùidh sam bith aice anns a' cheòl, i ag òl sìos na deoch agus a' glamhadh air suiteas a bha i air slaodadh a-mach às a pòca.

Cha b' urrainn dhaibh a bhith air suidhe an àite na bu mhiosa. Chluinneadh iad an ceòl ach chan fhaiceadh iad an còmhlan. Beathag a' bruidhinn 's a' bruidhinn, Sìle a' feuchainn ri a guth a dhùnadh a-mach agus a h-aire a chumail air a' cheòl. Air fiaradh chunnaic i Nancy a' sguabadh seachad, a' gabhail suas a shuidhe faisg air an stèidse. Am feasgar cho blàth, bha dorsan an t-sabhail air am fosgladh a-mach, a' leigeil le oiteig bheag siabadh a-staigh an dràsta agus a-rithist. Na trì glainneachadh air a' bhòrd falamh, bha a' vodka air blàthachadh beag a thoirt air Sìle, i a' faireachdainn nas cofhurtail.

"An aon rud a-rithist?" dh'fhaighneachd Beathag agus i a' toirt a-mach a sporan. "Coke?"

"Gheibh mise iad," arsa Sìle agus i a' leum gu a casan, gun Beathag a' dèanamh oidhirp mhòr sam bith air stad a chur oirre.

Who will bring me flowers when it over. Fuaim ghuthan na bha a-staigh a' seinn na sèist. Aig a' bhàr, sheas Sìle air a corra-biod ag amas air sealladh fhaighinn de dh'Éamonn mus do sheas fireannach àrd, reamhar mu a coinneamh, fàileadh an fhallais a' bualadh a sròine, i a' toirt balgam às an drama aice mus deach i air ais a shuidhe aig a' bhòrd.

Stad an ceòl, chaidh na solais suas, a' chuirm seachad.

Chitheadh i Éamonn aig a' bhàr. Lèine agus briogais dhubh, falt beagan nas giorra na bha cuimhne aice, a' coimhead a cheart cho càilear. Bha a cridhe a' bualadh nas luaithe ga choimhead. Nan tionndaidheadh e an taobh seo chitheadh e i. An èigheadh i ainm?

'S e seo an t-àm! Leum a-null a bhruidhinn ris agus e leis fhèin. Gluais thu fhèin Sìle!

Cha robh na casan aice a' toirt feairt. A-nall ag èigheach ainm thàinig Nancy, i a' caitheamh a làmhan timcheall amhaich.

"Bheil sinn a' falbh a Mham?" chuala i Tina a' ràdh, i a' cluich leis a' fòn-làimhe, làmh phlàmach, gheal a' faochadh suiteas eile na beul.

"Bheir mise dhut lioft, Sìle. Tha càr agam. Thugainn."

"De?" arsa Sìle, i ga faireachdainn fhèin air a stiùireadh an aghaidh a toil, a ceann a' dol tuathal. An tigeadh i a-null chun a' bhàir a bhruidhinn ri Éamonn? Carson nach rachadh? Taing a thoirt dha airson a h-ainm a chur air a' chlàr.

Dè fios a bha aice le cinnt gur e t-ainm aicese a bh' ann? Ainm cumanta a bh' ann an Sìle?

Bha Beathag a' dùnadh suas a seacaid. "Tiops air an rathad dhachaigh Tina a luaidh. Dè tha thu a' ràdh Sìle? An t-acras ort?" Gun freagairt a thoirt seachad, ghluais Sìle a' dol a choiseachd a-null chun a' bhàir. Cha robh sgeul air Éamonn. Cha robh na dhen chòrr dhen còmhlan.

"Oh uill nach robh e tàmailteach nach d' fhuair thu coinneachadh ri Éamonn? Leithid de nòisean agad dheth."

Theab cridhe Sìle stad agus i a' tionndadh gu Beathag, a beul fosgailte.

"Och bha toigh agad gun soidhnigeadh e clàr dhut a ghràidh. Gheibh sinn tiops... agus sausage dhut air an rathad dhachaigh." Chuir Beathag a làmh timcheall Tina. Coltas a h-aodainn ag innse gun robh barrachd ùidh aice anns a' bhiadh na bha aice ann an Éamonn.

"Tha iad nan cabhaig a-nochd, an còmhlan. Falbh tràth a-màireach."

Bha cridhe Sìle na brògan leis an tàmailt le mar a bha an oidhche dol a chrìochnachadh. Cuimhneachan air an oidhche mu dheireadh a bha i a-staigh san t-Sabhal Bhuidhe a' tilleadh thuice. Chùm i a' coimhead tarsainn dhaoine, car dol na h-amhaich leis an oidhirp feuch am faiceadh i sealladh sam bith.

"Oh uill nach faic thu cò th' ann!" Guth Bheathag a' dol troimpe agus i air fàs cho searbh dhi. Cha do leig i oirre gun cuala i.

"Càite a bheil am peann, Tina?" Grèim bàis aice air ghàirdean air Éamonn, ga shlaodadh a-nall gu Tina, e a-nist air a chuartachadh le grunnd bhoireannach, bha Beathag air a dòigh glan gur i a fhuair an duais, gun sìon de chabhaig oirre a grèim a leigeil às.

Ghlac sùilean an dithis aig an aon mhionaid.

"Sìle," an toileachadh na ghuth ag innse a naidheachd fhèin.

Bha e a' feuchainn air bristeadh air falbh bho Bheathag, i ga fhiathachadh tighinn còmhla riutha gu suipeir tiops.

Wonder what you do, and where it is you stay, these questions like a whirlwind, they carry me away...

* * *

219

An t-òran bhon CD aig Spree a' cluich gu socair, an aon fhuaim bha ri chluinntinn ann an Rowan Avenue. Solas na gealaich a' deàrrsadh a-staigh tron uinneig, na cùrtairean sraointe fosgailte. Mionach Sìle a' rùchdail leis an acras agus i a' cur càise air briosgaidean aran-corc, a' bhriosgaid cho brisg a' bristeadh agus a' tuiteam chun an ùrlair. Rinn i guidhe bho h-anail ach cha do rinn i oidhirp sam bith a ghlanadh suas.

Thug i leatha dà ghlainne fìon dearg a-staigh chun a' chaise lounge geal far an robh Éamonn na shuidhe, agus ghabh i a h-àite ri thaobh. I am, *I am, I am* aig Sylvia Plath a' seinn na ceann. *Kiss me and you will see...* A cridhe a' bualadh cho luath is cruaidh bha i cinnteach gun robh e ga chluinntinn agus e a' cur a làimh timcheall oirre, ga draghadh faisg air gus a phògadh. Crith cho mòr na làimh-se, thuit a glainne, a' dòrtadh an fhìona agus a' spreidheadh a dhath dheirg air feadh an t-sìoda ghil.

Fuaim lasgain gàireachdaich Sìle ri chluinntinn mar cheòl air feadh an taighe.